Jo Berger

Liebe auf Friesisch

Das Meer in unseren Herzen

IMPRESSUM

Liebe auf Friesisch: Das Meer in unseren Herzen
Taschenbuch, 1. Auflage

ISBN: 978-3-96698-806-3

Jo Berger
c/o Papyrus Autoren-Club
Pettenkoferstr. 16–18
10247 Berlin
Der direkte Kontakt zum Leser ist mir wichtig.
Daher freue ich mich über Anregungen, Kritik und Austausch unter:

kontakt@jo-berger.com
www.jo-berger.com
www.facebook.com/JoBergerAutorin

Lektorat & Korrektorat:
Textehexe Susanne Pavlovic, Benisa Design Sabine Albrecht

Umschlaggestaltung: Jo Berger
Unter Verwendung von:

Depositphotos©lembit_2621186
Depositphotos©HayDmitriy_258113258
Depositphotos©b.zyczynski_51907177

Wie schön, dass du hier bist!
Vielen Dank für dein Interesse an meinem Roman! Möchtest du eine exklusive und unveröffentlichte Short-Lovestory von mir lesen? In meinem Newsletter bekommst du sie als Willkommensgeschenk.

Einfach anmelden, und schon bist du Teil der Jo-Berger-VIPs und erhältst Neuigkeiten, exklusive Backstageinformationen, Rabattaktionen und mehr.

www.jo-berger.com/newsletter

Liebe Grüße
Deine Jo Berger

Liebe Leserin, lieber Leser,

»Liebe auf Friesisch« ist ein Liebesroman, der dich emotional berühren und mitten ins Herz treffen wird. Aber Achtung: Es ist die Gefahr gegeben, dass gelegentlich sehnsuchtsvoll geseufzt, aber auch gelacht wird.

Dieses Mal bin ich besonders aufgeregt, denn die Geschichte und ihre Figuren haben mich sehr gefordert, und ich habe im Laufe der letzten Monate mit den Protagonisten gelacht, gelitten, geliebt, geweint … und ja, auch mal geflucht, wenn sie nicht so wollten, wie ich das geplant hatte.

In wenigen Augenblicken lernst du Hanna und Jan kennen, und ich hoffe, sie wachsen dir genauso ans Herz wie mir.

Wenn du meine Romane kennst, weißt du, dass ich alles daransetze, meine Leser nicht einfach nur lesen zu lassen. Mein Motto ist: Sei mittendrin statt nur dabei. Fühle, lache und seufze mit. Sei ein Teil der Geschichte.

In meinen Romanen lernst du die ganz große Liebe kennen, erfährst Lebenslust, Glück, Sinnlichkeit und große, ganz große Gefühle. Natürlich immer mit einem zum Seufzen schönen Happy End. Garantiert.

Ich wünsche Dir wundervolle Lesestunden.
Nebenbei kann es nicht schaden, wenn du dir Chips
bereitlegst. Oder Krabben. Aber die bitte vorher pulen.

Deine Jo Berger

Mächtiger als die Wellen des Meeres sind Tränen der Liebe.

(Friedrich Ludwig Bouterwek)

Liebe auf Friesisch: Das Meer in unseren Herzen
ist ein in sich abgeschlossener Roman mit sinnlichen Szenen.
Ohne Cliffhanger und mit garantiertem Happy End.

KAPITEL 1

Jan

Das Gepäck war aufgegeben, jetzt blieben mir noch fast anderthalb Stunden bis zum Boarding. Es war unglaublich, wie viele Menschen hier am Hamburger Flughafen morgens um sieben Uhr bereits auf den Beinen waren. Lange Schlangen standen vor den Check-in-Schaltern, hauptsächlich Familien, die in den Ferien ins Warme flogen. Mein eigener Check-in war durch die Prioritybuchung erfreulich zügig abgelaufen.

Zeit für den ersten Kaffee des Tages. Am Morgen hatte ich verschlafen und mich beeilen müssen. Das Flughafentaxi hatte mich mehr oder minder wachgeklingelt. Erst jetzt hatte ich die Gelegenheit, mir in aller Ruhe die nötige Koffeindosis zuzuführen. Im nächsten Selbstbedienungscafé zog ich mir einen großen Kaffee aus dem Automaten – schwarz, mit viel Zucker – und ging, während ich bereits den ersten Schluck nahm, zur Kasse. Es stand nur eine Frau vor mir.

»Moment, ich hab's gleich. Mist, ich hoffe, ich habe ihn

nicht im Hotel vergessen ... « Sie wühlte in ihrer Handtasche, die sie auf der Theke abgestellt hatte.

Die Ruhe selbst und in mich hineinlächelnd, nahm ich einen weiteren Schluck. Wenn die Dame sich noch länger Zeit ließ, würde ich die Tasse auffüllen müssen. Es gab Unangenehmeres, als mit einer guten Tasse Kaffee hinter einer sehr gut duftenden blonden Frau zu stehen. Sie wirkte quirlig und auf eine angenehme Art und Weise chaotisch. Ihre Stimme hatte einen melodischen Klang. Aber ihre Haare ... ich grinste in mich hinein ... die sahen aus, als hätten Vögel darin genistet. Ihre blonde Naturkrause fiel ihr bis auf die Schultern und einzelne Locken standen keck ab.

Der Kassierer hatte offensichtlich ebenfalls die Ruhe weg, lächelte und fragte die Frau, die immer noch in ihrer Tasche suchte: »Wo geht es denn hin in Urlaub?«

»Da ist er ja«, rief sie aus und zog einen kleinen, roten Geldbeutel aus der Tasche. »Was kostet der Kaffee, sagten Sie? Drei vierzig?«

»Drei achtzig.«

Sie legte einen Fünfeuroschein auf die Theke. »Stimmt so. Und ich gehe nicht in Urlaub, ich hatte Urlaub. Hier in Hamburg. Mein Freund hat einen Friseurladen eröffnet, und wir haben ein bisschen gefeiert. Schön essen, Musical, war echt super.« Sie schüttete Milch und drei Päckchen Zucker in die Jumbotasse. Egal. Ich hatte Zeit. Und sie duftete wirklich ziemlich gut. »Aber vier Tage reichen dann auch. Jetzt freue ich mich wieder auf Heidelberg. Schönen Tag wünsche ich.«

Sie nahm den Kaffee und drehte sich um. Ich blickte in ein paar tiefblaue Augen, umrahmt von einem dichten Wimpernkranz. Sie war nicht geschminkt, bildhübsch und sehr natürlich.

»Oh, Verzeihung«, sprach sie mich an. »Ich wusste nicht, dass ... Tut mir leid, ich rede zu viel. Ihr Kaffee ist jetzt bestimmt schon kalt. Tut mir leid.«

Ich grinste und hob die Tasse hoch. »Nicht kalt, aber fast leer. Wünsche Ihnen einen guten Heimflug.«

»Danke. Ihnen auch.« Sie strahlte mich offen an und blickte dann an mir vorbei und winkte jemandem. »Ich komme ja schon«, rief sie und ging mit schnellen Schritten davon.

Als ich den Kaffee bezahlte, fiel mir auf, dass sie ihre Handtasche vergessen hatte. Spontan stellte ich den Kaffee ab und teilte dem Kassierer mit, dass ich gleich wieder da wäre, um die Tasse aufzufüllen. Ich schnappte mir die Tasche und hielt suchend nach dem blonden Wuschelkopf Ausschau. Keine zehn Meter vor mir lief sie, stockte plötzlich und schlug sich mit der flachen Hand an den Kopf. Offenbar hatte sie gemerkt, dass etwas fehlte. Sie machte auf dem Absatz kehrt, verschüttete dabei etwas Kaffee, verdrehte die Augen und hielt den Kaffeebecher weit von sich. Da war ich schon bei ihr.

»Sie haben Ihre Tasche vergessen, Frau ...«

»Süß, danke. Das ist ja lieb von Ihnen.« Dankbar sah sie mich an, nahm mir die Tasche ab.und schulterte sie.

»Keine Ursache.« Ich wunderte mich nur kurz, warum sie mir ihren Namen nicht sagte, aber es war zu niedlich, wie sie mit dem Kaffeebecher in der einen und der Tasche in der anderen Hand etwas ratlos vor mir stand.

Diese blauen Augen! Sie zogen mich förmlich zu ihr. Es drängte mich zwar zurück zu meinem eigenen Kaffee, doch ebenso sehr hatte ich das Bedürfnis, noch einen Moment mit ihr zu plaudern.

»Sie kommen aus Heidelberg?«

»Ja, aber wir fliegen erst nach Frankfurt. Heidelberg hat leider keinen Flughafen. Schade, nicht wahr? Ich wäre ja lieber mit dem Zug gefahren, denn in der Summe wären wir schneller gewesen, glaube ich. Aber mein Freund ...« Sie winkte ab. »Entschuldigung, ich quatsche Sie voll. Danke noch mal, dass Sie mir die Tasche gebracht haben.«

»Gern geschehen. Heidelberg ist eine sehr schöne Stadt. Ich war kurz nach meiner Studienzeit ein paar Tage dort. Leider war zu dem Zeitpunkt das Schloss eine Baustelle.«

In diesem Moment tauchte ein schwarzhaariger Mann neben der blonden Schönheit auf und legte besitzergreifend einen Arm um ihre Schulter. »Kommst du, Goldlöckchen? Wir müssen zum Boarding.«

»Oh ja, klar, natürlich, Max. Darf ich euch kurz vorstellen?« Sie blickte zu mir. »Das ist Max, mein Lebensgefährte. Max, das ist ...«

Ihr schmieriger Typ unterbrach sie und nickte mir sparsam zu: »Hat mich gefreut.« Er wandte sich ab und gab seiner Freundin zu verstehen, dass sie ihm folgen sollte.

Die jedoch ignorierte ihn und nahm meine Hand. »Danke noch mal. Nicht auszudenken, wenn die Tasche weg gewesen wäre, da sind viele wichtige Dinge drin.« Ihre Hand lag warm und angenehm in meiner, doch der säuerliche Blick von Max ließ nicht zu, dass ich sie länger hielt als angemessen. Also drückte ich nur kurz zu und ließ die Hand der Frau ohne Namen los.

»Das müssen viele Dinge sein«, lachte ich. »So lange, wie Sie im Café nach dem Geldbeutel gesucht haben.«

»Frauen eben.« Sie legte mit einem verlegenen Lächeln den Kopf schief.

»Komm jetzt, Schatz!« Der Vornehmtuer nickte mir knapp und drohend zu und zog sie mit sich.

Einen Moment sah ich den beiden hinterher. Und grinste amüsiert, als das Goldlöckchen über die Schulter zu mir zurückschaute. Doch der Typ zog sie am Arm so schnell weiter, dass sie stolperte und nur mit Mühe verhinderte, dass der Kaffeebecher überschwappte.

Apropos Kaffee ... Meiner war mit Sicherheit jetzt kalt, ich würde mir einen neuen ziehen müssen, bevor ich die lange Reise nach Gambia antrat.

Der Zeitpunkt, an dem ich Deutschland für ein halbes Jahr

verlassen würde, rückte näher. Ich freute mich auf meine Aufgabe, den dortigen Bauern und dem tiermedizinischen Fachpersonal beratend und unterstützend zur Seite zu stehen. Ich hatte meinen Traumberuf und war mit Leib und Seele Tierarzt. Und dieses Wissen wollte ich weitergeben an Menschen, denen nicht die Möglichkeiten einer umfassenden Ausbildung gegeben waren, in einem Land, das die ehrenamtliche Hilfe von Spezialisten dringend benötigte. Das gab mir ein gutes Gefühl, und ich war neugierig auf Gambia, auf seine Menschen, auf meine Kollegen und darauf, ob ich in dem halben Jahr den Abstand zu Deutschland bekam, den ich so dringend brauchte.

~

EIN HALBES JAHR SPÄTER.

Hanna

Mein Mittagessen: Blätterteighörnchen mit Mandeln und Marzipan!

Genüsslich kaute ich und beobachtete dabei zwei Spatzen, die sich vor dem Bürofenster balgten. Oder umwarben, so genau konnte ich das nicht auseinanderhalten.

Erneut biss ich in die kulinarische Offenbarung. Dabei schloss ich die Augen und seufzte wohlig auf.

Ich zuckte zusammen, als die Tür aufging und meine Kollegin Gitte – Ende dreißig, Single, auf dem Schreibtisch ein Foto von Vin Diesel – aus der Mittagspause zurückkam. Nun, jede Pause hat mal ihr Ende.

»Hanna, du solltest wirklich auf gesündere Kost umschwenken. Du bringst dich noch ins Grab!« Sie setzte sich und starrte auf das Hörnchen in meiner Hand, als hielte ich eine Kröte darin.

»Ja, das Leben ist in jedem Fall tödlich ...«, murmelte ich und sah zu den Spatzen am Fenster. Sie bekamen von mir öfter mal die übrig gebliebenen Krümel. War ich jetzt ein Spatzenmörder?

»Du weißt schon, dass Blätterteig jede Menge Transfette enthält?«

»Transwas? Ich kenne transparent, transzendent, Transformer, Trans...«, versuchte ich witzig zu sein, wurde jedoch brüsk unterbrochen.

»Transfette sind Killerfette!«, spie sie aus und schob ihre Arbeitsplatzbrille auf die Nase. »Gesättigte Fettsäuren. Am meisten enthalten in Chips, Keksen und ...« Jetzt sah sie aus, als müsste sie sich gleich übergeben. »BLÄTTERTEIG! Aber du musst ja wissen, was du deinem Körper antust.«

Einer asketischen Frau wie Gitte erklären zu wollen, dass so ein Mandelhörnchen Glücksgefühle auslöste, war an die Wand gequasselt. Gitte holte sich ihre tägliche Portion Endorphine nicht aus Lebensmitteln, sondern beim Marathontraining. Was mich wieder daran erinnerte, dass ich eventuell, vielleicht, möglicherweise noch diesen Sommer das Thema Sport näher beleuchten sollte.

»Oh. Okay ...«, sagte ich, öffnete die Schreibtischschublade und ließ die kleine Tüte Chips vom Tisch verschwinden, die ich eigentlich als Nachtisch eingeplant hatte.

Gitte beschloss offenbar, mich und meine Transfette geflissentlich zu ignorieren, und vertiefte sich in ihre Arbeit.

Ich vertiefte mich in den Blätterteig, wenn auch ein bisschen mit schlechtem Gewissen.

Es klingelt immer dann, wenn man den Mund voll hat oder unter der Dusche steht. Immer. Entweder an der Tür oder ...

»Hanna, dein Telefon ...« Meine Kollegin blickte mich nach dem ungefähr fünften Klingelton genervt über den Rand ihrer Brille an.

Ich schluckte den Rest vom Bissen runter. »Ja, ja, ich

weiß.« Mit einem zentnerschweren Seufzer schob ich die aufgerissene Papiertüte zur Seite und suchte unter den Aktenstapeln das Telefon. »Hab es!«

Himmel, jetzt fiel auch noch das Hörnchen mitsamt Krümeln auf den Boden und mir der Hörer aus der Hand und baumelte am gedrehten Kabel über der Schreibtischkante. Na toll. Wahrscheinlich war der neue Chef dran oder ein Kunde mit einer Reklamation oder … Ich zog das Telefon am Kabel hoch und warf bei der Gelegenheit eine Akte runter … damit das Hörnchen nicht so alleine war.

»Süß«, meldete ich mich atemlos und schlug mir gedanklich an die Stirn. Mal wieder hatte ich vergessen, den Spruch aufzusagen: Schnurrig Consulting, mein Name ist Süß. Was kann ich für Sie tun?

»Hallo, Goldlöckchen«, meldete sich Max und ich stöhnte erleichtert auf. »Ich komme heute Abend etwas früher nach Hause. Wir … Wir müssen reden.«

»Reden?« Ich blickte auf die Uhr. »Es ist Montag.«

»Seit wann redest du montags nicht?« Seine Stimme klang anders als sonst. Irgendwie geheimnisvoll.

»Was? Nein, ich meine, doch. Natürlich rede ich. Täglich sogar.«

An Montagen hatten seine Friseurläden zwar geschlossen, aber er verbrachte den Tag damit, einzukaufen und anschließend in seinem Laden in Heidelberg die Buchhaltung zu machen. Etwas, wozu er unter der Woche nicht kam. An den Montagabenden war er meist so müde, dass er nicht mal mehr etwas aß und sofort auf dem Sofa einschlief. Montags war an Kommunikation mit Max nicht zu denken.

Er räusperte sich, und ich wurde hellhörig. Max räusperte sich nur auf diese Art und Weise, wenn er etwas Wichtiges mitzuteilen hatte. Etwas Wichtiges … Oh. Oh? Er würde doch nicht … O mein Gott! Max war ein Mann der unromantischen Sorte. Als er mir vor ein paar Jahren seine Liebe gestand, hatte er diesen großen Moment ebenfalls mit den Worten: »Wir müssen reden«, eingeleitet und dabei einen ähnlichen Tonfall in seine Stimme gelegt. Ich schlug die Hand vor den Mund und starrte meine Kollegin an.

Die starrte zurück und hob fragend die Augenbrauen. Ihr Mund formte die Worte: »Was ist los?«

Ich wedelte mit der Hand, um ihr zu verstehen zu geben, dass ich jetzt gerade nicht antworten konnte. Und um mir Luft zuzufächeln.

»Um sechs?«, fuhr Max knapp fort. »Ich komme früher aus dem Salon.«

»Klar. Kein Ding. Um sechs Uhr dann.«

Im Zeitlupentempo legte ich den Hörer auf.

»Hanna? Alles okay mit dir? Du siehst aus, als hättest du gerade erfahren, dass dein Haus in eine Erdspalte gerutscht ist.« Gitte legte den Kopf schief und sah mich mit besorgter Miene an. »Außerdem ist dein Kopf knallrot.«

»Du hast eine Fantasie … Also wirklich. Arg rot?«

»Nicht mehr als sonst auch, wenn du aufgeregt bist.«

»Danke, sehr hilfreich.«

Mist. Ich hatte einen inflationären Hang zum Erröten. Wie meine Freundin Nicole mir einmal amüsiert mitteilte, nannte man diese Neigung Rutilismus, und demnach würde der Name Ruth eigentlich besser zu mir passen.

Ich legte die Handflächen auf dem Schreibtisch ab, holte tief Luft und blies sie lautstark wieder aus.

»Gitte«, sagte ich beherrscht, hob den Blick und zwang mich, nicht aufzuspringen und wie ein Kitz beim Anblick einer Blume wie irre im Kreis zu hüpfen. »Ich glaube, heute macht er mir einen Heiratsantrag!«

Die darauffolgende Stunde war ich weder in der Lage, einen klaren Gedanken zu fassen, noch Ordnung in meine Unterlagen zu bringen, wie ich es mir vorgenommen hatte. Ich musste heute Abend nicht gut aussehen, sondern umwerfend. Ganzkörpergepeelt, pfirsichweich und blumig duftend.

Die Haare musste ich auch noch waschen. Was sollte ich nur anziehen?

»Was soll ich nur anziehen?«, unterbrach ich Gitte in ihrem Arbeitseifer, Daten in den PC zu hämmern.

»Ein Kleid?«

»Gute Idee. Schwarz? Rot? Oder besser etwas Dezentes? Ein Etuikleid? Ich hätte eines in Hellblau. Oder nur ein Sommerkleid? Ach, nein, das ist nicht passend genug für diesen Moment. Doch eine Hose? Oder besser …«

»In was fühlst du dich denn wohl?«

Ich hob ein Bein und wackelte mit dem Fuß. »Jeans und Sneakers?«

Gitte verdrehte die Augen, doch ehe sie ihre Kritik äußern konnte, klingelte das Telefon.

Diesmal hatte ich freie Sicht auf das Display. »UH!«

»Der Chef?«, fragte sie.

»Der Chef«, antwortete ich und schluckte.

Ich mochte ihn nicht, er mochte mich nicht. Zumindest das hatten Herr Alexander Marsch und ich gemeinsam. Das mag daran gelegen haben, dass ich bei seiner Vorstellung als unser neuer Boss laut losgeprustet hatte, als ich das Schild an seinem Büro las: Dr. A. Marsch.

Tja, und wenn ich mich mal festgelacht hatte, konnte ich so schnell nicht damit aufhören. Blöd nur, dass gerade da die Tür aufging und »A. Marsch« vor mir gestanden und mich gefragt hatte, was denn so lustig sei.

Seitdem war mir klar: Der Mann sah nicht nur so aus, als hätte er keinen Humor. Der Krawattenträger – immer gestreift, immer – war völlig spaßbefreit. Wie auch immer, ich sollte in sein Büro kommen. Jetzt sofort.

Keine fünfzehn Minuten später füllte das Rauschen in meinen Ohren den Raum, und ich verstand nur noch Bruchstücke.

»Einsparungsmaßnahme ... Abfindung für die letzten 10 Jahre großzügig bemessen ... Bitte hier unterschreiben .... Sie verstehen doch sicher ... Daher beläuft sich ...«

Gar nichts verstand ich! Stocksteif und mit im Schoß verschränkten Händen starrte ich meinen zukünftigen Ex-Chef an. Mein Kopf war heiß und gleichzeitig hatte ich das Gefühl, dass sich meine Kopfhaut zusammenzog. Ich brachte keinen Ton heraus, stattdessen war ich kurz davor, ihm die Marzipan-Mandel-Mischung auf den blank polierten Besprechungstisch zu kübeln.

»Frau Süß, wenn Sie jetzt bitte hier unterschreiben würden ...«

Verwirrt bekam ich mit, wie er mir den Aufhebungsvertrag in zweifacher Version und einen Kugelschreiber über den Tisch schob. Steif beugte ich mich vor. Unterschreiben oder nicht?

»Aber ...« Ich zog meine Hand zurück, die schon auf dem Weg zum Kugelschreiber war. »Aber warum? Ich meine ... Warum ich? Ich meine, ich habe doch immer einen guten Job gemacht ...«

Was redete ich da? Fünfzigtausend Euro, und ich würde diesen Hanswurst nie wieder sehen. Trotzdem fühlte ich mich erbärmlich.

Hanswurst lehnte sich selbstgefällig zurück und verzog seinen Mundwinkel. »Sie sind am kürzesten dabei, sind kinderlos und erst achtundzwanzig. Sie finden schnell einen neuen Job.«

Als hätte mir jemand den Schleier gelüftet, sah ich plötzlich und völlig unerwartet klar: fünfzigtausend Euro, und Urlaub brauchte ich sowieso. Im Übrigen: Job hin oder her, dieses Arschloch konnte mich mal.

»Ich habe noch fünf Wochen Resturlaub«, presste ich hervor.

»Sie sind natürlich ab sofort freigestellt und bekommen Ihr Gehalt weiter bis zum regulären Vertragsende.« Seine

Mimik verzerrte sich, als würde ihm dieser Satz körperliche Schmerzen bereiten. »Also, sechs Monate.«

Ich schluckte. Sechs Monate das reguläre Gehalt und die Abfindung obendrauf. Das war ja fast ein Lottogewinn. Nur, dass ich danach leider keinen Job mehr hatte. Und wer füttert dann meine Spatzen?

»Das heißt, ich kann sofort gehen?«

Marsch nickte und verzog sein Gesicht zu seinem widerlich erfolgsgewohnten und arroganten Lächeln. Das gab mir den Rest. Beherzt griff ich zum Kugelschreiber, unterschrieb und stand auf.

»Sehen Sie es als Herausforderung, Frau Süß!«

Echt jetzt? So ein Kompetenzsimulant!

An der Tür drehte ich mich noch einmal um. »Kommen Sie sich eigentlich nicht wie ein Idiot vor? Wenn ich an Ihrer Stelle wäre, wäre ich lieber ich. Schönes Leben noch. Ach ja, Ihr Hosenschlitz steht offen.«

Das Letzte stimmte zwar nicht, aber der Blick war zu köstlich.

~

Als ich noch am selben Nachmittag in die Sonne trat und die Kiste mit den wenigen persönlichen Dingen auf den Rücksitz meines alten Opel Corsa deponierte, war von der kurzfristigen Euphorie nicht mehr viel zu spüren. Wenigstens hatte meine Kollegin versprochen, die Spatzen zu füttern.

Ich warf mich hinters Lenkrad, schluckte die Tränen hinunter und fuhr um die nächste Ecke. Dann stellte ich den Motor ab und heulte ungehemmt los.

KAPITEL 2

Jan

Meine Zeit in Gambia ging zu Ende. In einer Stunde würde das Taxi kommen und mich zum International Airport nach Banjul bringen.

Meine Koffer hatte ich bereits am Vorabend gepackt. Dann hatte ich den Abend ausklingen lassen, zusammen mit der hübschen Brünetten, die mir die letzten zwei Wochen die Nächte versüßt hatte. Vor knapp drei Wochen war sie angereist, um ebenfalls ihre Kenntnisse als Tierärztin an der University von Gambia in Serekunda weiterzugeben. Wir arbeiteten zusammen, reisten mit einem Flieger oder – falls keine Landebahn vorhanden war – mit dem Jeep zu Tierhaltern und Bauern durch Gambia und gaben unsere tierärztlichen Kenntnisse weiter. Es war demnach nicht ausgeblieben, dass wir früher oder später im Bett gelandet waren. Eine feste Beziehung kam für mich allerdings nicht infrage, und je unverbindlicher eine heiße Begegnung verlief, desto besser. So hatten wir beide die Vereinbarung geschlossen, eine begrenzte, aber inspirierende Zeit ohne anschließende Verlängerung miteinander zu verbringen.

Das letzte halbe Jahr war sehr ereignisreich gewesen, hatte mich auf andere Gedanken gebracht und geerdet. Wenn man für eine Weile in einem bitterarmen Land lebt, schraubt man die eigenen Ansprüche zurück. Unerwartet wurde sogar in den Medien über meinen Einsatz in Gambia berichtet, was ich nicht beabsichtigt hatte. Eigentlich war ich nur fortgegangen, um Gras über eine Sache wachsen zu lassen.

Ich sah auf die Uhr. Nicht mehr lange und ich würde im Flieger sitzen. Zurück nach Deutschland. Bevor ich jedoch wieder im kühlen Norden und bei der steifen Brise ankäme, würde ich einen Studienkollegen in Heidelberg besuchen. Ich war die Hitze mehr als leid, jetzt sehnte ich mich nach der Kühle und dem Luxus bei mir zu Hause in Friesland. Auch wenn das für mich hieß, mich mit einem Problem zu beschäftigen, das mir wie ein Schwert im Nacken saß.

Das ist das Üble an Problemen. Sie lösen sich nicht in Luft auf, egal wie weit man vor ihnen flüchtet. Ich musste mich damit konfrontieren. Ob ich wollte oder nicht. Aus diesem Grund hatte ich auch auf eine feste Beziehung herzlich wenig Lust.

Diesen letzten Gedanken schob ich hastig zur Seite, denn ich hatte ganz aktuell die Wahl, noch einmal Sex zu haben oder an Unerfreuliches zu denken.

Verdammt, ich war hellwach und gleichzeitig todmüde. Kein Wunder, denn mittlerweile war ich gut anderthalb Tage ohne Schlaf. Aber hey, ich konnte schließlich im Flieger schlafen. Bis zur Landung in Hamburg hatte ich circa dreizehn Stunden Zeit.

Vom Badezimmer hörte ich das Rauschen der Dusche. Die Vorstellung, mich jetzt an einen wohlgeformten und gebräunten Körper zu pressen, machte mich hart wie einen Maiskolben.

Lächelnd schlug ich das dünne Betttuch zurück und ging

ins Badezimmer. Die Luft hier drin war heiß und feucht, genauso wie die Frau, die sich gerade die Brüste einseifte und mir einen lüsternen Blick zuwarf.

»Hey, Baby«, raunte ich, als ich zu ihr unter den Wasserstrahl stieg und mich von hinten an sie drückte. »Immer noch nicht genug?«

»Wie kann ich von deinem Schwanz jemals genug bekommen?«, gurrte sie, beugte sich vor, wobei sie sich mit den Händen an den marmorierten Kacheln abstützte, und streckte mir ihren festen Hintern entgegen.

Ich nahm mit der Hand etwas Schaum von ihren Brüsten und verteilte ihn genüsslich auf ihrem Po und zwischen ihren Beinen. O Gott, allein der Anblick ließ mich fast kommen. Ich spreizte ihre Backen auseinander und glitt in sie, was sie mit einem lang gezogenen Stöhnen beantwortete.

Während das Wasser auf uns niederprasselte, fickte ich sie ein letztes Mal.

~

Eine knappe Stunde später hatte ich mich von Anne verabschiedet und wuchtete meine zwei Koffer ins Taxi.

Mit einem Hauch Wehmut blickte ich mich um. Ich würde dieses Land trotz seiner Schwüle und seiner Armut vermissen. Serekunda war die größte Stadt Gambias. Sie summte wie ein Bienenkorb. Eine quirlige Stadt, in der so ziemlich alle Einwohner bunt gekleidet waren und Serekunda zu einem farbenfrohen Ort machten. Tagsüber waren die Straßen der Stadt ein einziger farbenfroher Markt. Die Verkäufer priesen laut ihre Ware an. Sie handelten mit Fischen, Sonnenbrillen, Kosmetik, Parfüm, chinesischem Tee, Bananen, Orangen, Kokosnüssen, Black Soap und den traditionellen Kolanüssen.

In nicht einmal einem Tag würde ich diese Welt verlassen haben, vielleicht für immer.

Im Taxi übermannte mich die Müdigkeit. Als mich der

Taxifahrer am Airport weckte, waren zwei Stunden vergangen, die mir vorkamen wie fünf Minuten. Ich gab ihm ein großzügiges Trinkgeld. Er freute sich so sehr über den Betrag, der schätzungsweise knapp unter seinem Wochenlohn lag, dass er mir die Koffer auf den Kofferwagen hob und bis zum Check-in-Schalter schob.

Auf mich warteten dreizehn Stunden Flug in der Businessclass. Dakar – Brüssel – Hamburg. Dann noch eine zweistündige Autofahrt bis ins Wangerland.

Erst jetzt merkte ich, dass ich noch nichts gegessen hatte. Nun, vor einem langen Schlaf würde ich mich zunächst stärken. Nachdem ich das Gepäck aufgegeben hatte, steuerte ich das nächste Flughafenrestaurant an und aß – wahrscheinlich ebenfalls zum letzten Mal – das traditionelle Chicken Yassa, ein in Zitronensaft eingelegtes Hähnchen mit Zwiebeln und Reis.

Danach war ich für Deutschland bereit.

~

Hanna

»Süße, tut mir leid, ich habe gleich ein Meeting und heute Abend fliege ich für eine Werbekampagne nach Lissabon. Ich komme erst am Donnerstag zurück. Aber hey, Kopf hoch. Was Besseres kann dir doch gar nicht passieren, als diesen öden Job auf diese Weise an den Nagel zu hängen!« Meine Freundin Nicole klang enthusiastisch, ganz im Gegensatz zu mir.

Ich wischte mir eine letzte Träne von der Wange und starrte durch die Windschutzscheibe. »Machst du Witze?«

»Nein, warum sollte ich? Jetzt hast du endlich Zeit und Geld, mehr aus deinem Hobby zu machen.«

»Wie kommst du darauf, dass ich mehr daraus machen will? Nicole, ich sitze im Auto um die Ecke der Firma, neben mir ein Karton mit Zeug, das sich die letzten zehn Jahre angesammelt hat. Ich habe jetzt definitiv keinen Kopf, mir Gedanken um die Zukunft zu machen!«, antwortete ich sparsam.

»Verzeihung, du kennst mich, ich bin der lösungsorientierte Typ und ...«

»Möglich, aber im Moment ist mir deine pragmatische Einstellung ein klein wenig zu emotionslos.« Ich startete den Wagen. »Ach ja, noch eine Neuigkeit. Ich glaube, Max macht mir heute einen Heiratsantrag.«

Freudengeheul scholl durch den Lautsprecher des Handys. »Zwei großartige Neuigkeiten an einem Tag! Hanna, das wird dein Jahr! Andererseits ... Willst du ihn überhaupt heiraten? Denk mal drüber nach. Oh, jetzt muss ich aber ins Meeting, bin schon spät dran. Ich melde mich bei dir, wenn ich aus Lissabon zurück bin, ja? Und ich mach mir in der Zwischenzeit Gedanken, wie deine Website aussehen könnte. Du solltest vielleicht erst einmal online an den Start gehen. Oh, das wird fantastisch. Sorry, muss mich sputen. Bis dann, Süße. Hab dich lieb.«

Ich blies die Backen auf, legte das Handy neben mich auf den Beifahrersitz und schaltete den Motor wieder aus. Hatte sie mich gefragt, ob ich Max heiraten wollte? Lächerlich! Natürlich wollte ich. Das war wohl die obligatorische Frage, frei nach dem Spruch: Drum prüfe, wer sich ewig bindet, ob sich nicht etwas Besseres findet.

Eine Prüfung brauchte es nicht. Ich liebte Max, und ich würde Ja sagen. Nein, rufen und ihm um den Hals fallen. Ob er einen Ring für mich hatte?

Diese Gedanken vertrieben die dunklen Wolken am Firmenhorizont, und ich konnte wieder lächeln. Auch wenn ich an Nicole dachte. Meine immer spontane Freundin. Wenn sie kein Projekt hatte, schaffte sie sich eins. Sie dachte immer mehrere Schritte voraus. Aber einen Online-Stofftier-Reparaturservice?! Lächerlich. Nur weil ich Spaß daran hatte, beschädigte Kuscheltiere wieder in Ordnung zu bringen? Okay, besonders liebte ich Teddybären, zum Beispiel Mr. Brumm aus meiner Kindheit, der ein Brummen von sich gab, wenn man ihn nach vorne kippte. Irgendwann als Teenager hatte ich ihm zwei neue Augen geschenkt und das halb abgerissene Ohr wieder angenäht. Solche Erinnerungsstücke aus der Vergangenheit waren mir wichtig. Unsere Eltern lebten nicht mehr, und so haftete an diesem Teddy all die Liebe, die ich als Kind erfahren hatte. Wenn ich ihn in den Arm nahm, war mir fast, als könnte ich das blumige Parfüm meiner Mutter riechen.

Ich seufzte, wischte mir mit einem Blick in den Spiegel die verlaufene Wimperntusche unter den Lidern weg und legte den Gang ein. Nicole kam auf Ideen … Wenn jeder aus seinem Hobby ein Geschäftsmodell stricken würde … Also wirklich. Nebenbei glaubte ich nicht daran, dass man seinen Lebensunterhalt verdienen konnte, indem man Augen an Teddys nähte. Auch wenn Nicole mal wieder sprudelte vor Begeisterung, ich dachte nicht im Traum daran, einen Beruf aus meinem zu machen. Wie auch immer, von dem Gespräch mit meiner besten Freundin hatte ich mir etwas anderes erhofft. Andererseits fühlte ich mich jetzt doch wesentlich besser, denn sie hatte es geschafft, dass ich nicht mehr heulen musste.

Spontan wählte ich die Nummer meiner zwei Jahre älteren Schwester, die jetzt am Nachmittag mit Sicherheit zu Hause war. Um drei musste sie ihre Tochter Marie vom Kindergarten abholen. Jetzt war es kurz vor vier.

Caro meldete sich sofort. Im Hintergrund nahm ich ein Geräusch wahr, das sich anhörte, als brutzelte sie irgendetwas in der Pfanne.

»Hi, Schwesterherz. Fischstäbchen?«

»Genau. Mit Brokkoli, den Marie aber nicht essen wird. Du kennst das Dilemma. Was gibt es, Hanna?«

»Ich habe keinen Job mehr.«

Kurze Stille, dann: »Okay, das schreit nach Chai Latte, Kuchen und einer ausgedehnten Shopping-Tour. Die Nachbarin wird sicher auf Marie aufpassen. In fünfzehn Minuten im La Bohème?«

An einem Sommertag wie diesem fand man in Heidelbergs Parkhäusern kaum einen freien Platz. Doch ich hatte Glück gehabt und etwas weiter weg vom Marktplatz im C&A-Parkhaus einen ergattern können. Zügig marschierte ich durch die Fußgängerzone. Da ich zu früh war, beschloss ich, mir ein Eis zu gönnen. Der Verlust eines Jobs erforderte sofortige Kalorienaufnahme. Vanille- und Walnusseis. Süß, cremig, lecker.

An der Heilig-Geist-Kirche bog ich nach links ab, bis vor die Gasse, die zur alten Brücke am Neckar führte. Hier fanden sich viele kleine Geschäfte und Bistros, unter anderem das La Bohème. An der Ecke davor war die Eisdiele. Ich stockte, als ich sah, dass fünf Personen vor mir dran waren. Was soll's, ich hatte noch etwas Zeit und die Temperaturen schrien geradezu nach innerer Kühlung. Also stellte ich mich in die Schlange, wartete und dachte darüber nach, wo ich mich bewerben könnte. Und wann ich damit anfangen würde.

»Verzeihen Sie, rücken Sie mal auf? Danke«, sagte jemand hinter mir.

Ich schreckte aus meinen Gedanken hoch und drehte mich halb um. Ich blickte auf eine Männerbrust, über der leider ein T-Shirt mit der Aufschrift »Sonnyboys ever smile« gespannt war. Ah, ein Sonnyboy mit Bass in der Stimme also. Ich hob den Kopf. Check: Groß, athletischer Körperbau, braun gebrannt, blonde, verwuschelte Haare und ein entwaffnendes Lächeln. Nur seine Augen konnte ich nicht sehen in seiner verspiegelten Sonnenbrille. Ah, ein echt heißer Typ von fast zwei Metern Größe.

Also wirklich, Hanna, schimpfte ich mit mir, in wenigen Stunden wird dir Max den Verlobungsring an den Finger stecken, und was machst du? Blonde Männer anglühen.

Quatsch, ich glühte höchstens, weil es so warm war, und gucken war schließlich erlaubt. Wie hatte Max einmal gesagt? Appetit holen, ist erlaubt, gegessen wird zu Hause.

»Also, würden Sie bitte ...?«, sagte er mit weichem, dunklen Bass.

»Wie? Äh ja, natürlich«, nuschelte ich mit plötzlich belegter Stimme und mir wurde noch wärmer, als es mir sowieso schon war. Dauerhafte Sonneneinstrahlung auf leeren – okay, auf fast leeren Magen – wirkte offenbar schweißtreibend. Mein Shirt klebte an mir und ich ertappte mich bei dem Gedanken, ob ich den Deoroller aus der Tasche holen … Nein, doch nicht in der Öffentlichkeit.

»Rücken Sie jetzt auf oder wollen Sie mich noch einen Moment anstarren? Es sind nur noch zwei vor uns, also vor Ihnen. Vor mir sind es mit Ihnen noch drei. Vorausgesetzt, es stellt sich keiner mehr dazwischen.«

»*Ich* starre Sie an?«, platzte es unkontrolliert aus mir heraus. Dafür erntete ich natürlich einen überraschten Blick. Und zwar aus ziemlich blauen Augen.

Er hob die Hände. »Okay, okay. Sie starren nicht, schon verstanden.«

»Ganz genau! Ich starre überhaupt nicht, ich überlege, ob wir uns von irgendwoher kennen. Aber ich habe mich wohl getäuscht.«

Das war eine Ausrede. Obwohl … die Stimme kam mir tatsächlich bekannt vor. Abrupt drehte ich mich um und mit zwei langen Schritten reihte ich mich wieder ein. Ich war erstaunt über mich selbst, dass ich so patzig zu ihm gewesen war. Er konnte ja nichts dafür, dass ich meinen Job verloren hatte.

In diesem Augenblick stellte sich der Hüne dicht hinter mich.

»Darf ich raten? Erdbeere und Schokolade. Oder doch eher Pistazie? Nein, nicht Pistazie. Walnuss. Hab ich recht?«

Ich drehte mich halb um und sah ihn irritiert an.

»Flirten Sie mich etwa an? Ist das eine neue Masche? Nur, damit Sie es wissen, mit mir ist nicht gut Eis essen, zumindest nicht, wenn es um mir unbekannte Männer geht. Ich bin verlobt. Im Übrigen ist mir schon lange nicht mehr so eine plumpe Anmache begegnet.«

In seinen meerblauen Augen blitzte kurz Entrüstung auf, dann grinste er, und dabei strahlte der Kerl eine Überheblichkeit aus, die mich sprachlos machte. Aber es gab ja auch nichts mehr zu reden.

»Der Nächste, bitte«, hörte ich den Verkäufer sagen, drehte mich wieder um und sah, dass keiner mehr vor mir stand.

»Eine Kugel Vanille und eine … Waldfrucht-Joghurt. In der Waffel bitte.« Auch wenn ich lieber Walnusseis bestellt hätte, verkniff ich es mir. Sonnyboy sollte keinen Treffer bei mir landen.

»Oh, nicht Pistazie oder Walnuss?«

Ich nahm mein Eis, zahlte und drehte mich um. »Nein, weder noch. Da müssen Sie wohl noch ein bisschen üben. Ups!«

»Ach du Sch… ! Können Sie nicht aufpassen?!«

Im nächsten Moment wurden mir zwei Dinge klar. Erstens: Mein Eis war Geschichte, und zweitens: Das Shirt des Mannes hatte ein nettes Accessoire mehr.

»Auweia, das tut mir jetzt leid.« Er hatte so dicht hinter mir gestanden, dass ich ihm das Eis beim Umdrehen direkt aufs Shirt gedrückt hatte.

»Was Sie nicht sagen!«, schnauzte er mich an.

»Na, hören Sie mal, schließlich war das keine Absicht, das kann jedem mal passieren. Aber mal ganz ehrlich, irgendwie hat das was, oder?«, sagte ich lachend. Die Waffel sah aus wie ein Einhorn, das direkt aus seiner Brust wuchs, und zwar wischen »Sonn« und »oy«.

»Das ist nicht witzig!«, raunte er, pflückte das Eis vom Shirt und zog mich zur Seite an die Hauswand, wo er die Waffel in einen Abfalleimer warf, der dort hing.

»Oh, ich finde das ziemlich witzig, weil ...«

»Ach ja?« Sein leicht überheblicher Gesichtsausdruck war einem erstaunten Mienenspiel gewichen. Seine Augenbrauen waren weit hochgezogen und seine Stirn legte sich in horizontale Falten.

Statt eine Antwort zu geben, lachte ich mich fest und zog eine Packung Taschentücher aus der Handtasche. Unbeholfen und mit Tränen in den Augen nahm ich ihm das Eis von der Brust, entsorgte es und versuchte dann, mit dem Rest der Taschentücher das Shirt sauber zu bekommen.

Das war gar nicht so einfach, denn ich rieb die Eiscreme nur noch tiefer in die Fasern. Gleichzeitig spürte ich durch die verspiegelten Sonnenbrillengläser hindurch seine vernichtenden Blicke.

Ansonsten herrschte zwischen Sonnyboy und mir eisiges Schweigen.

»Lassen Sie das!«, sagte er plötzlich barsch und packte mich am Handgelenk.

Verblüfft sah ich hoch, schüttelte seine Hand ab und trat einen Schritt zurück. »Hören Sie mal, Sonnyboy! Es tut mir leid, okay? Ich wollte nur Schadensbegrenzung betreiben.«

»Wie haben Sie mich eben genannt?«

»Sonnyboy. Steht auf Ihrem Shirt. So, und jetzt ...« Ich schulterte die Tasche. »... auf Wiedersehen. Ich bin verabredet.«

Ich reckte das Kinn und drehe dem blonden Playboy in seinem Sonnyboy-Shirt den Rücken zu. Ob Caro schon am La Bohème war?

Suchend ließ ich meine Blicke schweifen. Ah, da saß sie ja.

Als ich mich in Bewegung setzte, hob sie den Blick, erkannte mich und winkte mir zu.

»Warten Sie!« Der Typ schloss zu mir auf. Perplex blieb ich stehen. »Wir kennen uns doch, oder? Wir sind uns schon einmal begegnet, ich bin mir fast sicher.«

»So? Fast sicher, hm? Und wo und wann soll das gewesen sein?«

»Ich weiß es nicht, daher ja das fast.«

»Wissen Sie was?« Ich deutete zu meiner Schwester. »Ich bin verabredet. Wenn es Ihnen einfällt, kommen Sie doch in der nächsten Stunde vorbei.«

»Okay, aber haben Sie nicht auch das Gefühl, dass wir uns ...«

»Nein, tut mir leid.« Freundlich, aber unverbindlich lächelte ich ihn an. »Ich … Ich muss dann jetzt. Wiedersehen.«

Jan

»Ich muss dann jetzt. Wiedersehen«, sagte sie noch mit einem bezaubernden Lächeln und schob sich eine Locke aus der Stirn. Diese Bewegung hatte etwas sehr Zartes und am liebsten hätte ich die attraktive Blondine mit den tiefblauen Augen näher kennengelernt, unabhängig davon, dass alles in mir drängte, sie zu packen, an mich zu ziehen und sie zu küssen.

Ja, vielleicht hätte ich das tun sollen. Aber ich war im MoschMosch in der Fußgängerzone mit meinem Freund verabredet, bei dem ich für zwei Nächte gewohnt hatte. Schon heute am späten Abend ging mein Flieger von Frankfurt nach Hamburg. Wann ich wieder in Heidelberg sein würde, stand in den Sternen. So schnell jedenfalls nicht.

Missmutig steckte ich meine Hände in die Hosentaschen und trotte mit der Menschenmenge in der Fußgängerzone mit. Es wimmelte nur so von japanischen Touristen, die Kameras und die Handys immer im Anschlag. In der Stadt war es mir eindeutig zu voll.

Herrje! Da wollte man nur mal ganz gemütlich ein Eis essen und durch die Altstadt schlendern, und was passierte? Man lernte eine Frau kennen, die einen ohne Umwege faszinierte. Niedlich hatte die Kleine ausgesehen, wie sie sich ständig eine blonde Strähne zurückgestrichen hatte, die ihr immer wieder in die Stirn gefallen war. Dabei hatte sie mich angefunkelt mit ihren schönen Augen und ihr Kinn keck nach vorne gestreckt. Welchen Mann würde so ein Verhalten nicht reizen?

Nun, ich musste zugeben, dass es die letzten Jahre keine Frau geschafft hatte, mich zu beeindrucken oder neugierig zu machen. Wieso hatte ich nicht nach ihrer Telefonnummer gefragt oder nach ihrem Namen? Tatsächlich wusste ich nicht einmal ihren Vornamen. Das war mir auch noch nicht passiert! Und ein Eis hatte ich ebenfalls nicht.

Unwillkürlich lachte ich auf, was mir einen schiefen Blick einer Passantin einbrachte, und schüttele den Kopf über mich selbst. Ich, Jan Henning, der smarte, stets jeder Situation gewachsene Veterinärmediziner und gelegentliche Globetrotter, Schwarm der Frauen und begehrtester Junggeselle in Friesland – zumindest behauptet das Gesine, Hinnerks Frau – ließ sich von einem blonden, laufenden Schussel mit Eis besudeln und fragt nicht mal nach dem Namen.

»Hey, wo willst du denn hin?«, hörte ich es plötzlich rufen. Sofort erkannte ich die Stimme meines ehemaligen Studienkollegen Mike, mit dem ich verabredet war.

Ich stoppte und wendete den Kopf nach rechts. Dort saß Mike an einem Tisch vor dem MoschMosch. Wenn er mich nicht entdeckt hätte, ich wäre vorbeigelaufen, so sehr war ich in Gedanken gewesen.

Aufatmend ließ ich mich auf den Stuhl ihm gegenüber fallen. »Hi. Ganz schön voll hier in der Innenstadt.«

»Das ist normal und noch gar nix gegen das, was am Wochenende los ist. Du hast da einen Fleck auf dem Shirt.«

»Ah, das. Ja, erzähle ich dir gleich, lass uns erst einmal was bestellen.« Wir bestellten zwei Bier und blätterten in der Speisekarte. Es gab leckere, frisch zubereitete japanische Gerichte mit Fleisch, vegetarisch oder vegan. Doch irgendwie war es mir zu heiß, um auch noch etwas Warmes zu essen. Ich entschied mich für einen Salat.

Das Bier kam, wir prosteten uns zu und ich nahm zwei lange Schlucke. Ah, das tat gut bei der Hitze. Während des Essens erzählte ich Mike von dem Zusammentreffen mit der hübschen Blonden vor der Eisdiele.

»Und? Ist dir eingefallen, wo du sie schon mal gesehen hast?«

»Leider nein, aber ich bin ein Vollidiot, dass ich nicht nach ihrem Namen gefragt habe. Auch wenn ich sie wahrscheinlich nie wiedersehe. Außerdem ist sie verlobt.«

»Na, dann brauchst du auch ihren Namen nicht, oder? Wobei, es schadet nie, sich die Namen von attraktiven Frauen zu merken. Es soll in der Menschheitsgeschichte hin und wieder Fälle von Scheidungen gegeben haben.«

Mike und sein Humor. Ich musste grinsen. Auch, wenn ich nicht wusste, was mich antrieb, ich wollte ihren Namen wissen. Unbedingt. Ich stand auf. »Bin gleich wieder da.«

Mike zog eine Braue hoch. »Gehst du dir jetzt den Namen besorgen?«

»So sieht es aus.« Ich trank das halbe Glas in einem Zug aus, denn ein Bier warm werden zu lassen, war die nirgends festgehaltene achte Todsünde, zumindest für biertrinkende Männer.

KAPITEL 3

Hanna

»Wer war denn das Sahneschnittchen?«, wollte Caro wissen und reckte den Hals nach ihm. »Der hat ja einen Knackarsch, mein lieber Scholli!«

»Und ein Einhorn auf der Brust.« Ich folgte ihrem Blick und musste ihr recht geben. Ja, der Hintern war extrem sexy. Und die Art, wie dieser Mann sich bewegte … *Sofort aufhören, Hanna!* Was war nur in mich gefahren?

»Definiere Einhorn auf der Brust.«

Ich erzählte ihr von dem Eisunfall und bestellte anschließend Schokoladenkuchen und Wasser.

»Ist mit dir alles okay?« Caros Gesicht schob sich in mein Blickfeld. Mit der typischen Ältere-Schwester-Mimik, in der die Sorge um mein Wohlbefinden geschrieben stand, sah sie mich an. »Hast du etwa geweint?«

»Geweint? Nein … Oh, doch, natürlich. Eben gerade, vor Lachen.«

Wir saßen in der Heidelberger Altstadt vor dem Café auf

einem schattigen Platz, Caro genoss ihren Chai Latte und ich drückte eine halbe Zitrone in mein Wasser. Ich fühlte mich beschissen. Das lag nicht nur daran, dass mein Shirt von der Hitze und dem Fußmarsch vom Parkhaus durch die Fußgängerzone feucht an meinem Körper klebte, sondern auch an der Tatsache, dass ich gerade ein Riesenstück Schokoladenkuchen mit Sahne in mich hineingeschaufelt hatte und mir jetzt schon leicht übel war. Vielleicht hatte ich heute doch ein bisschen viel Zucker erwischt.

»Wie heißt er denn?«

»Keine Ahnung.« Ich zuckte mit den Schultern und schob den jetzt leeren Teller zur Seite. Zwar gingen mir die Augen des fremden Mannes nicht mehr aus dem Kopf, doch es gab wichtigere Dinge, andere Dinge. Solche, die ein Problem darstellten und gelöst werden mussten.

In den nächsten Minuten erzählte ich meiner Schwester vom Gespräch mit meinem Ex-Chef in allen Einzelheiten.

»Was soll ich denn jetzt nur tun?«, endete ich, ließ mich in dem bequemen Korbstuhl zurückfallen, und öffnete den Knopf meiner Jeans.

»Ganz einfach, du suchst dir einen neuen Job«, sagte Caro trocken und nippte an ihrem Tee. »Wer weiß, für was diese Entwicklung gut ist. Es geschieht nichts ohne Grund.«

»Ah, das berühmte Schicksal, die Fügung, hm? Glaub ich nicht dran.«

Sie lachte. »Ich muss mal für kleine Mädchen. Bin gleich wieder da.«

»Ja, schwimm nicht zu weit raus«, murmelte ich, nippte am Zitronenwasser und sah der verdammt attraktiven Kellnerin hinterher, die gerade Getränke an den Nachbartisch brachte. Sie sollte als Model arbeiten, nicht als Bedienung.

Hinter mir unterhielten sich zwei Frauen über irgendeinen tollen Typen in Gambia. Unfreiwillig lauschte ich. Auch, um mich auf andere Gedanken zu bringen.

»*Das* wäre mal ein Mann, der mich flashen könnte.«

»Ja, mich auch. Nicht übel.«

Hm, offenbar zeigte sie ihrer Freundin ein Foto, aber ich konnte mich ja schlecht umdrehen und nachsehen.

»Ja, nicht wahr? Wo trifft man so einen Kerl? Ein Bild von einem Mann, Arzt, das Herz am richtigen Fleck und Single!«

»Na dann, auf nach Nigeria.«

»Gambia. Ehrenamtlich, für ein halbes Jahr, und klärt Tierhalter über richtige Haltung und Versorgung ihrer Nutztiere auf. Und das alles ohne Bezahlung.«

»Na, der muss ja Kohle haben … Wer sich's leisten kann ...«

»Kann er wohl. Ach, was für ein Mann! Den würde ich vom Fleck weg heiraten, wenn ich nicht schon verheiratet wäre.«

»Vielleicht steht er ja nur auf attraktive Gambierinnen?«

»Also wirklich ... Du wieder. Man darf ja wohl noch träumen, oder? Stell dir vor, er zieht sein Buschhemd aus und packt dich mit seinen starken Armen und …«

An dem Punkt klinkte ich mich aus. Vielleicht, weil mir jetzt gerade nicht nach starken, männlichen Händen und Buschhemden war.

»Darf es noch etwas sein?«

Die unverschämt gut aussehende und nach einem zarten Parfüm duftende Kellnerin lächelte mich an. Instinktiv zupfte ich an meinem Shirt.

Ja, bitte. Ich hätte gerne dein nicht verschwitztes T-Shirt. Und wenn wir schon dabei sind, deine Haare, deine Taille und deine Titten.

»Nein, danke, im Moment nicht.« Ich deutete auf den Schluck in meinem Wasserglas, der mit Sicherheit schon brühwarm war.

Mit einem äußerst kundenorientierten Lächeln und keckem Hüftschwung wandte sie sich ab. Himmel, die Frau hatte eine atemberaubende Figur. Da war kein Gramm Fett zu viel an den Hüften, und ihre Brüste hatten nicht nur die perfekte Größe, sondern auch die perfekte Form. Ihre langen schwarzen und glänzenden Haare hatte sie zu einem Pferdeschwanz gebunden. Unwillkürlich griff ich mir an meine eigene, schulterlange Mähne, die sich einfach nicht bändigen ließ. Blonde Naturkrause mit dem Hang, sich jeder Spange und jedem Gummiband zu widersetzen.

Eine spontane Welle aus Selbstmitleid überrollte mich. Kein Job, total verschwitzt und Wischmopp-Haare. Ich könnte noch ein Stück Kuchen bestellen. Die Seele schrie nach Streicheleinheiten. Der Magen allerdings rief nach Pfefferminztee. Und dann ständig dieses Bild vor Augen von einem athletisch gebauten, blonden Mann mit gebräunter Haut und Spiegelsonnenbrille, das sich mir gegen meinen Willen aufdrängte.

»Heulst du etwa?« Caro war zurück.

»Was? Nein. Hab nur ne Fliege im Auge.« Demonstrativ wischte ich mit dem Handrücken darüber.

»Du übertreibst. So schlimm ist das nicht, einen Job zu verlieren. Du bist jung, hübsch, intelligent, und du bekommst sicher wieder eine neue Anstellung. Genieße doch jetzt einfach mal den Sommer. Es ist schon Anfang August, bald ist er vorbei. Mach Urlaub mit deinem Schatz, genieße Sonnenauf- und -untergänge.«

»Ist hübsch zu sein eine Voraussetzung für einen neuen Job?« Ich beugte mich vor und stützte mein Kinn auf die Hände. »Schon gut, ich weiß ja, wie du das meinst, aber ... du hast gut reden! Du hast einen Job, eine bezaubernde Tochter, die glatten Haare von Papa geerbt und ...«

»Hanna Süß!«, sagte Caro laut. »Kannst du jetzt bitte damit aufhören, dich selbst zu bemitleiden?«

»Tut mir leid, Caro, ich ...«

»*Sie* sind Hanna Süß?« Die Kellnerin war zurück. Doch in ihrem Gesicht war kein Lächeln zu erkennen, eher so etwas wie Verwunderung, gemischt mit einer ordentlichen Portion Spott. *Was zur Hölle ...?*

Jan

Mein guter Freund Hinnerk hatte es sich nicht nehmen lassen, mich mitten in der Nacht vom Flughafen Hamburg abzuholen. Ich war froh, so einen Menschen an meiner Seite zu haben. Sogar die Post hatte er mir nachgeschickt. Mit seinen vierzig Jahren war er nur fünf Jahre älter als ich, doch er sah älter aus, als er war. Vielleicht lag es an seinem schütteren hellblonden Haar und der wettergegerbten Haut. Kein Wunder, denn er hielt sich viel im Freien auf, meistens bei seinen Pferden.

»Jan, sabbel nich«, brummte er, während ich mich genüsslich im Ledersitz meines Bentleys ausstreckte und an einem Kaffee nippte. »Wann hab ich schon mal Gelegenheit, mit so einem Flaggschiff zu fahren, nech? In unserer Gegend hat jeder 'nen Traktor, aber so einen englischen Schlitten hat nich jeder. Feine Sache. Denkt man ja nich, dass sich ein Tierarzt so einen Wagen leisten kann.«

»Habe Glück gehabt«, antwortete ich müde. »Weißt du doch.«

Auf dem kurzen Flug von Frankfurt nach Hamburg hatte mich ein kurzer, wenig erholsamer Schlaf übermannt. Ich hatte von einer blonden Frau geträumt, deren Namen ich wohl nie erfahren würde. Als ich gestern vor dem Bistro stand, war sie nicht mehr da gewesen.

»Jou, Aktiengeschäfte. Wär mir zu heiß, mit dem Ersparten zu spekulieren. Wenn ich geerbt hätte wie du, das wär was anderes.«

»Du würdest dir nur noch mehr Pferde kaufen, gib's doch zu«, sagte ich grinsend und versuchte, die Gedanken an die Frau vor der Eisdiele zu vertreiben.

»Und die Zäune austauschen, noch eine Ferienwohnung anbauen, ganz genau.«

»Zu Hause alles in Ordnung?«, erkundigte ich mich.

»Wie immer, Unkraut vergeht nicht. Gesine hat was gekocht. Steht in deiner Küche.«

»Was denn?« Ich verspürte Hunger nach einer deftigen friesischen Mahlzeit.

»Pizza.«

»Dein Ernst jetzt?«

»Jo, warum nich, nech? Sind Sardellen drauf.«

»Passt. Isst du mit?«

»Nee, nee, ich muss zu Gesine, die wartet. Hat Angst, ich bau mit deiner Luxuskarosse einen Unfall. Soll dich grüßen.«

~

An meiner Villa angekommen luden wir die Koffer aus, und Hinnerk tauschte das Auto. Dann tippte er an seine Kappe und sagte: »Bis morgen, kommst auf einen Korn vorbei?«

»Wenn ich auch ein Bier dazu bekomme?«

Er grinste und fuhr vom Hof.

Zu Hause. Ich war zu Hause. Einen Moment blieb ich vor der Tür stehen und atmete die salzige Nachtluft ein. Gott, hatte mir das gefehlt. Endlich keine Schwüle mehr, kein Kleben von Kleidung am Körper, kaum dass man sie gewechselt hatte.

Allerdings auch kein Chicken Yassa, stattdessen Sardellenpizza.

Mein Handy gab einen Ton von sich. Gesine, Hinnerks Frau.

Willkommen zurück, Jan. Hoffe, die Pizza schmeckt.

Kurzerhand klingelte ich bei ihr durch, bedankte mich für die Fürsorge und versicherte ihr, dass mit Hinnerk alles in Ordnung sei. Ja, mit dem Wagen auch. Hinnerk sollte gleich zu Hause sein.

Dann wünschte ich ihr eine gute Nacht und versprach, morgen irgendwann vorbeizukommen.

Heute war Montag. Erst in einer Woche würde ich die Praxis wieder öffnen. Die Zeit bis dahin gab ich mir, um wieder anzukommen. Einen größeren Gegensatz als Serekunda in Gambia und Horumersiel im Wangerland konnte es kaum geben. Das musste ich erst einmal verstoffwechseln. Zum Beispiel mit ausgedehnten Spaziergängen am Meer, in den Dünen. Fischbrötchen essen, ein kühles Bier trinken, aufs Meer gucken.

Seufzend schloss ich die Tür auf und schob die Koffer in den Flur. Ausräumen konnte ich sie morgen auch noch.

Wie in Trance schlich ich an den Kühlschrank, in den Hinnerk wie vereinbart ein paar Flaschen Bier gestellt hatte, köpfte eine davon und trat hinaus in den Garten.

Der Pool schimmerte in einem satten Blau. Doch es war zu kühl, um ein Bad zu nehmen. Also legte ich mich in den Liegestuhl, sah in den Sternenhimmel hinauf und nippte am Bier.

Diese Ruhe hier war unglaublich. Ohne Gambia wäre mir das wahrscheinlich nie so bewusst geworden.

Hanna

»Ja, das ist mein Name. Problem damit?« Instinktiv richtete ich mich gerade und funkelte die Kellnerin misstrauisch an. Selbst Caro wirkte plötzlich angespannt. Zwischen ihren Augenbrauen grub sich eine steile Falte ein.

»Sie sind die Freundin von Max?« Sie musterte mich mit ihren dunklen Augen. Ein herablassender Zug umspielte ihre Lippen.

»Verlobte. Und was geht Sie das an?« Ich umfasste die Kuchengabel wie eine Waffe, hauptsächlich, um zu überspielen, dass mir irgendwie ganz komisch zumute wurde.

»Ach nichts, nichts. Ich hatte wohl nur mal ein Gespräch beim Friseur aufgeschnappt. Verlobt also. Interessant.«

Mir blieb die Spucke weg.

»Von Max aufgeschnappt, hm?«, kam mir meine Schwester mit zuckersüßem Tonfall zur Hilfe und legte ihren Geldbeutel auf den Tisch. »Wir wollen dann zahlen!«

Kurz darauf schlich ich mit Caro durch die Fußgängerzone. Sie hakte sich bei mir unter und redete wie ein Wasserfall auf mich ein.

»Hast du gesehen, wie die geguckt hat? War ja klar, dass die Zippe kein Trinkgeld bekommt. Was bildet die sich ein? Gutes Aussehen ist nun mal nicht alles. Die hat ein Herz so schwarz wie Dreck unter Fingernägeln, sag ich dir. Und die hellste Barbie in der Spielzeugkiste ist sie auch nicht. Sag mal, Max ist dir doch treu, oder?«

»Du hast echt den Charme einer Abrissbirne!«, sagte ich lachend, obwohl mir nicht danach war. Im Gegenteil, das war einer dieser Momente, in denen dir auch ohne Ice-Bucket-Challenge bei vierzig Grad im Schatten die Kopfhaut vor Kälte zusammengezogen wurde. Etwas in mir war verunsichert, obwohl ich bis heute nicht den kleinsten Verdacht gehegt hatte.

Caro hielt abrupt an und stellte sich vor mich. »Pass mal auf, Schwesterchen, ich kenne diesen Ton und auch diesen Blick, den diese Tussi draufhatte. Da ist was im Busch. Sie hat es auf Max abgesehen. Wenn er dich nicht betrügt, dann dauert's wahrscheinlich nicht mehr lange. So einer Frau kann niemand …«

»Das will ich jetzt nicht hören! Da ist nichts. Hast du vergessen, dass Max mir heute einen Heiratsantrag machen will? Ich muss jetzt nach Hause, duschen.«

Energisch schob ich mich an ihr vorbei und steuerte das

Parkhaus an. Auf Shopping war mir die Lust vergangen. Und außerdem wollte ich garantiert nicht im verschwitzten Shirt das ersehnte Ja hauchen.

»Okay, wahrscheinlich hast du recht«, sagte Caro mit skeptischer Miene und begleitete mich bis zum Parkhaus. »Tschüss, Schwesterchen. Ich will noch einen neuen Badeanzug für Marie besorgen. Sie ist aus dem alten schon wieder rausgewachsen. Ruf mich später oder morgen an, ja? Ich muss doch unbedingt wissen, wie der Abend gelaufen ist.«

Küsschen links, Küsschen rechts.

Eine halbe Stunde später war ich zu Hause.

Die Kiste mit den Bürosachen unter den Arm geklemmt, schloss ich die Tür zu meinem Zuhause seit zwei Jahren auf. Damals hatte ich meine kleine Wohnung im Grünen aufgegeben und war zu Max in die noble Gegend gezogen. Fast jedes Haus hier hatte einen Blick zum Heidelberger Schloss auf der gegenüberliegenden Seite des Neckars. Ein paar vereinzelte Möbel hatte ich behalten. Den roten chinesischen Hochzeitsschrank, einen zweitürigen Kleiderschrank mit Spiegel, für den Max im Ankleidezimmer extra Platz geschaffen hatte. Jede Menge Geschirr, zwei Teppiche, Vorhänge, Deko … Nicht viel, aber meins.

Wieso dachte ich darüber nach?

Ich stellte die Kiste vor der Küche ab und ging durch den breiten Flur ins Wohnzimmer. Der Blick aus dem Panoramafenster begeisterte mich immer noch. Einen Moment ließ ich die Postkartenkulisse auf mich wirken und atmete tief durch.

Noch eine Stunde hatte ich Zeit. Ab unter die Dusche und fein gemacht für Max.

Das lauwarme Wasser spülte mir die Missstimmung der vergangenen Stunden weg. Jetzt war nicht die Zeit, sich das Hirn zu zermartern über verlorene Jobs, die Zukunft oder über Tussen-Kellnerinnen. Max liebte mich. Nur das zählte.

Ich verzichtete auf ein Handtuch nach der Dusche und genoss die belebende Kühle der Wassertropfen auf der Haut.

Jetzt hatte nur noch Max in meinen Gedanken Platz. Mit einem Summen auf den Lippen rubbelte ich mir die Haare trocken und als der feuchte Film auf meiner Haut verflogen war, cremte ich mich mit einer Körperlotion ein. Max liebte den Geruch von Maiglöckchen auf meiner Haut. Großzügig verteilte ich die Lotion auf meinem Körper. Einen letzten Rest knetete ich in die Haarspitzen.

Ich entschied mich für die dem Anlass entsprechende Unterwäsche. Ich zog einen BH aus der Schublade. Hauchzarte Spitze in Hellblau. Der Slip dazu war etwas zu eng, doch das machte nichts. Erwartungsgemäß würde ich ihn heute Abend nicht lange tragen. Ich drehte mich vor dem Spiegel. In diesem BH wirkten meine Brüste voller und irgendwie … sexy. Und ich mochte meinen Hintern, er war so schön rund wie ein Apfel.

Ich erinnerte mich an den Spruch von Nicole, dass mein Hintern ein reizvolles Dekolleté abgeben würde. Aus Spaß hatten wir ein Kleid drumherum drapiert, eine Kette drangehalten und das Kunstwerk fotografiert. Anschließend haben wir Tränen gelacht, weil der Hintern – so im Ausschnitt fotografiert – echt wie Riesentitten mit Kette ausgesehen hatte. Was gäbe ich für solche Brüste …

Ein wohliges Prickeln durchlief mich, als ich mir vorstellte, wie Max mir heute Nacht den Slip abstreifen würde. Lächelnd drehte ich mich vor dem Spiegel und betrachtete mich. Eigentlich gar nicht so übel, ich gefiel mir.

Fast schon euphorisch tänzelte ich ins Ankleidezimmer.

»Hey, ihr Süßen, was sagt ihr? Ich sehe gut aus, oder?« Das war so eine Marotte von mir. Ab und zu sprach ich mit meinen Plüschtieren, die auf dem Sessel unter dem Fenster ihren Platz gefunden hatten: Mr. Brumm, eine dicke Biene, der immer mürrische Esel I-Aah aus Winnie Puuh und eine Eule.

Der anschließende Blick in den Kleiderschrank brachte mich wieder auf den Boden der Tatsachen. Das Einzige, was dem Anlass – und auch der Unterwäsche – gerecht würde, wäre ein schickes Kleid. Doch das einzige Kleid, das etwas eleganter war, hatte ich das letzte Mal vor gefühlt hundert Jahren getragen. Trotzdem probierte ich es an.

War ja klar, es passte nicht mehr, ich bekam den Reißverschluss auf der Seite nicht zu, verdammt!

Schlagartig überwältige mich der Wunsch nach Jeans und T-Shirt, aber das ging ja nicht. Nicht heute. Kopfschüttelnd entschied ich mich für ein leichtes Sommerkleid mit Glockenrock, hellblau mit Stickereien, und wählte ein Paar flacher Schuhe dazu. Perfekt.

Zum Abschluss knetete ich mir etwas Schaum in die Haare, obwohl der Versuch, sie zu bändigen, hoffnungslos war. Danach legte ich eine getönte Feuchtigkeitscreme auf, tuschte mir die Wimpern und rundete alles mit einem roséfarbenen Lipgloss ab.

Fertig! Heiratsantrag, du kannst kommen. Ich bin ja so was von bereit!

KAPITEL 4

Jan

Vogelzwitschern. Wo war ich?

Schlaftrunken drehte ich mich auf die Seite und versuchte, das ungewohnte Geräusch einzuordnen. Es gelang mir nicht. Auch fühlte sich die Decke weicher, die Luft frischer an als sonst. Nicht so stickig.

Erst als ich die Augen öffnete und aus dem Fenster meines Schlafzimmers auf die Dünen sah, begriff ich, dass ich nicht in dem schmalen, knarzenden Appartement-Bett lag, sondern in meinem eigenen. Und ich fror.

Der Gewohnheit im letzten halben Jahr in Gambia geschuldet, war ich nackt schlafen gegangen. Die Temperaturen in Afrika hatten überflüssige Kleidung einfach nicht zugelassen. Selbst das dünne Betttuch war schon zu viel gewesen.

Bereit, den Tag mit einer ausgedehnten Joggingrunde am Meer zu beginnen. Nach dem Kaffee natürlich.

Voller Vorfreude unterzog ich mich einer Katzenwäsche

und schlüpfte in meine Laufklamotten. Danach brühte ich mir eine Tasse Kaffee. Das Mahlen der Bohnen klang für mich wie Musik.

Mit der Kaffeetasse in der Hand trat ich ins Freie und ließ den Blick über den Garten schweifen, der in den vergangenen Monaten regelmäßig von einer Gärtnerei in Schach gehalten worden war. Selbst der Pool sah aus wie geleckt. Ich blickte über die hüfthohen Hortensienbüsche zu den Dünen, die mit Dünenrosen und Sandrohr bewachsen waren. Nach dem Lauf würde ich ein paar kurze Bahnen im Pool schwimmen. Perfekt!

Der Kaffee weckte meine Lebensgeister vollends. Ich ging wieder hinein, spülte die Tasse ab und zog Socken und Sportschuhe an. Fehlte noch etwas? Natürlich. Schlüssel und Handy. Das Handy steckte ich in die Armhalterung, den Schlüssel in die kleine Tasche an den Shorts.

Als ich die Tür öffnete, stieß ich fast mit einer Frau zusammen. Besser gesagt, mit ihrer Faust, denn sie wollte offenbar gerade an die Tür klopfen. Neben ihr an einem Seil – warum keine Leine? – wedelte mich ein blonder Labrador an.

»Ach, Gott, Dr. Henning!«, sprudelte die alte Dame sofort los. »Zum Glück sind Sie wieder da! Ich hatte es erst nebenan in Ihrer Praxis probiert, aber da ist noch geschlossen. Entschuldigen Sie bitte mein spontanes Auftauchen, aber ich weiß einfach nicht, was ich mit Floyd machen soll.«

»Guten Morgen, Frau …« Ich kannte die Dame, aber woher?

»Grafensberg. Adele von Grafensberg. Sie erinnern sich? Wir – also ich und mein Mann – kommen … kamen … jedes Jahr für ein paar Wochen in unser Ferienhaus hinter Ihrer Mühle. Dieses Jahr bin ich alleine hier, denn Franz, mein Mann, ist seit fast zwei Jahren nicht mehr. Wieso steht die schöne Mühle eigentlich leer?« Sie winkte ab. »Ich verschwätze mich mal wieder. Es geht um diesen Hund hier, er wurde bei uns an den Gartenzaun gebunden, mit einem Schild um den Hals.«

»Mit einem Schild? Oh, Verzeihung, mein herzliches Beileid.«

Ich musste wirken wie ein Idiot mit meinem Gestammel. Außerdem recht unhöflich. Obwohl ich große Lust hatte, die Frau auf später zu vertrösten, sagte ich: »Kommen Sie doch rein, Frau von Grafensberg, und erzählen Sie mir alles. Kaffee?«

»Ach«, winkte sie ab. »Zwei Jahre ist es her, ich bin über den Berg. Und für mich keinen Kaffee, danke, sehr nett von Ihnen, aber ich habe schon die Koffeindosis des halben Dorfes in mir. Franz sagte immer, wenn es keinen Kaffee mehr gäbe, würde ich eingehen. Der ist für mich wie Dünger.« Sie lächelte mich an und in ihren blauen Augen blitzte es belustigt.

»Gehen wir auf die Terrasse, dort können wir uns setzen und Floyd kann herumlaufen. Der Garten ist eingezäunt, er kann also nicht weg.«

»Wunderbar!« Sie ging durch das Wohnzimmer, trat auf die Terrasse und sah mich an wie eine Mutter ihren Sohn, wenn es etwas zu meckern gab. »Wollten Sie nicht gerade gehen, junger Mann? Wenn ja, denken Sie das nächste Mal daran, alle Türen zu schließen.«

»Oh, äh, ja, natürlich. Bitte nehmen Sie Platz. So, was ist denn mit dem Hund? Und was stand auf dem Schild?« Ich setzte mich ihr gegenüber an den Teakholztisch.

»Bitte kümmern Sie sich um Floyd«, sagte Frau von Grafensberg und löste den Seilknoten vom Halsband. Das nette Tierchen kam sofort schwanzwedelnd auf mich zu und leckte mein Knie ab.

»Ich soll mich um ihn kümmern?« Verblüfft kraulte ich dem Labrador das Fell.

»Nein. Ja. Nein. Ach, das stand doch auf dem Schild, aber ...« Sie legte den Kopf schief und sah mich bittend an.

»Und Sie wollen jetzt von mir, dass ich den Hund aufnehme«, ergänzte ich ihren begonnenen Satz.

»Wenn Sie das tun würden? Sie sind doch Tierarzt und können gut mit Tieren, oder? Ich würde Floyd ja gerne behalten ... Haben Sie diese Augen gesehen? Er ist sicher ein sehr liebes und treues Tier. Pfui auf die Leute, die ihn einfach irgendwo angebunden haben. Schrecklich. Der arme Kerl! Was wollte ich sagen?« Sie sah kurz in die Ferne und schob sich eine schwarzgraue Strähne ihres langen, lose nach hinten gebundenen Haares zurück »Ach ja, ich würde ihn ja behalten, aber ich werde die nächste Zeit viele Monate auf Reisen sein, wer soll ihn denn dann nehmen?«

»Hm.« Fortwährend kraulte ich Floyd das Fell. Er sah gesund aus. Das Haarkleid glänzte, die Augen waren klar. Und ein Blick auf seine Zähne zeigte mir, dass er höchstens sechs oder sieben Jahre alt sein konnte. Im besten Rüdenalter also. Oder war er kastriert? Das würde ich mir später ansehen. Ganz aktuell hatte er wohl Hunger, denn er hatte offenbar vor, mein Knie wund zu lecken. Er war eben ein Labrador, wenn der keinen Hunger hatte, war er vermutlich tot. »Haben Sie ihm schon etwas zu fressen gegeben, Frau von Grafensberg?«

»Ach, sagen Sie doch bitte Adele zu mir. Dieses ewige Frau von Grafensberg macht mich älter, als ich mich fühle. Also nicht, dass ich nicht alt wäre, nächsten Monat feiere ich meinen fünfundsechzigsten Geburtstag, aber ich fühle mich nicht so. Oh, Schinken, Eier und ein Stück Steak von gestern«, kam die Antwort, auf Umwegen zwar, aber sie kam. Neugierig beugte sie sich vor und sah zu, wie ich den Hund flüchtig untersuchte. »War das in Ordnung? Geht es Floyd gut? Er macht mir einen ganz munteren Eindruck, aber ich kenne mich mit Hunden nicht aus. Mit Männern, ja. Auch mit Kaninchen – als ich ein Kind war, hatten wir jede Menge davon. Leider landeten sie oft auf dem Teller.«

Unwillkürlich musste ich lachen. »Das ist schon mal okay,

es wird ihm nicht schaden.« Ich gab dem Hund einen kleinen Klaps und ermutigte ihn mit ausgestrecktem Finger, den Garten zu erkunden. »Lauf, Floyd.«

Er freute sich sichtlich und machte sich schnüffelnderweise mit der neuen Umgebung vertraut.

»Da bin ich jetzt beruhigt. Und was machen wir nun mit ihm?«

»Wir?« Ich lehnte mich zurück und sah dem Hund zu, wie er durch den Garten stöberte und alles neugierig beschnupperte.

»Na ja, Sie wissen schon … Lassen Sie sich doch nicht jedes Wort aus der Nase ziehen, Herr Doktor Henning.«

»Jan, bitte. Wenn ich Sie beim Vornamen nennen darf, können Sie auch das förmliche Herr Doktor weglassen. Einverstanden?«

»Wunderbar. Jan … Ein schöner Name. Wäre ich dreißig Jahre jünger, gut, vielleicht auch nur zwanzig, ich würde ungehemmt mit Ihnen flirten.«

»Bitte?« Die Verblüffung ließ mich kurz stutzen, dann lachte ich laut los. Was zur Folge hatte, dass Floyd sofort zu mir kam und erneut das Knie beleckte. Diesmal jedoch das andere.

»Eine Frau in meinem Alter hat einfach keine Zeit und keine Lust, mit den Dingen, die wahr sind, zu knausern. Sehen Sie es als Kompliment. Außerdem mag Floyd Sie auch.« Adele nickte zufrieden. »Behalten Sie ihn?«

»Ich weiß nicht.«

Was sollte ich mit einem Tier in meinem Haushalt? Ich war den ganzen Tag in der Praxis oder fuhr von Resthof zu Resthof und kümmerte mich um Pferde, Esel, Kühe, Ziegen und Schafe.

»Nun«, sie stand auf, »vielleicht finden Sie ja einen netten Menschen für ihn. Es gibt doch sicher auch ein Tierheim hier, oder?«

»Ja, gibt es. Bei Jever in der Nähe.« Auch ich stand auf.

»Oh …« In ihrem Gesicht stand ein deutliches Missfallen.

»Keine Sorge, ich behalte ihn …«

»Ach, Sie sind so ein guter Mensch und Tierarzt. Danke, ich …«

»… vorerst, Adele. Das heißt, bis ich einen passenden Besitzer gefunden habe.«

Als Adele sich wiederholt bei mir bedankt hatte und schließlich gegangen war, überlegte ich, was ich jetzt mit Floyd anstellen sollte. Nun, er brauchte was Ordentliches zu fressen, eine Leine und … einen Gassigang. In diesem Moment beobachtete ich, wie er ganz hundetypisch auf dem Rasen seine Kreise zog, um ein Häufchen abzusetzen. Okay, bei einem Hund dieser Größe war eher mit einem respektablen Haufen zu rechnen.

Ich pfiff durch die Zähne, trat mit langen Schritten hinaus und griff zum Seil. »Komm, Floyd. Gassi!«

Offenbar verstand er mich und folgte bereitwillig. Es schien dringend zu sein, aber er verkniff sich das Bedürfnis, einen Haufen auf meinen Rasen zu setzen. Ein wirklich gut erzogener und freundlicher Hund. Zum Glück lagen die Dünen nur ein paar Schritte hinterm Haus. Und die legten wir eilig zurück.

Nachdem Floyd sein Geschäft in einem Gebüsch erledigt hatte, joggten wir am fast menschenleeren Strand nebeneinander her, als hätten wir nie etwas anderes getan. Als ich mich auf eine Erhöhung setzte und aufs Meer hinaussah, ließ sich Floyd neben mir nieder und schaute in die gleiche Richtung. Das hatte irgendwie etwas sehr Entspannendes.

»Floyd«, sagte ich. »Cooler Name.«

Hanna

Im letzten Moment hatte ich mich umentschieden und meine Lieblingsjeans angezogen. Ein paar hübsche flache Sandalen mit Schnalle dazu und eine farbenfrohe Bluse mit Blumenprint. Darin fühlte ich mich einfach wohler, das war ich.

Unruhig tigerte ich durch die Wohnung, rückte hier ein Plüschtier gerade, schob dort ein Kerzenlicht zur Seite. Schließlich öffnete ich eine Flasche Rotwein. Wenn ich schon schnell atmete, durfte der Wein das auch. Immer wieder sah ich auf die Uhr. Es war schon zehn Minuten nach sechs. Wo blieb Max?

Einen Seufzer ausstoßend trat ich auf die Terrasse und blickte hinüber zum Heidelberger Schloss. Die Sonne versteckte sich bereits hinter den Häusern, trotzdem war es immer noch sehr warm. Auf meiner Stirn bildeten sich die ersten Schweißtropfen. Hektisch ging ich wieder rein und checkte vor dem Spiegel mein Make-up. Zum Glück war die Wimperntusche noch an Ort und Stelle. Pandabärchenaugen hatte ich erst für später eingeplant, dann, wenn die Freudentränen strömten.

Oh, was Max wohl sagen würde, wenn ich ihm erzählte, dass ich meinen Job los war? Aber dafür wäre morgen auch noch Zeit. Ich beschloss, dass heute kein guter Termin wäre, das Thema anzuschneiden.

Die Tür ging auf.

»Hi. Hab im Stau gestanden«, sagte Max auf eine Art, die nichts Besonderes erwarten ließ. Kurz streifte mich die Enttäuschung. Er sah aus wie immer. Und er gefiel mir mit seinem akkurat geschnittenen, glatten, schwarzen Haaren, seinem weißen Kurzarm-Hemd und den dunklen Anzughosen. Obwohl er nicht der Typ Mann war, der regelmäßig Sport trieb, besaß er eine schlanke Figur und schöne Hände. Ich mochte es, wenn Männer schöne, langgliedrige Finger und gepflegte Hände hatten.

»Blöder Stau, hm?«, erwiderte ich nervös und fummelte an einer Haarsträhne herum. »Montagabends ist um die Uhrzeit fast kein Durchkommen … Feierabendverkehr.«

Er brummte etwas, das ich nicht verstand, legte den Schlüssel auf die Ablage und ging in den Wohn-Essbereich. »Wollen wir uns raus setzen?«

»Klar, warum nicht.« Ich schwitzte sowieso schon. Adieu, betörender Maiglöckchenduft. »Nimmst du Gläser mit? Ich habe eine Flasche vom guten Roten geöffnet.«

»Fein. Ich schalte den Venti ein, es ist warm draußen.« Er warf mir ein unverbindliches Lächeln über die Schulter zu und griff sich zwei dickbauchige Gläser und zwei Servietten aus der Vitrine. Ein ordentlicher Mann.

Die warme Luft, die der Miefquirl unter dem Balkon verteilte, verhinderte zumindest, dass mir die Bluse am Körper klebte. Wenigstens etwas.

Max und ich saßen uns gegenüber, und irgendwie war die Stimmung nicht so, wie ich sie mir erhofft hatte. Eigentlich hatte ich Freudentränen, ein gehauchtes Ja und leidenschaftlichen Sex geplant, stattdessen streifte mich die nächste Enttäuschung wie ein kalter Windhauch. In Wirklichkeit war es der Deckenventilator. Und der Hauch eher brühwarm statt kalt.

»Wir müssen reden«, sagte Max, ohne mich anzusehen, und schenkte uns Rotwein ein.

Ich nippte beherrscht am Wein, stellte das Glas ab und stützte die Ellenbogen auf den Tisch. »Das hattest du ja angekündigt. Ich höre.«

Zu meiner Überraschung blickte er etwas betreten zur Seite, tupfte sich in quälender Langsamkeit die Mundwinkel mit der Serviette ab und faltete sie fein säuberlich zusammen.

Ich platzte gleich, zwang mich jedoch dazu, nicht zu ungeduldig zu wirken. Irgendwie krampfte sich etwas in meinem Magen zusammen. Ich schloss aus, dass es am Wein lag. Höchstens am Schokoladenkuchen.

»Also …«, sagte er lang gezogen, legte die Unterarme auf

den Tisch und drehte das Weinglas zwischen Daumen und Zeigefinger. Sein Blick wirkte unstet, das trug nicht gerade zu meiner sowieso schon gedämpften Stimmung bei. »Ich habe eine Art Karrieresprung gemacht, Hanna. Ein Kollege besitzt drei Friseurläden in Mannheim, ich zwei in Heidelberg, einen in Hamburg, wie du weißt, und wir fusionieren künftig unter einem neuen Label. Im Laufe des Jahres werden wir weitere Läden in München, Duisburg und Frankfurt eröffnen.« Jetzt blickte er auf und sein Ausdruck hatte etwas Entschuldigendes an sich. Schnell spülte ich den Kloß in meinem Hals mit Wein runter. »Ich werde die nächste Zeit dementsprechend viel unterwegs sein, auch mal übers Wochenende, und …«

»Na, das ist doch fein.« Entgegen meinem inneren Gefühl, das hektisch gegen die innere Warnleuchte drosch, lächelte ich ihn an und versuchte, Begeisterung zu zeigen. Irgendwas lief gerade gewaltig schief.

»Lass mich bitte ausreden, ja?«, gab er schmallippig zurück, und ich sog überrascht die Luft ein. Über uns war für ein paar Sekunden nur das monotone Wapp-Wapp-Wapp des Ventilators zu hören.

»Verdammt, Max! Kannst du mir bitte klipp und klar sagen, was hier los ist?«, platzte es aus mir heraus. »Erzähl mir nicht, dass es nur um die Friseurläden geht, dafür ist dein Verhalten zu schräg. Ist jemand gestorben? Krank? Ausgewandert?« Mein Herz schlug mir bis zum Hals.

»Es ist niemand gestorben«, sagte er leise zu seinem Weinglas.

»Das ist ja schon mal eine gute Nachricht.« Ich lehnte mich zurück, verschränkte abwartend die Arme und merkte förmlich, wie ich versuchte, mir mein Happy End herbeizureden. »Aber ich … Ich dachte, du machst mir einen Heiratsantrag. Okay, okay, ich weiß ja, du bist eher der pragmatische Typ. Von daher …«

»Hanna …« Max seufzte und griff sich mit einer verlegenen Geste in die Haare. Jetzt erst sah er mich offen an. In seinen Augen lag Bedauern. »Hanna, es ist aus. Tut mir leid. Es tut mir so leid.«

Wapp, wapp, wapp.

»Bitte was hast du gesagt?«, fragte ich nach. Ich konnte nicht glauben, was ich soeben gehört hatte. Bestimmt hatte ich es falsch verstanden.

»Mach es mir doch nicht so schwer, Süße. Ich …« Er seufzte und sah mich ernst an. Sehr ernst. Verdammt!. »Ich habe eine andere Frau kennengelernt. Sie zieht in vier Wochen bei mir ein. Es … Es tut mir leid.« Er versuchte, nach meiner Hand zu greifen, doch ich zog sie weg, als würde ich verbrennen, wenn er mich anfasste.

Wapp, wapp, wapp.

»Aber seit wann? Aber warum? Wir wollten doch …«

»… heiraten?« Er schüttelte den Kopf. »Nein, Hanna, ich glaube, mit uns beiden würde das auf Dauer nicht gut gehen. Wir sind zu verschieden und …«

»Und was?«

»Ist das jetzt nicht unerheblich? Es gibt eine andere Frau in meinem Leben. Kannst du das akzeptieren?«

»Nein!« Plötzlich schoss mir ein Gedanke in den Kopf. Zuerst kam ich mir selbst lächerlich vor, weil mir die Situation so abwegig, so unreal vorkam. Doch der Kloß setzte sich fest und grub sich den Weg über meine Zunge nach außen. »Aber ich muss wohl. Weißt du was? Du bist so ein Arschloch.« Meine Stimme hörte sich kalt an. Kein Wunder, ich fühlte mich ja auch so. Innerlich steifgefroren und bereit, bei der nächstbesten Berührung in tausende Splitter zu zerfallen. »Die andere … Das ist nicht zufällig die hübsche, dunkelhaarige Kellnerin vom La Bohème?«

Wir starrten uns über den Tisch hinweg an, und ich registrierte, wie Max mit jedem Wort, das ich gesagt hatte, blasser wurde.

»Danke«, kam ich ihm zuvor, stand auf, nahm mein noch

fast volles Glas, stürzte den Inhalt hinunter und stellte es wieder ab. »Diese Antwort genügt mir.«

Statt einer Erwiderung sah er betreten auf seine Hände, und mein Verdacht, der mir so irrwitzig vorgekommen war, bestätigte sich mit einer Wucht, die mich fast umgehauen hätte.

Tatsächlich fehlte dazu nicht viel, so übel wurde mir mit einem Male. Wapp-wapp-wapp. Ich musste hier weg. Sofort!

»Hanna, jetzt warte doch mal!«, rief er mir hinterher. Aus dem Augenwinkel bekam ich mit, wie Max aufsprang und dabei die Weinflasche umstieß. »Scheiße, Shit, verdammt!«, hörte ich ihn fluchen.

Schon fast im Flur, kehrte ich noch einmal um und sah nicht ohne Schadenfreude, wie er mit der Serviette über seine Hose rieb. Salz würde helfen. Das sagte ich ihm aber nicht. Am liebsten wollte ich ihm Salz in die Augen streuen, diesem Wichser. Gott, war ich wütend. Nein, nicht wütend. Traurig. Auch nicht. Alles zusammen. Wütend, traurig, verzweifelt. Fassungslos.

»Hör zu, Max«, würgte ich hervor und hatte alle Mühe, die Worte ruhig zu sagen. »Deine Neue … die kann sofort einziehen, gleich morgen. Und meine Möbel stellst du alle … ALLE … in den Keller. Die lasse ich irgendwann abholen. Deine Drecksmodelkellnerinnenschlampe soll ihre künstlichen Fingernägel nicht mal in die Nähe meiner Sachen bringen, hörst du?«

»Hanna, jetzt werde bitte nicht hysterisch. Setz dich. Was sollen denn die Nachbarn denken?«

Okay, das reichte. Der Mann serviert mich ab und das Einzige, das ihm wichtig war, waren die Nachbarn!?

Leider waren die Gläser leer, die Flasche auch, also griff ich zu der kleinen Vase auf dem Tisch, in die ich erst gestern drei frische Gerbera gesteckt hatte, und schüttete sie ihm ins Gesicht.

»DAS war hysterisch, aber nur ganz leicht. Sei froh, dass

kein Rotwein mehr auf dem Tisch steht! Ich gehe jetzt packen. Und nur zur Info: Du kannst – und solltest – jetzt gehen. Sofort, bevor hier ein Unglück passiert. Schlaf bei deiner NEUEN FREUNDIN. Morgen bin ich weg. Und ich will dich nie wieder sehen! NIE WIEDER!«

Bei den letzten Worten konnte ich nicht verhindern, dass die ganze Nachbarschaft mich gehört haben musste. Wahrscheinlich selbst die üblichen Gruppen japanischer Touristen auf der gegenüberliegenden Neckarseite.

Heiße Tränen schossen mir in die Augen, und gerade noch so schaffte ich es, die jetzt leere Vase auf dem Tisch abzustellen. Es war meine Vase. Wäre schade, wenn sie zu Bruch ginge.

Dann stürzte ich ins Haus, die Treppe hoch und schloss mich im Badezimmer ein. Herrje! Der Klodeckel stand schon wieder oben. Mit Schwung klappte ich ihn zu, setzte mich und verbarg mein Gesicht in den Händen. Ich lauschte. Tatsächlich – nach wenigen Minuten hörte ich die Haustür. Max war gegangen.

Und es war mir herzlich egal, was die verdammten Nachbarn von mir dachten. Ich war nur froh, meine vertraute Jeans anzuhaben.

Wenn alles wegbricht, bleiben einem nur noch die Lieblingsjeans. Okay, und die Sneakers.

Jan

In der Praxis fand ich zwei kleine Dosen Hundefutter, die mir der letzte Vertreter dagelassen hatte. Für den Vormittag war somit die Verpflegung meines Schützlings gesichert.

Ich schloss die Praxis ab und ging hinüber zum Wohnhaus. Es war eine gute Entscheidung gewesen, den Hof zu kaufen. Davor hatte ich in meiner Mühle gelebt, es dann aber vorgezogen, den Resthof, auf dem meine Praxis war, komplett umbauen zu lassen und dort einzuziehen. Das war einfach praktischer.

Amüsiert sah ich Floyd beim Fressen zu, ungefähr fünf Sekunden lang. Er hatte sein Futter schneller eingeatmet, als ich in der Lage gewesen wäre, den ersten Umschlag der Post der letzten Tage zu öffnen, die ich mir jetzt vornahm.

»Wir müssen die Einkaufsliste wohl um einige Dinge erweitern«, sagte ich laut, nachdem ich fertig war und beschloss, Floyd zum Einkaufen mitzunehmen. Ich hatte keine Ahnung, wie er reagierte, wenn ich ihn alleine im Haus zurückließ.

Zuerst jedoch packte ich die Koffer aus und ging unter die Dusche. Anschließend zog ich eine Jeans, Chucks und ein einfaches schwarzes Shirt über. Nach einem kargen Frühstück – die Reste der Sardellenpizza – schnallte ich mir einen Rucksack auf den Rücken, knotete das Seil an Floyds Halsband und machte mich zu Fuß auf den Weg zum Wochenmarkt in Horumersiel. Dieser fand immer montags und samstags statt. Der Markt befand sich praktischerweise in der Nähe eines Supermarktes, denn Hundefutter gab es auf dem Markt eher nicht. Knapp anderthalb Kilometer Spaziergang lagen vor mir.

Eine halbe Stunde später hatte ich vier Dosen Hundefutter im Rucksack, Floyd eine neue Leine, und ich begutachtete die Tomaten an einem Marktstand.

»Der Herr Doktor ist wieder zurück. Gut siehst du aus, Jan. Deine Haare sind so hell geworden. Und braun bist du! Steht dir gut. Wie viele Tomaten willst du? Ein Kilo?«

»Gib mir drei Stück, Gerda.« Ich deutete auf den Rucksack. »Da passt nicht so viel rein. Und danke für das Kompliment. Ich fühle mich auch gut. Schön, wieder hier zu sein.«

Gemüse-Gerda hatte sich kein bisschen verändert. Immer noch trug sie den geblümten Kittel und ein Tuch um ihre fast schon grauen Haare.

»Wir haben dich vermisst. Die Kuh vom Petersen hat ein Kalb verloren. Der andere Tierarzt, der von weiter gekommen ist, hat es nicht retten können.«

»Dann hätte ich es vermutlich auch nicht geschafft.«

»Doch, da bin ich ganz sicher. Oh, hast du gesehen, Alex ist auch hier. Gerade vorhin war er drüben beim Fisch und hat für sein Restaurant eingekauft.«

»Danke für die Info«, sagte ich knapp und drückte ihr das Geld für die Tomaten in die Hand. »Stimmt so. Ich geh dann mal weiter.«

»Zum Fisch?«

»Nee, zum Bäcker.«

»Seit wann hast du einen Hund? Den hast aber nich aus Afrika eingeschleppt?«

Ich erzählte ihr auf die Schnelle, wie ich auf den Hund gekommen war, und verabschiedete mich.

Warum musste man mich ständig auf Alex ansprechen? Ich war es so leid. Und es machte mich zornig.

KAPITEL 5

Hanna

Keine Ahnung, wie ich es schaffen sollte, unfallfrei wieder ins Erdgeschoss zu kommen. Die Sicht jedenfalls war eingeschränkt, für Augäpfel gab es leider keine Scheibenwischer.

Jetzt sofort würde ich meine Koffer packen! Jawohl! Wild entschlossen stolperte ich die hölzernen Stufen hinunter und überlegte, wo ich überhaupt hinsollte mit meinen Koffern.

Da klingelte es an der Tür.

Ha! Hatte er etwa seinen Schlüssel vergessen? Ich riss die Tür auf und funkelte den Mann an, der mit einem Korb voller Wäsche vor mir stand.

»Benjamin?«

»Hallo, Schwesterherz. Verzeih, dass ich vorher nicht angerufen habe, aber ich dachte, du bist eh da.« Er setzte den Wäschekorb im Flur ab, schloss die Tür hinter sich und nahm mich an den Schultern. Prüfend sah er mich an. »Du weinst ja?! Was ist denn passiert?! Eben ist Max mit einem Affenzahn an mir vorbeigefahren, er hat mich nicht mal gesehen. Habt ihr euch gestritten?«

In diesem Moment fühlte ich mich nicht wie eine große Schwester und war froh, dass jemand da war, an den ich mich anlehnen konnte.

»Ach, Benni«, brach es aus mir heraus, und ich lehnte meine Stirn an seine Brust. »Max hat mich verlassen.«

Benni sagte nichts, strich mir nur tröstend immer wieder übers Haar, und ich heulte mich an seiner Brust leer. So lange, bis sein T-Shirt mit der Aufschrift »The Darks« – die Rockband meines leicht durchgeknallten Bruders – durchnässt war. Dann löste ich mich von ihm.

»Puh. Jetzt geht es wieder. Kommst du mit rein? Kriegst ein neues Shirt von mir. Oder von Max. Das kannst du gerne behalten.« Tatsächlich überlegte ich kurz, ob ich all seine Lieblingsshirts und -hemden in der Feuerschale dem Gott der enttäuschten Liebe opfern sollte, verwarf den Gedanken jedoch. Beim Umdrehen fiel ich fast über den Wäschekorb. »Ist eure Waschmaschine wieder kaputt?«

»Ja, leider. Diesmal völlig hinüber.«

»Oje, so was braucht kein Mensch. Eine neue Waschmaschine ist teuer.«

»Allerdings …« Er ging in die Küche und öffnete den Kühlschrank, sah kurz hinein und schloss ihn wieder.

»Ich kann dir das Geld für eine neue Waschmaschine geben, kein Problem.« Ich zog die Schublade auf, in der ich immer ein wenig Bargeld deponierte und drückte ihm drei Hunderter in die Hand.

Dankbar steckte er sie in seine Hosentasche.

»Danke, du bist eine Seele von Mensch. Denn ich hätte keine Ahnung, woher ich armer Student, der übrigens nicht mehr studiert, die Kohle für eine neue Waschmaschine nehmen soll.«

Alle guten Dinge sind drei! Nur, dass keines davon auch nur im Ansatz als gut zu bezeichnen wäre!

»Du hast dein Medizinstudium geschmissen? Sag, dass das nicht wahr ist!«

Er zuckte mit den Schultern, wie das so seine Art war. Das hatte er als Knirps schon getan. Und er wirkte trotz seiner einundzwanzig Jahre immer noch wie ein Teenager auf mich. Groß, schlaksig, dunkle Locken, die, wie meine, nicht gebändigt werden konnten. Ein hübscher Kerl, mein kleiner Bruder. Leider machte er immer nur genau das, worauf er Lust hatte. Erst wollte er Kfz-Mechaniker lernen, dann doch lieber Medizin studieren. Und jetzt hatte er sich wohl für etwas anderes entschieden.

Er nahm das Nutellaglas aus dem Schrank, öffnete es und lud sich eine wahre Kalorienbombe auf den Löffel. »Nicht abgebrochen, nur ... sagen wir, unterbrochen. Ich toure mit der Band ein halbes Jahr durch Deutschland, oder so.«

»Oder so ...« Ich lehnte mich an den Türrahmen, denn meine Knie wurden seltsam weich, und verschränkte die Arme.

»Hanna, du musst mal chillen«, sagte er zwischen zwei Löffeln Nutella. »Man lebt nur einmal, weißt du? Und ich will Spaß haben. Der Ernst des Lebens kommt noch früh genug.«

»So, tut er das ...«

»Hm ... ja. Ganz sicher. Und was machst du jetzt? Ich meine, wenn Max dich verlassen hat und das hier ...« Er schwenkte den Löffel im Halbkreis, bevor er ihn wieder in die Nussnugat-Creme steckte. »... ist sein Haus. Ich würde dir ja einen Platz in meinem WG-Zimmer anbieten, aber ich glaube, das wird zu eng für uns zwei.«

»Schon gut.« Ich winkte ab. Der Stein auf meinem Herzen wog schwer. Sehr schwer. Denn ich musste hier weg. Auf keinen Fall wollte ich Max noch einmal über den Weg laufen.

Wo war er, der elende Pfeil, der sich in mein Leben und das meiner Geschwister bohrte? Wo, verdammt? Zeig dich, du Biest, dass ich dich im Dreck zertreten kann! Mein kleiner Bruder pfiff auf Konventionen und lebte in den Tag hinein, was ihm jedoch im Gegensatz zu mir keinen Leidensdruck verschaffte, meine alleinerziehende Schwester war unglücklich in ihren verheirateten Chef verliebt und ich … ja, ich hatte die Niete mit Zusatzlos gezogen.

Job weg, Mann weg und keine Idee, wohin ich sollte. Zu Caro? Das gäbe nur durchwachte Nächte mit Wein und Schnaps, am nächsten Tag eine unausgeschlafene Mama und ein kleines Mädchen, das immer dann voll aufdrehte, wenn es ihrer Mutter mal nicht so gut ging. Das konnte ich Caro nicht antun. Blieb Nicole, doch die war bis Donnerstag weg. Die Nachbarin hatte einen Schlüssel, vielleicht … Ach nein. Was ich brauchte, war eine völlig neue Umgebung. Genau, das war es. Urlaub. Weit weg sollte ich fahren. Irgendwohin.

»Du hast recht, Benni. Ich glaube, ich geh dann mal chillen.«

»Echt jetzt? Cool! Darf ich vorher noch die Wäsche bei dir waschen und trocknen?«

»Klar!« Ich stieß mich vom Türrahmen ab. »Du kannst sogar hier übernachten und dir was kochen. Lade doch deine Freunde ein, chillt auf der Terrasse, macht's euch kuschelig und spielt die ganze Nacht Gitarre. Hast du noch dein Didgeridoo?«

»Äh … ja?« Er sah mich an, als wäre ich jetzt völlig abgedreht, womit er der Realität ziemlich nahe kam.

»Fein. Das kann ja einer deiner Mitbewohner mitbringen, oder? Und unten im Keller ist ein Getränkekühlschrank, da steht noch ein Kasten Bier drin. Könnt ihr haben. Wodka und andere harte Sachen findet ihr in der schwarzen Hochglanzkommode im Wohnzimmer. Seht aber zu, dass ihr vor morgen Mittag draußen seid. Aufräumen nicht nötig. Das kann dann die neue Trusche von Max übernehmen.«

Benni bekam den Mund nicht mehr zu. Zugegebenermaßen … Ich hörte mich nicht an wie Hanna. Ich stand total neben mir. Nicht einmal weinen musste ich mehr. In mir waren nur noch der Zorn auf Max und die Frage, wie zur Hölle es mit mir nach dem Urlaub weitergehen sollte.

»Bist du krank, oder so? Hier, fühl mal. Ist das sehr kalt?« Er legte den blank geleckten Löffel an meine Stirn. »Wenn ja, dann hast du vielleicht Fieber.«

Ich wischte ihn lachend weg. »Hey, geht's noch?! Das ist eklig.«

»Nein, nur Bruderspucke.«

»Na dann …« Ich drückte ihm einen Kuss auf die Wange. »Du gehst jetzt waschen, ich packen.«

»Packen?«

»Ja, ein paar Dinge, die ich zum Chillen brauche.«

»Und wo chillst du?«

Jetzt zuckte ich mit den Schultern. »Ich habe keine Ahnung.«

Benjamin grinste bewundernd. »Das, liebes Schwesterlein, ist die richtige Einstellung.«

Im Schlafzimmer wuchtete ich zwei Reisetaschen und einen Koffer aufs Bett und warf einige Dinge hinein, die ich unbedingt brauchte. Meine rosa Puschen zum Beispiel. Ich liebte diese kuscheligen Hausschuhe. Und Mr. Brumm. Er war praktisch ein Teil von mir. In einer der kleineren Reisetaschen fand nicht nur Mr. Brumm Platz, sondern auch diverse Utensilien zur Reparatur für Stofftiere: Plüsch, Augen in verschiedenen Farben und Größen, Füllmaterial, Nähgarne, Bänder in allen Farben. Das alles hatte ich mir vorsorglich gekauft, weil ich ja nie wusste, wann mir auf einem Flohmarkt ein krankes Tierchen begegnete, und was ich dann brauchte, um es gesund zu machen. Ich liebte mein Hobby, aber genau so sehr liebte ich es, die aufgehübschten Stofftiere an Kinder zu verschenken. Die Nähmaschine musste natürlich ebenfalls mit. Ich hatte das Bedürfnis, alles einzupacken, was mir wichtig war. Allein die Vorstellung, dass diese Trulla hier leben würde, brachte in mir einen Feuerball zum Glühen. Der Gedanke, dass Max sie berührte, sie küssen und mit ihr S… Nein, das konnte und wollte ich nicht denken.

Heulend ließ ich mich auf das Bett fallen und schlug die Hände vors Gesicht. »Du verdammtes Arschloch!«, presste ich zwischen meinen Fingern hindurch, und heulte erneut los.

Nach dem letzten Schluchzen ging es mir besser. Unten hörte ich Benni hantieren. Ich wischte mir die Tränen von den Wangen, stand auf und trat auf den Balkon.

»Machst du ein Feuer?«, rief ich.

»Nein, ich gucke nur nach, ob das Holz Würmer hat … Klar mach ich ein Feuer! Hast du dünne Zweige zum Anfachen oder alte Zeitungen?«

»Hab ich. Momentchen.«

Ich war mir ja vorhin schon fremd vorgekommen. Dieses Gefühl pendelte sich gerade bei einem Wert von 15 ein auf der bis 10 begrenzten Skala.

Wie ferngesteuert öffnete ich den Kleiderschrank von Max und griff in das erste Fach mit seinen Shirts. Obenauf lagen seine Lieblingsteile.

»Nummer eins kommt«, rief ich aus der geöffneten Balkontür, und warf das erste mit Schwung über die Brüstung, der Rest seiner Lieblingsteile folgte. Dann zog ich die Schubladen auf. Die sauteuren Socken mit Silberfäden flogen als Nächstes. Es folgten zwei seiner Lieblingshemden und drei Boxershorts.

»Es reicht, Hanna!«, hörte ich Max rufen. »Soll ich das Zeug wirklich verbrennen? Das ist doch noch gut.«

»Ja! Verbrennen, vernichten, zerstören!« Ich war in Fahrt und erschrak fast vor mir selbst. Ich sollte es gut sein lassen. Mir ging es schon viel besser.

Ich blickte mich nicht mehr um, als ich die Taschen und den Koffer nach unten trug und in den Flur stellte. Anschließend steckte ich das Handy in meine Handtasche und legte sie auf den Koffer. Ein Blick auf die Uhr, es war kurz vor elf Uhr nachts.

»Hey, Benni. Ich geh dann jetzt.« Ich umarmte meinen kleinen Bruder von hinten. Er hockte vor dem Feuer und stocherte darin herum. Die Silberfädchen in den Socken knisterten lustig, als sie verbrannten.

»Und wohin?« Er zog mich neben sich auf den Boden.

»Keine Ahnung, irgendwo Urlaub machen.«

»Fahr doch Richtung Spanien, ans Meer.«

»Ja, vielleicht.«

Sollte ich ihm erzählen, dass ich auch meinen Job verloren hatte? Lieber nicht, ich sah Benni an, dass er sich mehr als genug Sorgen um mich machte.

»Pass auf dich auf, ja? Und melde dich. Du kannst immer auf mich zählen, das weißt du.«

Ein letztes Mal nahm ich ihn in die Arme und drückte ihm einen dicken Kuss auf die Wange. »Danke. Und du machst keine Dummheiten, ja? Wirf dein Studium nicht einfach fort. Bitte.«

»Hanna … Ich bin noch jung und ich möchte leben. Kannst du das akzeptieren?«

»Eigentlich nicht, aber ich muss wohl, hm?« Ich stand wieder auf. Jetzt war es wohl an der Zeit, mich von meinem bisherigen Leben zu verabschieden. Über meine Zukunft würde ich mir die nächsten zwei oder drei Wochen Gedanken machen. Zum Glück hatte ich für einen Urlaub mit Max etwas Geld zurückgelegt. Eine Sorge weniger. Erst jetzt fiel mir die Abfindung ein und ich atmete befreit aus. Geld machte zwar nicht glücklich, erleichterte jedoch ungemein.

Ich unterdrückte die aufsteigenden Tränen, als ich meinen Haustürschlüssel von meinem Schlüsselbund entfernte und auf die Ablage legte. Benni hob mir die Taschen ins Auto und wir verabschiedeten uns. Verkehrte Welt. Er ging ins Haus und ich würde gleich meinem Zuhause der letzten Jahre für immer den Rücken kehren.

Tief atmete ich ein und öffnete die Fahrertür, doch eine bekannte Stimme, so melodisch wie das Kratzen einer Gabel auf der Tafel, stoppte mich mitten in der Bewegung.

»Ach, Frau Süß? Fahren Sie in Urlaub? Passt Ihr Bruder auf das Haus auf? Ihr Mann ist wohl noch mal in den Friseursalon gefahren?«

Ich zwang mir ein Lächeln auf und drehte mich um. »Guten Abend, Frau Neuer. So spät noch wach?«

Vor mir stand die neugierige Nachbarin von gegenüber. Im Morgenmantel. Mit Lockenwicklern auf dem Kopf. Sie hatte zum Schein eine halbgefüllte Mülltüte in der Hand und tat so, als müsse sie extra deswegen um diese Zeit noch vor die Tür.

»Ach, Sie wissen doch, das Alter. Da schläft man nicht mehr so viel. Was macht denn Ihr Bruder jetzt, studiert er noch? Ja, ja, die arme Studentenzeit, ich habe ihn vorhin mit dem Wäschekorb gesehen.«

»Ja, er studiert noch und seine Waschmaschine ist kaputt. Frau Neuer, ich muss jetzt los …«

»Ohne Ihren Mann?« Sie hielt immer noch die Mülltüte vor sich und reckte ihren Hals, um ja nichts von dem zu verpassen, was vielleicht im Haus vorgehen könnte.

»Ja. Haben Sie vergessen, dass er weggefahren ist?« Ich machte Anstalten einzusteigen. Himmel, diese Frau ging mir auf die Nerven. Überhaupt gingen mir die Nachbarn hier auf den Geist. Ganz besonders die Neuer mit ihrer permanenten Neugier und mit dem Stahlzaun vor dem katzenklogroßen Beet vorm Haus. Und der Nachbar nebenan, der glaubte, Pflanzen wachsen nicht – diese aber lediglich die Flucht in meinen … in Max … Garten antraten, weil es drüben zu beengt war.

»Na, Sie müssen ja wissen, was Sie tun. Aber wenn Sie meine Meinung hören wollen …«

»Nein! Will ich nicht! Stecken Sie sich Ihre Meinung sonst wohin, am besten in Ihre Tagetes! Es geht Sie einen Scheiß an, was mein Bruder macht oder mit wem und wann ich in Urlaub fahre oder ob mein Freund – nicht mein Mann! – mit einer anderen vögelt. Und nur weil ich wirklich nett bin, habe ich Ihnen noch nie gesagt, dass der Hund vom Möller am Ende der Häuserreihe immer an Ihren Gartenzaun pinkelt. Und wissen Sie was? Ich ziehe gerade aus, denn hier wird bald eine neue Frau einziehen, die Sie mit Ihrer Blechtrommelstimme beglücken können. Viel Spaß! Und jetzt gehen Sie besser von der Straße, damit ich Sie nicht aus Versehen über den Haufen fahre.«

Damit sprang ich ins Auto, ließ den Motor an und gab Gas. Mit quietschenden Reifen fuhr ich an der Frau vorbei, die mit offenem Mund und an sich gepresster Mülltüte wohl das erste Mal in ihrem Leben sprachlos war.

Warum hatte ich dieser alten Hexe eigentlich nicht schon viel früher die Meinung gesagt? Ganz einfach, weil Hanna Süß eine angepasste, konventionelle und harmoniesüchtige Durchschnittsfrau war.

Jan

Draußen strahlte die Sonne vom Himmel. Der perfekte Tag, um nichts zu tun. Ich würde mir mit Floyd das Steak teilen, anschließend mit ihm einen ausgedehnten Spaziergang unternehmen und danach bis zum Sonnenuntergang oder länger an meinem Pool liegen.

Ich wendete das Steak in der Pfanne und hing meinen Gedanken nach.

Meine letzte festere Beziehung war schon eine Weile her, und das mit Anne war zum Glück ebenfalls nichts Tiefergehendes gewesen. Und dass ich einmal kurz davor gewesen war, mich zu verloben, war gefühlte Ewigkeiten her. Susanne hatte vor zwei Jahren hier mit mir gelebt, doch ich war froh, dass wir uns getrennt hatten. Es wäre nicht gut gegangen, wir waren zu verschieden gewesen. Vielleicht hatte ich auch nur der Klischeevorstellung entsprechen wollen. Ein Tierarzt auf dem Lande, verheiratet, zwei Kinder. Möglich. Heute war ich mir ziemlich sicher, dass dieses gutbürgerliche Leben für mich nicht infrage kam. Liebe wurde überbewertet und ich konnte mir beim besten Willen nicht vorstellen, dass sich in meinem Haus Kinder aufhielten, dafür war es nicht kindersicher genug. Allein schon der Pool, aber auch die Treppen. Nicht vorstellbar.

Obwohl ich mich hier sehr wohl fühlte, vermisste ich den Trubel und die Anonymität einer Großstadt. Auf dem Dorf sprach sich schnell herum, wenn ein gut aussehender Tierarzt noch Single war. Der Buschfunk funktionierte hervorragend. Seit ich mich von Susanne getrennt hatte und bevor ich nach Gambia gegangen war, waren immer mal neugierige Frauen mit ihren Katzen, Hunden, Vögeln oder Kaninchen von außerhalb in meine Praxis gekommen, unter dem Vorwand, ihrem Tier ginge es nicht gut. Doch bei allem Verständnis für die Damen, die auf eine gute Partie aus waren, es war nie eine dabei gewesen, die mich hätte vom Hocker hauen können. Gut, mit der ein oder anderen war ich ausgegangen, zwei davon hatten es sogar bis in mein Bett geschafft, tiefer ließ ich es nicht gehen. Gefühle wollte und konnte ich mir nicht leisten.

Gegen den Klatsch und Tratsch jedoch war kein Kraut gewachsen, er hielt die Gemeinde am Leben und wurde sorgsam gepflegt. Selbst vorhin auf dem Markt war ich gefragt worden, ob ich mir eine hübsche Afrikanerin mitgebracht hätte und ob ich mich nicht einsam fühlte.

Nein, ich fühlte mich nicht einsam, zur Hölle! Im Gegenteil. Ich konnte in meinen vier Wänden tun und lassen, was ich wollte und wann ich es wollte, musste mich nach niemandem richten und auf niemanden Rücksicht nehmen. Einsam? Absurd!

Gleichzeitig hatte ich jetzt jemanden, der meinen Tagesablauf bestimmte, zumindest bis auf Weiteres. Und er stellte keine Fragen, wie zum Beispiel: Was denkst du gerade? Liebst du mich? Warum kannst du die drei Worte nicht sagen? Kurz überlegte ich, warum ich Susanne nie hatte sagen können, dass ich sie liebte.

Schulterzuckend, weil mir darauf nur einfiel, dass ich nicht der Typ großer Worte und Liebesbezeugungen war, nahm ich das Steak aus der Pfanne und legte es auf einen Teller. Floyd saß zu meinen Füßen und sah mich auf ganz typische Labrador-Art an: *Füttere mich! Siehst du nicht, dass ich kurz davor bin, dem Hungertod zu erliegen?*

Ich lachte, schnitt das Steak in der Mitte durch und legte die eine Hälfte für ihn zurück. Er würde sie bekommen, wenn sie etwas abgekühlt war.

In dem Augenblick, als ich den Herd ausschaltete, klingelte mein Telefon.

Hinnerk.

»Jung, kommst heute auf ein Klönschnack vorbei? Gibt Bier und Korn.«

Ich klemmte mir den Hörer zwischen Kinn und Schulter, nahm Teller und Besteck und ging auf die Terrasse. »Heute wohl nicht, tut mir leid. Morgen im Laufe des Tages?«

Im Hintergrund hörte ich Gesine. »Es ist auch Ramazotti da!«

»Sag Gesi, Ramazotti geht zwar immer, aber nicht heute. Ich brauche Ruhe, du machst dir keine Vorstellung, welchen Trubel ich das letzte halbe Jahr hatte.«

»Alles klar, komm am besten zur Mittagszeit. Morgen fahre ich ganz früh los und hole eine Stute ab, die muss ich dann erst mal mit den anderen Mädels bekannt machen.«

»Du hast noch ein Pferd gekauft? Reichen dir die dreißig nicht?«

»Siebenunddreißig«, kam die Antwort. »Es ist eine hübsche Islandstute. Sie töltet prima.«

»Na dann. Bis morgen Mittag, Hinnerk.« Ich legte auf und testete die Temperatur von Floyds Steakhälfte. Ich nickte und gab sie ihm. Er inhalierte sie auf der Stelle. Gerade mal, dass er meine Hand nicht mit verschluckte.

Wenig später war Floyd im Schatten eingeschlafen. Seine Hinterläufe zuckten. Irgendwie schön, einen Hund zu haben, dachte ich, streckte mich auf dem Liegestuhl aus und schloss die Augen.

Die Ruhe währte nur kurz. Es klingelte.

Seufzend schlurfte ich an die Tür und öffnete. Vor mir stand eine in leuchtenden Farben gekleidete Adele. Sie trug einen ausladenden, weißen Strohhut, eine riesige Sonnenbrille mit rotem Gestell, eine knallgelbe Tunika mit roten Blumen und eine giftgrüne, weite Hose dazu. Ihre Füße steckten in offenen Sandalen, die mit Perlen in allen Farbtönen geschmückt waren. Adele streckte mir einen Korb entgegen.

»Hier, für Sie. Ein kleiner Fresskorb. Weil Sie so ein guter Mensch sind und den Hund bei sich aufgenommen haben.« Sie drückte mir den Korb in die Arme.

»Äh, danke. Klein ist ein bisschen untertrieben, oder?« Im Korb befanden sich Hundefutter, Kaustangen, zwei Flaschen Rotwein, ein Glas Marmelade.

»Ganz unten liegen Rosinen im Schokomantel. Die müssen Sie probieren, Jan, die machen süchtig.«

Das Gewicht des Korbes zog mir die Arme lang. »Wollen Sie reinkommen, Adele?«

»Nein, nein«, winkte sie ab. »Ich gehe heute zum Jachthafen, ich habe eine Bootstour gebucht, sozusagen als Vorgeschmack auf meine Kreuzfahrt im Herbst. Schönen Tag noch.«

Mit einem kleinen Hüpfer drehte sie sich um und trippelte

davon. Einen Moment sah ich dem wehenden Farbtupfer hinterher, dann schloss ich die Tür.

Ich stellte den Korb ab, zog mich aus und sprang nackt in den Pool. Das Becken war nicht sehr groß, gerade mal zehn Meter in der Länge, doch es reichte aus, um ein paar Bahnen zu ziehen.

Prustend schwamm ich an den Rand und wischte mir mit einem Handtuch über das Gesicht.

Nanu?

Irritiert blickte ich auf ein paar ausgetretene Lederschuhe, die direkt am Poolrand standen. Ich kannte diese Schuhe.

Verwundert hob ich den Kopf. »Hinnerk? Was machst du denn hier? Und wie bist du reingekommen?«

»Schlüssel. Hab ihn dir noch nicht zurückgegeben. Wollte ich jetzt tun, und bei der Gelegenheit könnten wir einen Kurzen trinken. Ich bleib auch nicht lange.«

Vor meinen Augen baumelte eine Flasche Korn. Vielleicht gar keine so schlechte Idee.

»Klingt gut«, stimmte ich zu. »Holst du noch zwei Bier dazu aus dem Kühlschrank?«

Ohne eine Antwort abzuwarten, tauchte ich ab und schwamm bis zur Leiter. Als ich mich abgetrocknet und das Handtuch um meine Hüften geschlungen hatte, war Hinnerk mit dem Bier und zwei Schnapsgläsern zurück.

»Für das Bier brauchst kein Glas, oder?«

»Ach wo.« Grinsend ließ ich mich ihm gegenüber in das weiche Polster des Teakholzstuhls fallen und hob das Schnapsglas, das Hinnerk bereits gefüllt hatte.

»Auf was auch immer«, sagte ich und stürzte den Inhalt runter. Die Schärfe spülte ich mit Bier nach.

»Was machst du eigentlich mit der Mühle?«, wollte Hinnerk unvermittelt wissen, bemerkte jedoch sofort meinen Blick. Entschuldigend hob er die Hände. »Okay, okay, blödes Thema. Ich frage nur, weil das Baby langsam echt nicht mehr hübsch aussieht. Der Efeu wächst schon bis zum ersten Fenster und die Farbe blättert ab.«

»Ist sowieso eine furchtbare Farbe«, warf ich ein.

»Ja, deswegen könnte man dieses Matschgrün mit was anderem überpinseln oder sie entfernen. Die schönen Klinker, die hätte man nicht überstreichen dürfen.«

»War nicht meine Idee. Und warum sollte ich da große Aktionen fahren?« Ich schenkte uns Korn nach. »Ich verkaufe die Mühle, damit ist das Thema für mich erledigt.«

»Du liebst die Mühle, Jan.«

»Nein, das tu ich definitiv nicht.«

»Erzähl mir keine Märchen, Jung. Seit dem Vorfall warst du noch nicht einmal dort. Wenn nicht alle paar Monate ein Gärtner das Dickicht drum herum schneiden würde, wäre sie schon längst zugewachsen.«

Finster blickte ich ihn an. »Nett, dass du die Sprache darauf bringst. Und du übertreibst. Ein paar Büsche lassen nichts zuwachsen.«

»Du solltest die Mühle herrichten lassen, dann bringt sie mehr Geld, wenn du sie verkaufst. So, wie sie jetzt dasteht, macht sie keinen guten Eindruck.«

Ich kippte den Korn in mich rein und schenkte nach. Das Zeug stieg mir jetzt schon in den Kopf. Gut so, dann würde ich später gut schlafen und nicht permanent daran denken, wie es wäre, mir das Hirn rauszuvögeln.

»Wieso machst du dir eigentlich Gedanken um meine Immobilien?«, fragte ich Hinnerk und kniff die Augen zu Schlitzen zusammen. Ich kannte ihn zu gut, er redete um den Brei, bis er zum Kern der Sache kam. Im Prinzip ging es ihm weder um die Mühle noch um den Preis, zu dem ich sie verkaufen könnte. Verkaufen würde, verdammt.

Er blies die Backen auf, atmete aus und setzte die Bierflasche an. Ich legte die Fingerspitzen aneinander und wartete darauf, dass er mit seinem tatsächlichen Anliegen rausrückte.

»Na ja«, sagte er lang gezogen und sah an mir vorbei. »Ich

will nicht, dass du in ein paar Wochen schon wieder für ein halbes Jahr verschwindest. Du flüchtest vor dir selbst, das weißt du. Kläre die Dinge, Jung. Die Mühle ist ein Teil davon.«

»Wenn du auf Susanne anspielst, das habe ich längst überwunden.«

Das war die Wahrheit. Susanne und ich hatten uns einvernehmlich getrennt. Über meine Ex-Verlobte war ich hinweg, daran bestand kein Zweifel.

»Jou, die Sanne schon, an der anderen Geschichte kaust du aber immer noch.«

»Lass mich mit dem Thema in Ruhe, Hinnerk. Noch einen Korn?«

Er stand auf. »Für mich nicht, ich muss noch fahren. Ist zwar nicht weit, aber sicher ist sicher. Die Flasche lass ich dir hier. Und den Schlüssel, deswegen bin ich ja gekommen.« Er zog ihn aus der Hosentasche und legte ihn auf den Tisch.

»Klar, nur deswegen. Bis morgen.« Ich verzog das Gesicht.

Fuck, es ging immer um die Mühle, um diese verfickte Mühle! Ich bereute es zutiefst, sie gekauft zu haben.

KAPITEL 6

Hanna

Auf fast menschenleeren Autobahnen unterwegs zu sein, hatte etwas sehr Beruhigendes. Keine Staus, keine Lkw-Kolonnen. Freie Fahrt. Wunderbar.

Normalerweise. Wenn ich nicht schon seit fünf Stunden unterwegs wäre. Ich kniff die Augen zusammen, gähnte und drehte die Musik lauter. Kein Zweifel, ich brauchte eine Pause und mein Auto Benzin.

Bei der nächsten Gelegenheit fuhr ich von der Autobahn runter an eine Raststätte. Während das Benzin in den Tank lief, gähnte ich mich quasi wach. Der Wunsch nach einem Kaffee und Bewegung war noch nie so stark wie in diesem Moment.

Kurz darauf setzte ich mich deutlich munterer mit einem Riesenbecher Kaffee – mit viel Zucker – und zwei Schokoriegeln hinters Steuer, stellte den Becher in eine Halterung und parkte den Wagen auf einem der beleuchteten Parkplätze in der Nähe. Dann stieg ich aus, ging ein paar Schritte bis zu einer Sitzgruppe aus Holz und streckte mich.

Nach dem Kaffee und einem der Schokoriegel fühlte ich mich bedeutend wacher. Jetzt war ich bereit weiterzufahren. Ich warf den Becher und das Papier in einem Abfalleimer und machte mich auf den Weg zu meinem Wagen.

Zur Hölle! Ich wusste es! Irgendwas musste ja schieflaufen. Wäre auch zu schön gewesen.

Unsicher blieb ich stehen. Da lehnte jemand an meinem Wagen. Ich sah von der Frau nur die Rückseite. Sie hatte eine Gitarre umgehängt. Ein Hippie? Die bunte Kleidung ließ darauf schließen.

Mit festem Schritt ging ich auf sie zu.

»Hi, mein Wagen ist keine Parkbank.« Angriff war immer noch die beste Verteidigung.

Die Frau, die ungefähr in meinem Alter sein mochte, lächelte mich breit an. »Oh, Gott sei Dank, ein weibliches Wesen. Das hatte ich gehofft. Hi, ich bin Juli. Nimmst du mich ein Stück mit? Ich will ans Meer. Fährst du ans Meer? Das wäre super.« Sie griff meine Hand und drückte sie.

»Äh ...« Etwas Passenderes fiel mir in dem Moment nicht ein, zu sehr überrumpelt war ich von der jungen Frau, die mir offen und herzlich ins Gesicht lachte.

»Und du heißt?«, fragte sie, ohne meine Hand loszulassen. Ich zog sie zurück und holte den Autoschlüssel aus meiner Hosentasche.

»Hanna«, antwortete ich, machte aber noch keine Anstalten, den Wagen zu öffnen. »Du bist per Anhalter unterwegs?«

»Ist das nicht ziemlich offensichtlich?«

»Schon, aber ich halte das für ziemlich gefährlich.«

Sie zuckte mit den Schultern. »Kann sein. Aber hey, ich hab 'ne Waffe dabei.«

»Eine Waffe ...« Instinktiv trat ich einen Schritt zurück.

»Klar. Wenn einer was von mir will, zieh ich ihm die Gitarre über den Schädel.«

»Aha, klar.« Die tickte nicht mehr richtig, oder? War sie stoned?

Ich trat einen Schritt auf sie zu. »Warum sollte ich dich mitnehmen? Wer sagt mir, dass du nicht einfach ein Junkie bist, der mir K.-o.-Tropfen unterjubelt und mich in einem Waldstück aus dem Wagen wirft?«

»Keiner. Aber ich gebe dir mein Wort, dass ich kein Junkie bin. Ich stehe nicht auf Drogen, nur auf Düfte.«

»Auf Düfte …«

»Hast du ein Echo verschluckt? Du bist ja lustig. Also, was ist, nimmst du mich ein Stück mit?«

»Ich weiß nicht …«

Sie wirkte ungewöhnlich und irgendwie kindlich in ihrem Auftreten, aber harmlos. Ein buntes Tuch um den Kopf hielt ihre schönen hennaroten Haare zusammen. Frisurtechnisch sah diese Juli aus, als wäre sie gerade aufgestanden. Ansonsten trug sie ein weites, gebatiktes Shirt und eine Pluderhose. Ihre Füße steckten in groben Ledersandalen, und um ihren Hals hingen sicher fünf Ketten mit unterschiedlichen Anhängern. Sie hatte eine Reisetasche bei sich und die Gitarre.

Sie lächelte mich offen an. Das gab dann wohl den Ausschlag. Von der Hippiefrau ging nichts Böses oder Verschlagenes aus. Sie war anders, aber nett.

»Einverstanden. Deine Tasche und die Gitarre kannst du auf den Rücksitz legen.« Ich öffnete die Tür und hielt sie ihr auf.

»Danke!«, freute sie sich. »Da hatte ich den richtigen Riecher mit deinem Wagen. Er sah nach netter Frau aus, die mich sicher mitnehmen würde.«

»Bingo. Aber ob die Frau nett ist, die dich mitnimmt, musst du erst noch herausfinden.«

»Hab ich schon, dein Händedruck ist ehrlich. Nicht so butterweich. Manche legen einem ja die Flosse in die Finger, als hätten sie einen Fisch am Unterarm. Du bist echt, mit dir fahre ich gerne. Oh, du hast ja schon einen Beifahrer. Süß. Hat er einen Namen?«

»Mr. Brumm.« Ich setzte mich hinters Steuer und lächelte, als ich sah, wie Juli sich neben mich auf den Sitz plumpsen ließ, meinen Teddybären in die Waagerechte brachte und er einen lauten Brummton von sich gab.

»Ist ja knuffig«, sagte sie und nahm den Bären auf den Schoß. »Ich hatte als Kind auch mal so einen ähnlichen Teddy.«

»Wo ist er jetzt?«

Sie zuckte mit den Schultern. »Keine Ahnung.«

Allmählich wurde es heller und das Fahren war nicht mehr so anstrengend wie vor meinem Stopp an der Raststätte. Außerdem musste ich mich jetzt nicht mehr durch Musik aus dem Radio wachhalten, sondern konnte mich mit jemandem unterhalten. Und das auch noch auf sehr vergnügliche Art und Weise.

»Du bist einfach so weg, ohne Ziel?« Juli hatte mich ausgequetscht, und ich hatte ihr alles erzählt: von Max, dem erwarteten Heiratsantrag, von meiner Kündigung. Nur die Sache mit der Abfindung ließ ich unter den Tisch fallen. Das ging sie nichts an.

»Ja, ohne Ziel. Ich denke, am Meer könnte es ganz nett sein.«

Juli drehte sich im Sitz zu mir um und sah mich freudig an. »Meer ist cool.«

Ich musste lachen, sie war mit ihren 26 Jahren gerade mal zwei Jahre jünger als ich, wirkte aber manchmal, als wäre sie erst gestern den Teenagerschuhen entstiegen.

»Und was machst du sonst so, wenn du nicht gerade andere auf den Arm nimmst? Von mir weißt du jetzt so einiges, jetzt erzähle du mal ein bisschen. Warum bist du eigentlich per Anhalter unterwegs?«

»Weil es Spaß macht und günstig ist. Ich verdiene nicht so viel als Teilzeit-Leiterin einer Schülerhilfe, doch …«

»Teilzeit-Leiterin?« Ich überholte einen Lastwagen, der viel zu langsam fuhr und dabei auf seiner Spur schlingerte. Wahrscheinlich knipste sich der Fahrer die Fußnägel.

»Lass mich doch mal ausreden. Ja, für eine Vollzeitstelle ist nicht genug Geld da. Aber ich arbeite erst nächstes Jahr wieder. Zur Zeit mache ich ein Sabbatical, reise ein bisschen herum und sehe mir die Welt an.«

»Auf der A1 in Deutschland?« Ich grinste und scherte vor dem Lastwagen wieder ein.

»Gut gekontert, Hanna.« Sie hob die Hand in meine Richtung und wartete.

Verständnislos blickte ich sie an. »Na, klatsch ab.«

Juli war irgendwie sehr unterhaltsam. Ich klatschte sie ab. »Seit wann bist du unterwegs?«

»Seit drei Monaten. Ich komme gerade aus Asien zurück. Habe ein paar Wochen in Indien verbracht, dann in Thailand. Doch ich brauchte wieder Tapetenwechsel. Und jetzt hab ich dich gefunden. Ich mag dich und deinen Teddy. Ich lege ihn mal nach hinten, okay?«

»Äh, danke für das Kompliment. Ja klar, leg ihn einfach auf den Rücksitz.«

Juli verrenkte sich, um den Bären nach hinten zu befördern, und setzte sich anschließend so, dass sie mir zugewandt war.

»Deine Haare sind toll. Was gäbe ich dafür, so volle Haare zu haben. Und so blond zu sein.« Sie zog eine lange Strähne ihrer Haare hervor. »Hier, siehst du? So dünn wie ein geviertelter Strohhalm. Hab sie mit Henna gefärbt, normalerweise habe ich hellbraune Haare. Passt nicht zu mir.«

»Stimmt.«

»Sag ich doch.«

»Und was machst du sonst so? Hobbys?«

»Uh, jede Menge. Gitarrenspielen, singen … Apropos, soll ich dir was vorspielen?« Sie griff nach hinten.

»Nee, besser nicht. Die Gitarre ist so sperrig. Bei der nächsten Rast vielleicht?«

»Einverstanden. Ich mache gerne Yoga, liebe Duftmeditation und bastele Talismänner.«

»Talismane.«

»Klugscheißer!«

»Die Ketten um deinen Hals? Das sind alles Talismane?«

»Nicht alle. Ein paar davon sind einfach nur hübsch. Hab ich auf einem Markt in Indien gekauft. Genauso wie die Schuhe. Guck. Hammer, nicht wahr?«

Ich musste lachen, als sie beide Beine aufs Armaturenbrett wuchtete, die Pluderhosen bis zum Knie hochzog und mir ihre Ledersandalen zeigte. Sie hatte grünlackierte Fußnägel, sah irgendwie toll aus.

»Juli, du bist echt eine Nummer.«

»Na, das will ich doch nicht hoffen! Oh, fahr da mal ab.«

»Wo?« Hektisch blickte ich auf. »Auf die A29?«

»Ja. Richtung Wilhelmshaven.«

»Warum?«

»Du willst zum Meer, ich will zum Meer. Ein Ort mit Hafen im Namen klingt, als wäre das Meer in der Nähe.«

»Ja, und die Ludwigshafener wundern sich jeden Tag, wo das Meer bleibt.« Ich setzte den Blinker und nahm die Ausfahrt. Mittlerweile war es hell und auf der Autobahn wesentlich mehr Verkehr als in der Nacht. Welcher Tag war heute eigentlich? Ach ja, Dienstag. Es fühlte sich seltsam unwirklich an.

»Fein. Danke.«

Plötzlich schnallte sie sich ab und kletterte zwischen den Sitzen hindurch nach hinten.

»Bist du irre?«, sagte ich aufgebracht. »Was machst du denn da, um Gottes willen?«

»Ich gehe zu meiner Gitarre. Du hast gesagt, sie ist vorne zu sperrig, also muss ich auf den Rücksitz.«

»Juli, du …«

»Ja, ja, ich weiß, ich bin 'ne Nummer. Was magst du hören? Was Langsames, was Fetziges?«

»Völlig egal. Spiel das, was du am besten kannst.«

Sie schlug die ersten Töne an und ich erkannte den Song sofort. Chöre, von Mark Forster. Eines musste ich ihr lassen, Gitarrespielen konnte sie ziemlich gut. Nur singen leider nicht. Im Refrain lag sie einen vollen Ton daneben.

»Juli!«, rief ich lachend nach hinten. »Bitte nicht mehr singen, ja? Nur Gitarre spielen.«

»Hihi, ich weiß, bei der Stelle hapert es bei mir. Sing doch mit, zusammen furchtbar zu klingen ist nur halb so schrecklich und doppelt so lustig.«

Warum eigentlich nicht? Ich mochte den Song und hatte ihn so oft gehört, dass ich den Text fast auswendig konnte.

Und ich hatte nicht den Hauch einer Ahnung, ob ich selbst jeden Ton traf, denn wenn ich im Auto sang, war die Musik meist so laut, dass ich mich selbst nicht hörte. Aber war es nicht egal, wie und ob wir falsch sangen? Ich hatte schon lange nicht mehr so einen Spaß beim Autofahren.

Nach einem weiteren Song, dieses Mal einem von Laith Al Deen, den ich nicht kannte, kletterte Juli wieder nach vorne.

»Hm, sieh mal, da geht es gleich ab nach Hooksiel. Klingt gut. Ein Ort, der einen Sänger im Namen hat. Wollen wir da hin?«

Ich schüttelte schmunzelnd den Kopf. »Müssen bei dir die Orte immer was im Namen haben, das dir gefällt? Im Übrigen … was soll das für ein Sänger sein?«

»Na, Seal. Der Ex-Mann von Heidi Klum.«

Laut prustete ich los. »Aber der schreibt sich ganz anders.«

»Na und? Sprechen tut es sich gleich.«

Wo sie recht hatte, hatte sie recht. »Okay, ich fahr runter.

Hast du auch Hunger? Wir könnten an einer Bäckerei oder einer Tankstelle anhalten. Ich habe das dringende Bedürfnis nach Kaffee und etwas zu essen.«

»Lass uns zuerst ans Meer fahren, okay? Ich brauche jetzt einen Blick zum Horizont, damit sich mein Geist entfalten kann.«

Ich verkniff mir eine Antwort. Das Einzige, das ich brauchte, um mich zu entfalten, war heißer, starker Kaffee im XXL-Becher. Und ein Brötchen mit Salami und Gurke.

Keine zehn Minuten später parkte ich den Wagen im Halteverbot in der Nähe eines Deiches. Wir stiegen aus, gingen die Treppe hoch auf den Deich und standen vor einem geschlossenen Kassenhäuschen. Verlangten die für diesen Strandabschnitt etwa Eintritt? Offenbar, denn wir konnten nicht runter ans Meer.

Etwas enttäuscht lehnte ich mich an das geschlossene Gatter. »Sieht aus, als ist der Blick zum Horizont noch nicht geöffnet.«

»Nicht schlimm, ich kann auch so in die Ferne sehen. Ist es nicht herrlich hier? Und riechst du die Luft? Salz.« Juli schloss die Augen und legte den Kopf in den Nacken. »Wunderbar.«

Ja, es war tatsächlich sehr schön hier. Ganz anders als die Gegend um Heidelberg. Ich ließ meinen Blick schweifen und genoss die unendliche Weite und das Rauschen des Meeres. Unter uns am Strand machte ich einen Spielplatz aus, ein Restaurant und einige Buden, die noch geschlossen hatten. Wie gerne wäre ich jetzt dort unten spazieren gegangen. Aber das konnten wir ja später nachholen. Vielleicht gab es in dieser Gegend auch die Möglichkeit, ans Meer zu kommen, ohne dafür bezahlen zu müssen.

»Kaffee?«, fragte ich Juli, die sich offenbar immer noch das Meer auf der Zunge zergehen ließ.

Abrupt öffnete sie die Augen und strahlte mich an. »Auf was warten wir?«

»Äh, auf dich?«

Aus der Ortschaft raus folgten wir der Landstraße Richtung Horumersiel bis zu einer Tankstelle.

»Am besten, ich tanke nach. Wer weiß, wann wir wieder an einer Tankstelle vorbeikommen«, sagte ich.

Juli sprang aus dem Wagen. »Alles klar. Du kümmerst dich ums Benzin und ich um den Kaffee.« Ohne eine Antwort von mir abzuwarten, eilte sie zum Shop.

»Salamibrötchen!«, rief ich ihr hinterher, doch sie war schon hinter einem Pferdeanhänger verschwunden.

Ich seufzte und heftete meinen Blick auf die Anzeige an der Zapfsäule. Bei genau siebenundsechzig Euro stoppte ich und ging ebenfalls in den Tankstellenshop.

Juli war zu meiner Verwunderung nicht damit beschäftigt, Kaffee zu holen, sondern sich mit einem Mann zu unterhalten. Sie hatte den Kopf in den Nacken gelegt, weil der Bär von Mann sie fast um zwei Köpfe überragte, und redete auf ihn ein.

»Hallo!« Ich stellte mich dazu. »Juli? Hast du den Kaffee vergessen?«

»Aber nicht doch. Darf ich vorstellen? Hanna, das ist Hinnerk. Hinnerk, das ist Hanna. Sie war so lieb und hat mich auf einer Raststätte aufgegabelt.« Sie strahlte uns abwechselnd an. »Hanna, stell dir vor, ich hatte nur den Tankwart gefragt, wo man hier für eine Nacht unterkommen könnte und …«

»… ich habe das gehört und ihr eine Ferienwohnung angeboten«, sagte Hinnerk mit einem angenehmen Bass in der Stimme, der sehr gut zu seinem kräftigen Äußeren passte.

»Oh?«

Juli hängte sich bei mir ein. »Ja, ist das nicht toll?«

»Kaffeeholen ist auch nicht nötig«, sagte Hinnerk und lächelte mich an. »Wenn ihr wollt, fahrt mir hinterher. Also dem Wagen mit dem Pferdeanhänger. Mein Resthof ist nur wenige Minuten von hier. Gesine, meine Frau, hat sicher schon Kaffee gekocht und ein Frühstück gerichtet. Na, die wird Augen machen, wenn ich gleich mit drei Stuten auf den Hof fahre.«

~

Marmelade, Salami, Schinken, Butter und Eier. Und Kaffee. Ich war im Himmel.

Gesine war knapp vierzig und besaß ein sonniges Gemüt. Ihr Busen war so groß, dass er beim Lachen immer mitwippte. Aber auch darüber machte sie Scherze.

»Noch Kaffee?«, fragte sie und hob die Kanne.

»Gerne, Kaffee geht immer.« Satt und froh, endlich die Beine ausstrecken zu können, lehnte ich mich im Gartenstuhl zurück. »Ihr habt es echt schön hier.«

Der Hof lag fünf Autominuten von Horumersiel entfernt im Landesinneren. Er war einfach riesig und in typischer Klinkerbauweise erbaut. Erst letztes Jahr, so hatte Hinnerk erzählt, hatten sie den Hof komplett renoviert und einen Reitplatz direkt hinter dem Haus angelegt. Auf dem stand gerade die neue Stute – ein Isländer, wie Gesine erklärt hatte – und machte sich vorsichtig mit der neuen Umgebung vertraut. Der Hof bestand aus einem Hauptgebäude, in dem Gesine und Hinnerk lebten, einer Scheune mit allerlei Gerätschaften, einer kleinen Ferienwohnung und riesigen Weiden. Sie besaßen fast vierzig Pferde. Der Großteil davon Stuten. Hengste hatte er fünf, doch die standen weit weg von den Stuten.

»Schon klar, weil die Männer zu den Mädels wollen.« Ich gähnte verhalten in meine Hand. Selbst eine Überdosis Kaffee brachte mich jetzt nicht mehr auf Touren.

»Eher umgekehrt«, warf Gesine lachend ein. »Unsere Heika büxt gerne mal aus, wenn sie rossig ist, weil sie es nicht abwarten kann, bis wir sie zum Hengst lassen. Aber ihr beide

…« Sie blickte Juli und mich an. »… ihr geht jetzt besser eine Runde schlafen. Wenn man euch sieht, könnte man meinen, The Walking Dead wird in Friesland gedreht.«

»Prima Idee«, antwortete Juli und stand auf. »Kommst du, Hanna? Ich schlafe sonst noch im Stehen ein.«

~

Als ich keine zehn Minuten später in den herrlich weichen Daunen lag und endlich die Augen schließen konnte, ratterte mein Kopfkino los. Ich wollte wirklich schlafen, aber mein Hirn hatte noch jede Menge zu verarbeiten. Die Ereignisse des vergangenen Tages schlugen in meinen Gedanken Purzelbäume.

Mein Fazit: Mist! Alles auf Anfang. Liebe, Job, Wohnung.

~

Jan

»Eine Frau kriegt er nicht, aber einen Hund. Typisch«, begrüßte mich Gesine laut rufend schon von Weitem, als ich gegen Mittag zusammen mit Floyd den schmalen Weg zwischen Koppel und Scheune Richtung Terrasse nahm. Dabei fiel mir das Auto mit dem fremden Kennzeichen auf. HD. Heidelberg?

Meine Freunde saßen an dem großen runden Tisch, an dem sicher zwölf Personen Platz fanden, und pulten Krabben. Eine der Lieblingsbeschäftigungen von Hinnerk. Manche behaupteten, er lebe ausschließlich von Krabbentoast.

»Moin. Kann ich helfen?«, sagte ich und band Floyd los, der sich jedoch direkt vor den Tisch setzte, anstatt die Gegend zu erkunden. Klar, auf dem Tisch war Essen, und Floyd war ein Labrador. Es gab nur einen Ort, wo dieser Hund sein wollte.

Hinnerk schob mir grinsend eine kleine Schüssel rüber. »Klar, bei uns muss man sich sein Essen verdienen.«

»Habt ihr Feriengäste?«, fragte ich und begann Krabben zu pulen.

»Nur heute, habe zwei Frauen aufgegabelt, die …«, begann Hinnerk, wurde aber von Gesines Lachen unterbrochen.

»So macht man das, Jan. Stute abholen und dabei gleich noch zwei Frauen in den Wagen laden.«

In der Folge erklärte sie, dass die Ferienwohnung nur heute frei wäre, weil morgen angemeldete Gäste kämen und die beiden Frauen eine Unterkunft suchten.

»Vermiete ihnen doch die Mühle für ein paar Wochen«, brummte Hinnerk, ohne aufzublicken.

»Ja, genau!« Gesine schlug mit der flachen Hand an ihre Stirn. »Dass ich da nicht drauf gekommen bin! Das ist doch die Lösung schlechthin, Jan. Du vermietest für wenig Geld die Mühle an die beiden und sie bringen sie für dich in Schuss. Oder nein, du verlangst gar nichts. Sie können mietfrei Urlaub machen und dafür …«

»Stopp!« Ich hob die Hand. »Ich kenne die beiden nicht mal, warum sollte ich …?«

»Weil sich das anbietet?« Gesine sah mich an, als wäre ich schwer von Begriff. »Du willst die Mühle verkaufen, oder? Auch wenn ich das nicht tun würde. Wie auch immer, bevor du die anbieten kannst, muss sie geputzt und hergerichtet werden. Der Punkt ist, das kostet Geld, wenn du es nicht selbst machen willst. Mit den beiden Frauen hast du es umsonst, und gleichzeitig sammelst du Karmapunkte.«

»Hm …« Eigentlich konnte ich der Idee nichts entgegensetzen. »Nur zwei Frauen? Wie alt? Und … haben sie Kinder dabei?«

Hinnerk schnaubte wie ein Pferd und blickte auf. »Nur zwei Frauen? Wären dir fünf lieber? Und nein, keine Kinder, Jung. Und selbst wenn, wo wäre das Problem?«

Kurzzeitig ruhten die Blicke meiner Freunde auf mir, ohne dass einer von uns ein Wort sagte.

»Okay, okay«, gab ich mich schließlich geschlagen. »Aber ich halte mich weitgehend raus, ja? Hinnerk, du weißt, wo der Schlüssel liegt.«

Hinnerk verzog amüsiert das Gesicht. »Unter dem Gartenzwerg neben der Tür. Perfektes Versteck übrigens. Kommt garantiert niemand drauf.«

Gesine legte ihre Hand auf meinen Unterarm. »Bist ein guter Mensch, Jan. Weißt du was? Ich gehe vorher rein und richte zumindest das Schlafzimmer her. Betten neu beziehen, lüften, Staub wischen.«

»Das ist lieb von dir. Danke.« Nachdenklich zupfte ich an einer Krabbe. Plötzlich ließ mich der Klang einer bekannten Stimme hinter mir erstarren.

»Ah, der Herr Doktor ist wieder zurück. Guten Tag, allerseits.«

Alex! Der hatte mir noch gefehlt. Gesine sah ebenfalls etwas sparsam über den Krabbentopf. Nur Hinnerk wirkte gelassen wie immer.

»Setz dich«, forderte er meinen ehemaligen besten Freund auf.

Einen Wimpernschlag lang wusste ich nicht, wie ich reagieren sollte, dann wischte ich meine Hände an der Serviette ab, leinte Floyd an und stand auf.

»Du gehst schon?«, sprach Alex mich an und in seiner Mimik lag blanke Verachtung.

»In der Tat.« Ich drehte mich zu ihm und erwiderte seinen eisigen Blick. Aus dem Augenwinkel bemerkte ich, wie Alex eine Hand zur Faust ballte.

»Hört auf damit, es muss irgendwann mal gut sein«, versuchte Gesine zu beschwichtigen. »Ihr solltet endlich miteinander schnacken! Es ist so viel Zeit vergangen und …«

Alex lachte laut auf, drehte sich von mir weg und setzte sich an den Tisch. »Da gibt es nichts zu reden. Das gab es nie!« Er verschränkte die Arme hinter dem Kopf und sah demonstrativ in eine andere Richtung.

Spontan verspürte ich das Bedürfnis, ihm die Leine über den Schädel zu ziehen. Und doch … Er hatte recht. Auch wenn es zwei Jahre her war, manche Dinge verjährten nicht.

Dass Gesine, Hinnerk und der Rest vom Dorf die Angelegenheit anders sahen, änderte nichts an dem, was passiert war. Und Alex hasste mich dafür. Immer noch. Wahrscheinlich bis ans Ende seines Lebens.

Mit einem sparsamen Nicken verabschiedete ich mich und verließ zusammen mit Floyd das Grundstück.

Vielleicht sollte ich für immer von hier wegziehen, woanders neu anfangen. Ja, das sollte ich in Betracht ziehen. Die Zeit in Gambia hatte mir etwas Abstand gegeben. Andererseits hatte ich sofort nach meiner Rückkehr gespürt, wie sehr ich mich diesem Ort und den Menschen hier verbunden fühlte, wie sehr mir diese Gegend zu einem Zuhause geworden war. Aber was bedeutet schon das Wort Zuhause? Für Hinnerk war die Sache klar. Er würde sagen: »Ich bin da zu Hause, wo man abends *Moin* sagt.« Für mich war es komplizierter, ich war dort zu Hause, wo der Schlüssel passte. Oder an dem Ort, an dem ich am Ende bleiben und neue Wurzeln schlagen würde.

KAPITEL 7

Hanna

Die Sonne stand schon tief, als ich neben Hinnerk auf einem der beiden Parkplätze neben der Mühle parkte.

Du lieber Himmel, auf was hatten wir uns da nur eingelassen? Diese Mühle war zwar imposant mit ihren großen Flügeln und dem umlaufenden Balkon, aber aus der Nähe sah sie recht heruntergekommen aus.

»Wow! Das ist ja irre.« Juli sprang aus dem Auto, als hätte sie auf einer heißen Herdplatte gesessen, und sprudelte schier über vor Verzückung. »Die hat ja einen Balkon! Sieh mal, Hanna. Ein angebauter Wintergarten! Wie genial! Und ganz oben ist ein Fenster. Dahinter ist sicher ein gemütliches Zimmer.«

»Oder die Abstellkammer.« Ich stieg aus und stemmte die Hände in die Hüften. Im Gegensatz zu Juli hielt sich meine Begeisterung in Grenzen. Eine Schande, wie es hier aussah. Zuerst hatte ich mich gefreut, völlig umsonst in eine bewohnbare Mühle zu ziehen und dafür nur ein bisschen putzen und Unkraut zupfen zu müssen. Das stellte ich mir sogar sehr entspannend vor. Doch jetzt war ich davon nicht mehr so überzeugt. Das Gebäude sah aus, als hätte es seit hundert Jahren leer gestanden, das Unkraut wucherte kniehoch, Efeu rankte an den Mauern, und die Fenster waren so schmutzig, dass allein diese Putzaktion einen halben Tag dauern würde. Was nützte ein Wintergarten, wenn die Sonne es nicht hineinschaffte?

»Schön, nech? Ist ein alter Galerieholländer mit Lastenaufzug. Ich bring euer Gepäck rein«, sagte Hinnerk und wuchtete meine Reisetaschen und Julis Rucksack aus dem Wagen. »Die Gitarre auch?«

»Die nehme ich.« Juli wuselte eilig nach hinten zum Kofferraum und nahm ihre Gitarre. »Die ist nämlich sehr empfindlich.«

»Ist ja auch weiblich«, brummte Hinnerk und seine Augen blitzten amüsiert auf. Seufzend folgte ich den beiden und hatte kein gutes Bauchgefühl.

Der Zaun um das riesige Grundstück musste einmal knallrot gewesen sein, hier und da hingen noch Fetzen der abgeblätterten Farbe am Holz. Etwas weiter links erhob sich auf einer Fläche von mehreren Quadratmetern ein Haufen Kies, aus dem ein paar Disteln und Unkraut wuchsen. Ich tippte darauf, dass man irgendetwas für eine zu pflasternde Fläche vorbereiten wollte, es dann aber gelassen hatte. Sah nicht schön aus.

Und hier wollte ich mich erholen? Am liebsten hätte ich sofort die Flucht angetreten. Ich wollte Urlaub machen, nicht schuften.

»So, da wären wir.« Hinnerk hatte den Schlüssel unter einem Gartenzwerg hervorgezogen, aufgeschlossen und war ins Innere gegangen.

»Wow!«, hörte ich Juli erneut hervorstoßen.

Dann betrat ich das Innere des von außen so unansehnlichen Bauwerkes – und verliebte mich auf der Stelle!

Der kurze Flur wirkte hell und freundlich. Fast nahtlos ging er in die halbrunde, nicht sehr große Küche über. In der Mitte des Raumes gab es einen hölzernen Käfig, darauf ein Schild: Personenbeförderung. Das war dann wohl der Lastenaufzug. Ich lief neugierig durch die Räume. Seitlich befand sich ein Wohnraum mit Zugang zur Terrasse und zum Wintergarten. Der jedoch war bis auf einen alten Holztisch und einen Putzeimer in der Ecke komplett leer.

Sofort fiel mir auf, dass hier jemand eine Weile gelebt haben musste. Ein Haus bekam sein Flair ja erst mit der Zeit, die Bewohner ergänzten nach und nach die Möbel, die Deko und machten das Haus zu ihrem kleinen Reich. Und hier hatten Menschen mit Sinn für das Schöne und für helle Farben gelebt. Alles war weiß, in Eierschalen- oder hellen Erdtönen gehalten. Ich ging staunend in den Wohnzimmerbereich und hob das Laken vom Dreisitzer-Sofa. Fuchsfarbenes Leder. Ein sehr teures und edles Stück. Wie konnte man so eine Pracht nur leer stehen lassen oder verkaufen wollen? Gut, das Grundstück hatte einen Gärtner dringend nötig und die Fassade musste renoviert werden, die Fenster waren verdreckt und auf dem Boden und den Fensterbänken lag eine zentimeterdicke Staubschicht, aber der Rest? Ich ging wieder zurück in die Küche. An den Wänden waren blau-weiße Fliesen und in der Mitte des Raumes diente eine alte Werkbank als Küchenarbeitsplatte. Darauf ein Brett aus Granit und ein Messerblock, darüber hingen Töpfe und Pfannen an einem Holzbalken. Sogar ein Tisch für zwei Personen mit einer gemütlichen Truhenbank fand in dem Raum Platz.

»Wow!«, brach es aus mir heraus.

»Sag ich doch.« Juli lehnte die Gitarre an eine mit weißem Putz getünchte und mit alten Balken durchzogene Wand und nickte zufrieden. »Ein Träumchen, oder?«

»Ein Schmuckstück«, sagte Hinnerk und stieg mitsamt unserem Gepäck in den Aufzug. »Schlafzimmer ist im ersten Stock, Badezimmer auch. Ganz oben ist ein kleineres Zimmer, kommst aber nur über 'ne schmale Treppe hoch. Ich bring eure Sachen ins Schlafzimmer, seht euch so lange in Ruhe um.«

»Fein. Beim Autohaus um die Ecke in Wiesbaden heißt das *kostenlose Umschau.*« Juli gickerte. »Als ob das schon jemals was gekostet hätte.«

»Danke«, rief ich Hinnerk hinterher, öffnete die Terrassentür und trat ins Freie. Hier sah es furchtbar aus. Niemand hatte die Teakholzsitzgruppe abgedeckt, so war sie zur Hälfte, die nicht unter den Balkon gepasst hatte, mit einem dunklen Belag überzogen. Das musste abgeschliffen werden.

Juli trat neben mich, zwischen ihren Lippen ein Haargummi. »Ischdasnichfantastsch?« Sie strich ihre Haare nach hinten und band das Gummi darum. »Ich habe voll Bock, hier den Besen zu schwingen.«

»Deinen Optimismus hätte ich gern. Ein Besen genügt da nicht, fürchte ich.«

»Ach, du siehst das alles zu kompliziert. Das bisschen Staub und Unkraut ist in Nullkommanix Geschichte. Komm, lass uns nach oben gehen.«

»Und wie? Der Aufzug ist oben, der muss erst einmal runter.«

»Wir könnten die Wendeltreppe nehmen.«

»Wo hat die sich denn versteckt?«

»Hinter dem Aufzug.«

~

Eine halbe Stunde später war geklärt, dass ich das Schlafzimmer für mich haben würde, denn Juli war nach ganz oben in die vierte Etage gezogen. Ein kleiner runder Raum mit einer Bodenmatratze, einer Kommode und einem kleinen

Fenster. Für mich wäre es zu beengt, aber Juli meinte, wer viele Wochen in einer Hütte am Strand geschlafen hat, in die gerade mal zwei Schlafsäcke nebeneinander passten, für den sei das der pure Luxus.

Jetzt standen wir mit Hinnerk vor der Mühle. Fast feierlich überreichte er mir den Schlüssel und einen Zettel mit seiner Telefonnummer. »Gibt kein Telefon, ist abgemeldet, aber ihr habt sicher Handys. Ansonsten sind Strom und Wasser da, Heizung funktioniert auch, aber ihr werdet keine brauchen, ist warmes Wetter die nächsten Wochen. Ihr könnt aber den Kamin anfeuern, wenn nötig. Brennholz ist am Schuppen hinter der Mühle, da findet ihr auch Gartengeräte und …«

Plötzlich zuckte er zusammen, als jemand rief: »Mühle verkauft? Wird auch mal Zeit!«

Langsam drehte er sich um, und ich machte einen recht attraktiven Mann aus, der am Gartenzaun stand. Er war groß, dunkelhaarig und sein Körper sah unter dem hellen Shirt sehr trainiert aus. Juli stupste mich mit dem Ellenbogen an und ihre Augen bekamen bei seinem Anblick einen verräterischen Glanz.

»Nur vermietet, Alex, nur vermietet«, rief Hinnerk, dann wandte er sich wieder uns zu. »Also, im Schuppen sind Gartengeräte und Werkzeuge. Wenn ihr etwas braucht, ruft mich …«

»Sind Kinder mit dabei?«, tönte der Mann vom Fußweg zu uns herüber, und Hinnerk schnaubte, bevor er über seine Schulter rief: »Was geht's dich an?«

»Wollte es nur wissen.«

»Nein«, rief Juli und trat einen Schritt zur Seite, um bessere Sicht auf den Typ haben zu können. »Keine Kinder, nur zwei Single-Frauen!«

»Fein, danke.«

»Juli!«, zischte ich, und Hinnerk brach in schallendes Lachen aus.

»Was denn? Der Kerl ist 'ne Wucht«, zischelte sie zurück, setzte aber sogleich ein breites Lächeln auf und winkte dem Mann hinterher, von dem wir allerdings nur noch die Rückseite sahen.

»Der ist noch zu haben«, beantwortete Hinnerk die wahrscheinlich nächste Frage von Juli.

»Ach ja? Das wird sicher ein toller Urlaub.« Juli hatte ein Dauerstrahlen auf dem Gesicht.

»Der ist komisch, Juli.«

»Der Urlaub?«

»Der Mann!«

»Nur weil er nachfragt?«

»Nein, weil der sich hier so präsentiert hat, dass ich eigentlich davon ausgehen muss, dass er ein Kinderhasser ist, der grad mal abchecken will, ob die Fuckability der beiden Single-Frauen unter quäkendem Anhang leidet. Also eher nicht so die Wucht.«

»Was du immer gleich denkst ... Och, guck mal!« Freudig sah sie zur Straße. Ich folgte ihrem Blick. War der Typ etwa wieder umgekehrt?

Nein, eine kleine Frau, die in einen Farbeimer gefallen zu sein schien, trat durch das Gartentor und trippelte auf uns zu. Alles an ihr war bunt, einschließlich der dickrandigen Sonnenbrille. Auf dem Kopf trug sie einen ausladenden, bunten und an den Rändern leicht ausgefransten Strohhut mit einem knallroten Band.

Hinnerk beugte sich zu mir. »Das ist Frau von Grafensberg. Wohnt gegenüber, macht hier immer Urlaub. Büschen durchgeknallt, aber ganz nett.«

»Danke für die Info«, sagte ich leise, dann hatte die ältere Lady uns erreicht und nahm ihre Sonnenbrille ab.

Hellblaue Augen, umrahmt von unzähligen Lachfältchen, musterten mich freundlich. Ich mochte sie sofort.

»Hallo und herzlich willkommen in unserem kleinen Dörfchen. Ich bin Adele und mache hier auch Urlaub. Ihr könnt gerne mal auf einen Kaffee zu mir rüberkommen. Aber erst einmal wollte ich euch begrüßen. Wie schön, dass die alte Mühle wieder bewohnt wird. Sie haben sie gekauft? Wie schön, denn sie hat es nicht verdient, so alleine gelassen zu werden, nicht wahr, Hinnerk?«

»Wohl, wohl. Ist nur als Ferienhaus vermietet«, sagte der hilfreiche Brummbär, tippte sich mit zwei Fingern seitlich an die Stirn. »Ich geh dann mal, Gesine wartet.«

Wir verabschiedeten uns von ihm.

»So.« Adele sah uns nacheinander an. »Und ihr seid?«

»Juli«, sagte Juli und streckte Adele die Hand hin. »Und das hier ist Hanna. Wir kennen uns erst seit gestern, sie hat mich auf einer Raststätte aufgesammelt.«

»Warst du denn verstreut?«, fragte Adele mit belustigter Miene.

»Bitte?«

»Na, wenn sie dich aufsammeln musste?«

Herrlich, dieser Humor fing mich sofort ein. Adeles positive Ausstrahlung und die farbenfrohe Kleidung verliehen ihr zudem etwas Frisches und ich freute mich, sie als Nachbarin zu haben. Kein Vergleich zu den Nachbarn in Heidelberg.

»Wir sind zufällig hier gelandet«, erklärte ich. »Und Hinnerk haben wir an der Tankstelle kennengelernt, wir hatten keine Unterkunft, und er hat uns die Mühle besorgt.«

»Das ist prima«, sagte Adele. »Obwohl es mich wundert, denn der Herr Doktor wollte ja eigentlich verkaufen, wie man so erzählt. Aber ich bin froh, dass er es an zwei so nette Damen vermietet hat. Wie lange bleibt ihr?«

»Nur zwei Wochen«, antwortete ich, obwohl ich keine Ahnung hatte, wie lange wir bleiben würden. Oder besser: wie lange ich bleiben würde.

»Drei. Mindestens«, ergänzte Juli. »Vielleicht sogar vier.«

»Na«, lachte Adele. »Dann auf eine gute Nachbarschaft. Und schönen Urlaub. Übrigens, direkt hier hinterm Deich ist ein schöner Naturstrand. Paradiesisch, sag ich euch. So, jetzt muss ich mich aber sputen, das Abendessen steht auf dem Herd. Ich würde euch ja gerne einladen, aber ich wusste nicht, dass die Mühle bezogen wird.«

»Das ist doch nicht nötig«, sagte ich. »Es soll hier ein hübsches Restaurant geben. Irgendwas mit Behring, oder so. Ich dachte, dort werden wir heute Abend essen.«

»Ja sicher, Behrings Friesenstube. Sehr lecker dort, aber auch teuer. Der Besitzer ist ein Sternekoch. Aber die nächsten Tage lade ich euch ein, versprochen.«

»Sternenküche ...« Juli rümpfte die Nase.

»Warum nicht?«

»Na, du musst ja Geld haben. Mir ist das immer zu fein. Und die Portiönchen, die da serviert werden, die kann man meist ins linke Nasenloch inhalieren.«

Den kurzen Rest des Tages verbrachten wir damit, die leeren Schränke im Schlafzimmer und in der Dachkammer auszuwaschen und mit unserer Kleidung zu befüllen. Zu meiner Überraschung hatte jemand das Schlafzimmer geputzt, sogar das Fenster. Auf dem blütenweißen Kopfkissen, das herrlich nach frisch gewaschener Wäsche roch, lag eine verpackte Praline und ein Zettel: Herzlich willkommen in Friesland.

Was für ein netter Vermieter. Nur das Innenleben des Schrankes, das schon Jahre kein Licht mehr gesehen hatte, hatte er vergessen. Machte nichts, ich fühlte mich pudelwohl.

Leider würde die andere Hälfte des Doppelbettes leer bleiben. Kurz erwischte mich ein wehmütiger Gedanke an Max, den ich jedoch sofort wegwischte.

»Mr. Brumm, das hier ist der perfekte Platz für dich!« Ich nahm meinen Teddy und setzte ihn auf das andere Kopfkissen.

Später bemühten wir kurzerhand einen Pizzaservice, weil

wir viel zu müde waren, um uns noch auf den Weg in ein Restaurant zu machen.

~

Am nächsten Morgen weckte mich der durchdringende Klingelton meines Handys.

»Ja … Moment, ich komme ja schon«, murmelte ich überflüssigerweise und hatte meine Probleme zu erkennen, wo ich mich befand. Beschwingt wie eine vollgefutterte Seekuh setzte ich mich auf und blinzelte gegen die Sonne, deren Strahlen mich durch das Fenster hindurch an der Nase kitzelten.

Wo hatte ich das Handy hingelegt? Ah, Fensterbank. Aber wer rief mich um diese Zeit an? Das konnte nur Max sein. Vielleicht war er nach Hause gefahren, bevor er den Laden aufschloss, und hatte rund um die Feuerschale eine schlafende Horde junger Kerle vorgefunden.

Gerade als mich dieser Gedanke schadenfroh lächeln ließ und ich schwerfällig in die Höhe kam, hörte das Klingeln auf.

Ob ich Max zurückrufen sollte? Nein, das würde ich nicht tun, auf keinen Fall. Andererseits – ich war verdammt neugierig, was Benni mit seinen Freunden in dem Haus verbrochen hatte, aber um das zu erfahren, konnte ich auch Benni anrufen.

Ich griff mir das Handy von der Fensterbank und ließ mich wieder aufs Bett fallen.

Auf dem Display stand: entgangener Anruf von Caro.

Nanu? Was hatte denn meine Schwester so früh auf dem Herzen? Halb Sieben. Eine Zeit, in der sie normalerweise aufstand und das Frühstück für Marie richtete, bevor sie sie weckte.

Eilig rief ich zurück, in der Hoffnung, dass alles in Ordnung war.

»Oh, Gott sei Dank, du lebst!«, meldete sie sich. »Wo bist

du? Benni ist gerade hier, er hat Brötchen mitgebracht und mir alles erzählt. Also wirklich! Dieser Max ist ja wohl das Allerletzte! Und, habe ich es nicht gesagt, dass mir diese Kellnerin … Also wirklich! Hanna, du weißt genau, dass du mich jederzeit …«

»Alles ist gut, Schwesterherz«, sagte ich lachend und legte die Beine zum Schneidersitz übereinander. »Ich bin am Meer, in Friesland, und du wirst es nicht glauben, wo ich wohne.«

»In einem Strandkorb?«, fragte sie verdutzt und ich spürte förmlich, wie die nächsten Fragen in ihrem Kopf Kreise drehten.

»Viel besser. In einer Mühle. Es ist einfach fantastisch!«

»Du hörst dich … glücklich an. Das finde ich ein klein wenig befremdlich. Dir geht es gut? Du hast keine Drogen genommen?«

Aus dem Hintergrund hörte ich es laut auflachen, und Benni sagte: »Bevor Hanna Drogen nimmt, teilt sich die Erdkugel in zwei Hälften.«

»Keine Drogen«, beruhigte ich meine Schwester. »Nur strahlende Sonne, eine herrliche Landschaft und eine neue Freundin. Aber davon erzähle ich dir später mehr. Was? Ja, natürlich bin ich sauer auf Max. Bitte? Geheult habe ich gestern, frag Benni, sein Shirt ist sicher immer noch nass, aber was soll ich tun? Mich verkriechen und trauern? Sorry, dazu bin ich zu sauer und … Aber es hilft ja nichts, oder? Er soll Herpes an den Schniedel bekommen und Krätze am …«

»Hanna!«

»Entschuldige, aber wo ist das Problem? Marie schläft ja noch, oder? Ich denke, du merkst, dass ich alles andere als glücklich bin. Aber …« Ich stand auf, schlüpfte in meine rosa Puschen und ging hinüber ins Badezimmer. »Jetzt brauche ich erst einmal Kaffee. Ich habe leider keine Ahnung, ob welcher im Haus ist, denn wir sind erst gestern hier eingezogen. Mietfrei. Dafür müssen wir die Hütte auf Vordermann bringen.

Finde ich ganz gut, so habe ich etwas zu tun. Was hast du gesagt?«

»Ich wünsche dir viel Spaß, schick mir doch die Adresse via WhatsApp, ja? Nur, damit ich mal googeln kann, wie es dort so aussieht. Und … auch ich habe eine Neuigkeit.« Sie legte eine bedeutungsschwere Pause ein. »Ich gehe heute Abend mit meinem Chef essen! Hanna, ich bin so aufgeregt, das glaubst du nicht. Er sieht so verdammt süß aus mit seinen buschigen Augenbrauen und den kurzen dunklen Locken. Du müsstest ihn sehen. Macht es was, dass er ein Jahr jünger ist als ich?«

»Oh, herzlichen Glückwunsch. Ich wünsche dir einen fantastischen Abend und würde es dir von Herzen gönnen, wenn du endlich mal dem Richtigen über den Weg läufst. Und nein, auch Frauen dürfen sich jüngere Männer nehmen. Hallo? Ein Jahr, das ist nichts.«

»Ja, das sehe ich auch so, ich dachte nur … Oje, Marie wacht gerade auf. Hanna? Meldest du dich die Tage oder soll ich? Ach, wir haben uns ja so viel zu erzählen.«

~

Nachdem ich Caro meine vorläufige Adresse gesendet hatte, betrat ich die Küche. In einem Schrank fand ich eine noch verschlossene Packung Kaffee. Hatte Kaffee eigentlich ein Verfallsdatum? Ich öffnete ihn und schnupperte daran. Hm, köstlich. Was so duftete, konnte nicht schlecht sein. Vielleicht verhielt es sich mit Kaffee wie mit dem jahrmillionenalten Himalajasalz, das laut Aufdruck mindestens bis Ende des Jahres haltbar war.

Im Schrank fand ich die passenden Filtertüten, eine Kanne und einen Porzellanfilter. Auf dem Herd stand ein Wasserkessel. Eine Kaffeemaschine sah ich nirgends. Nun, hier wurde der Kaffee wohl nach alter Art aufgebrüht. Ich beschloss spontan, ins Dorf zu fahren und uns was zum Frühstück zu holen, denn im Kühlschrank herrschte absolute Leere. Ich hatte Lust auf warme Brötchen mit Butter und Erdbeermarmelade.

Kurze Zeit später hatte ich mich angezogen – Jeans, Shirt und Flipflops – sprang ins Auto und fuhr ins Dorf. Ich hatte zwar keine Ahnung, wo sich eine Bäckerei befand, aber ich vermutete, an der Hauptstraße – die bei uns in Heidelberg allenfalls als etwas breitere Gasse durchgegangen wäre – würde sicher eine sein. Ich durfte recht behalten. Und vor der Bäckerei fand sich noch jede Menge freier Platz zum Parken. In Heidelberg ein Ding der Unmöglichkeit.

Von dem Klingeln der Türglocke begleitet, betrat ich den leeren Laden.

Jan

Heute flog ich nur so über den tiefen Sand, und ich konnte nicht genug davon bekommen.

Nach einer sehr frühen Hunderunde hatte ich mir die Joggingschuhe angezogen und war losgelaufen. Erst hatte ich einige Kilometer auf Feldwegen zurückgelegt und mir die letzten für das Meer aufgehoben.

Meine Wadenmuskeln schmerzten vom Laufen im tiefen Sand, meine Oberschenkel brannten. Ich liebte diesen Schmerz. Erst dann, wenn ich nicht mehr konnte, würde ich aufhören, an diesem herrlichen Naturstrand entlangzurennen. Den Abschnitt mit den Strandkörben hatte ich hinter mir gelassen und trabte am wunderschönen Küstenstreifen zwischen Horumersiel und Schillig entlang. Meine Lungen füllten sich mit klarer, am frühen Morgen noch kühler Luft, und der stetige, leichte Wind blies mir die Stirn trocken.

So musste ein Lauf sein, genau so! Kein Vergleich zu den Joggingrunden im schwülen Gambia, dort trieb es den

Schweiß selbst bei geringster Bewegung aus allen Poren, und wenn ein Wind ging, hatte es sich eher wie ein Heißluftgebläse angefühlt.

Meine Uhr gab mehrere Warntöne von sich. Ich war zu schnell gelaufen und an meine maximale Herzfrequenz gekommen.

Keuchend beugte ich mich vor und stützte mich auf den Knien ab, wartete, bis mein Atem sich auf ein normales Maß eingependelt hatte, und beobachte die sanften Wellen, wie sie in beruhigender Gleichmäßigkeit über den fast weißen Sand schwappten.

Vor mir das Meer, hinter mir schilfbewachsene Dünen. Und absolute Stille.

Ich richtete mich auf, atmete tief durch und zog das Laufshirt aus. Der Wind würde meinen Körper und das Shirt in meiner Hand trocknen. Langsam und die Natur in mich aufsaugend ging ich zurück. Bevor ich den Deich erklomm, zog ich mir das Shirt wieder über. Ich war trocken – und hungrig.

An meinem Handgelenk trug ich eine flache Tasche mit Klettverschluss. Darin fanden mein Hausschlüssel sowie etwas Geld für den Notfall Platz. Der Notfall war meist ein kühles Blondes an einer Strandbude. Aber um diese Zeit stand mir nicht der Sinn nach Bier, sondern nach Brötchen. Also schlug ich den Weg Richtung Bäckerei ein und freute mich auf ein ausgedehntes Frühstück.

Die Tür der Bäckerei wurde in dem Moment aufgestoßen, als ich gerade hineingehen wollte, und mit Wucht traf mich die Erkenntnis: Nasen waren die Körperteile, die im Gesicht am weitesten hervorstanden.

»Verdammt!«, stieß ich aus und hielt mir die Nase. Stechender Schmerz trieb mir die Tränen in die Augen.

»O mein Gott, das tut mir leid, ich habe Sie gar nicht gesehen!«, sagte eine weibliche Stimme und eine Hand legte sich auf meinen Arm.

Ich schüttelte sie ab. »Ach nein? Sind Sie blind, oder was?« Meine Nase brannte, aber blutete nicht, dafür sah ich kaum was, weil mir das Wasser in den Augen stand.

»Es tut mir wirklich leid, ich …«, hörte ich die Frau mit weinerlicher Stimme sagen.

»Ja, das macht es nicht besser«, fuhr ich sie an, ohne sie durch den Wasserschleier richtig erkennen zu können, und schob mich an ihr vorbei in den Laden.

»Aber das war doch keine Absicht.« Der Rest ihrer Worte ging im Gebimmel der Türglocke unter.

»Oha!«, hörte ich Frau Janssen, die Bäckersfrau, sagen. »Gebrochen?«

»Glaube nicht.« Der brennende Schmerz ließ nach und ich tastete die Nase ab.

»Warten Sie, Herr Doktor. Ich hol einen Eisbeutel.«

»Nicht nötig.« Ich hob die Hand und verzog zum Test der Funktionen das Gesicht wie bei einer Rasur. »Geht schon wieder. Wer war denn das?«

Allmählich lichtete sich der Tränennebel und ich konnte wieder klar sehen. Die Türschwingerin war verschwunden. Vielleicht hätte ich sie nicht so anfahren sollen, aber der Schmerz war nun mal so gewaltig gewesen. Verdammte Hacke, mir war mal ein Wadenmuskel gerissen, das hatte lange nicht so wehgetan, wie eine Tür an die Nase geflanscht zu bekommen.

Die Janssen zuckte mit den Schultern. »Keine Ahnung, hab die kesse Deern hier noch nie gesehen. Wäre sicher was für Sie, Herr Doktor. Schade, dass Sie keinen zweiten Blick riskiert haben.«

Ich lachte auf. »Wie denn auch, wenn man nix mehr sieht. Nebenbei … von Frauen, die nicht vor sich gucken, wenn sie Türen aufmachen, sollte man sowieso besser Abstand halten.«

»Sie war aber sehr freundlich und …«

»Frau Janssen«, begann ich milde, und dazu musste ich mich echt am Riemen reißen. »Es ist schön, dass jeder im Dorf mir eine Frau verpassen will. Das ist jedoch nicht erforderlich.«

Sie spitzte die Lippen und öffnete dann den Mund für eine Erwiderung.

Doch ich wollte weder eine Rechtfertigung noch die nächste Frage hören, die wahrscheinlich kommen würde, und nahm die Antworten vorweg. »Ich weiß, Sie meinen es nur gut, aber es ist wirklich nicht nötig. Und nein, ich habe mir auch keine Frau aus Gambia mitgebracht.«

»Oh? Nicht?«

»Nein, ganz sicher. Ich hätte dann gerne drei Milchbrötchen.«

Bereits auf dem Heimweg fühlte sich meine Nase wieder an wie immer, und nach dem Frühstück und zwei weiteren Tassen Kaffee zog ich ein paar Bahnen im Pool. Während dieser ganzen Zeit ging mir die Stimme der Frau nicht mehr aus dem Kopf. Was war ich doch für ein Esel gewesen, das Mädel so anzupflaumen. Am Ende war das eine der beiden Frauen, die in meine Mühle eingezogen waren. Nun, das würde ich im Idealfall nie herausbekommen, denn ich plante nicht, zur Mühle zu fahren und die Gäste zu begrüßen. Alles, was mit dieser Vermietung zusammenhing, überließ ich Hinnerk. Den späteren Verkauf dann einem Makler.

Plötzlich übermannte mich die Müdigkeit. Das Joggen und die halbe Stunde im Pool verlangten nach einem Vormittagsschläfchen in der Sonne. Ich fläzte mich in den Liegestuhl und schloss die Augen.

Mein rechter Fuß fühlte sich feucht an, und etwas machte sich an ihm zu schaffen. Als ich die Augen öffnete, sah ich, wie Floyd mit halb geschlossenen Augen genüsslich den Raum zwischen meinen Zehen säuberte.

»Igitt, Floyd, du bist ja echt schmerzbefreit.« Ich zog den Fuß weg, richtete mich auf und packte den Hund kraulend an den Ohren. »Du musst mal, hm? Alles klar, wir gehen.«

Aber erst musste ich den Fuß waschen. Dann schnappte ich mir die Leine und pfiff nach Floyd. Ab zum Strand direkt hinter den Deich an meinem Haus. Der Abschnitt war zwar nicht sehr weitläufig, dafür einsam und naturbelassen. Genau das Richtige für einen Hund. Dort konnte ich testen, ob er bei mir blieb, wenn ich ihn von der Leine ließ.

KAPITEL 8

Hanna

Oh, wie wundervoll, das sieht ja einladend aus. Tischdecke, Polster – wo hast du das gefunden?« Ich legte meinen Autoschlüssel auf den Gartentisch, den Juli mit einer farbenfrohen, mit Blumen bedruckten Tischdecke bedeckt hatte, und ließ mich in den Stuhl fallen. Ein Sträußchen Wildblumen steckte in einer porzellanenen Minivase. Und der Kaffee war gerichtet. So musste Urlaub sein!

»In der Sitzbank in der Küche. Kaffee? Ja, klar, was frage ich so blöd.« Sie lachte mit der Sonne um die Wette. Ihre hennaroten Haare waren ordentlich hochgesteckt. Die Pluderhosen hatte sie heute gegen ein knöchellanges, taubenblaues Leinenkleid getauscht. »Wo warst du denn schon so früh am Morgen?«

»Frühstück holen und einem Jogger fast die Nase brechen.«

Juli, die gerade am Kaffee genippt hatte, prustete los. »Was?«

»Frühstück holen und …«

Sie wedelte mit der Hand und stellte die Tasse ab. »Hab dich schon verstanden, aber wo sind die Brötchen und was war mit dem Jogger?«

»Oh, Moment.« Ich sprang auf und holte die Tüte, die ich im Auto vergessen hatte. *Guten Morgen, Hanna … schön, dass du nun auch wach bist …*

Der unfreundliche Typ hatte mich so aus dem Konzept gebracht, dass ich während meines anschließenden Einkaufs im Discounter und selbst den gesamten Rückweg an nichts anderes denken konnte. Wieder bei Juli riss ich die Brötchentüte auf und legte sie mittig auf den Tisch. Sofort verströmte ein herrlich appetitlicher Duft. Aus der Tüte vom Supermarkt zog ich eine Packung Zucker, Butter, Marmelade, Käse, Wurst, Milch und bereits gekochte Eier.

»Hm, lecker.« Juli stand auf. »Bin gleich wieder da.«

Sie kam zurück mit Tellern, Besteck und Servietten, setzte sich und schnitt sich ein Brötchen auf. »Und jetzt die Story mit der gebrochenen Nase, bitte.«

»Keine Ahnung, ob sie gebrochen ist«, sagte ich geknickt und strich Butter und Marmelade auf eine Brötchenhälfte. »Er war ziemlich wütend, ich konnte mich nicht mal richtig entschuldigen. Und dann hat er mich zur Seite geschoben und ist in die Bäckerei, aus der ich gerade gekommen war. Die Tür ging nach außen auf und ich hatte ihn nicht gesehen.«

»Keine Glastür? Bäckereien, Metzgerläden … Die haben doch alle Glastüren.«

»Doch, ja, es war eine Glastür, aber ich hatte zum Tschüss-Sagen über die Schulter geschaut, die Tür dabei geöffnet und … rumms.« Ich biss ins Brötchen. Himmel, diese Erdbeermarmelade war verteufelt lecker.

»Wie hat er ausgesehen?«

»Wer? Ach, der Jogger. Gut. Blond, glaube ich. Ja, er hatte verwuschelte, kurze blonde Haare. Braungebrannt, schlank, sportlich. Vom Gesicht habe ich nicht viel gesehen, weil er beide Hände darauf gepresst hatte.«

»Schade«, murmelte sie mit vollem Mund, spülte mit Kaffee nach und griff nach dem nächsten Brötchen. »Vielleicht war er ja eine Sahneschnitte.«

»Und wenn? Dieses Sahneschnittchen ist aller Voraussicht nach ungenießbar. Du hättest ihn hören müssen.«

»Na ja, ich wäre auch nicht gerade ein Sonnenschein, wenn mir einer 'ne Tür an den Kopf ballert.«

»Hm ... Da sagst du was.« Ich schenkte mir Kaffee ein, gab Milch und Zucker – süß und blond – hinzu. »Wollen wir gleich an den Strand gehen?«

»Nee, mach du mal, ich möchte heute einfach hierbleiben und mich einleben. Mir stecken die letzten Monate noch in den Knochen. Es tut zur Abwechslung gut, an einer Stelle zu sein und die Füße ausstrecken zu können.«

»Huhu!«, tönte es vom Gartenzaun her. Unsere Köpfe flogen herum. Adele. Heute wieder bunt. Dieses Mal trug sie eine giftgrüne, weite Hose, eine gelbe Tunika und eine weiße Sonnenbrille. »Darf ich reinkommen?«

»Klar!«, riefen Juli und ich wie aus einem Munde.

»Guten Morgen, die Damen!« Adele setzte sich.

»Tässchen Kaffee?«, bot Juli an.

»Nein, danke, ich bin schon seit Stunden wach – senile Bettflucht, hat aber seine Reize – und habe schon einen Liter intus. Mindestens. Gut seht ihr aus. Ich wollte nur noch einen Tipp loswerden. Von unserem Naturstrand habe ich euch ja schon erzählt, es gibt aber viele Strände hier. Ihr habt die Wahl. Der Riesenstrand bei Schillig zum Beispiel ist auch ganz nett. Er ist mit dem Auto in wenigen Minuten zu erreichen, aber ... Parkplätze sind alle kostenpflichtig. Nebenbei, ich habe zwei Räder in der Garage, die könnt ihr euch ausleihen. Mein Mann kann ja nicht mehr fahren ... Gott hab ihn selig. Wo war ich stehen geblieben? Ach ja, Strand. Also, in Schillig am Strand gibt es Strandkörbe, Spielplätze, ein nettes

Restaurant – aber sehr teuer – und Fischbuden. Es ist schön dort, aber auch sehr voll und sehr laut. Und es kostet Eintritt.«

»Uh.« Juli blies die Backen auf. »Klingt nicht gerade nach Einsamkeit und Entspannung.«

»Je nachdem, wie man es mag«, fuhr Adele fort. »Nach diesem Strand allerdings wird es einsam, dann beginnt der Hundestrand. Dort sind nicht so viele Menschen unterwegs, und wenn, dann mit Hund. Deshalb auch der Name. Und jetzt kommts …«

»Es gibt auch einen Adults-only-Strand?«, warf ich amüsiert ein. Ich mochte Adele. Sie hatte etwas so Mitreißendes an sich. Die Begeisterung, mit der sie erzählte, steckte mich an. Auch wenn ich immer wieder mal an meine Situation dachte und die Traurigkeit sich in mir breitmachen wollte, versuchte ich, jeden Gedanken an Max und seine … Nun, ich versuchte, es zu unterdrücken. Und Adele half mir dabei, ohne es zu ahnen.

»Na, du bist ja richtig, Mädchen«, strahlte sie mich an. »Den gibt es zwar nicht, kommt aber gut hin. Wie erwähnt …« Sie drehte sich zur Straßenseite um und streckte den Arm aus. »… ist hinterm Deich ein nicht allzu langer Strandabschnitt, vielleicht ein Kilometer, ich kann das nicht genau abschätzen. Also, der Strand wird wenig besucht, weil …«

»Weil er betoniert ist? Oder es da ganz viele Quallen gibt?«, ergänzte Juli und schälte sich ein Ei.

»Weder noch. Weil es die Touristen an die großen Strände zieht. Tja, Herdentiere zieht es zur Herde, oder? Das ist wie mit Schlangen an der Supermarktkasse. Drei Kassen haben auf, aber alle stehen sie an einer, weil sie dem Schwarm folgen. Wenn alle da anstehen, müssen die anderen zwangsläufig zu sein, nicht wahr? Keine Sorge, der Strand ist wunderbar, einsam, mit Dünen und weichem Sand. Nur wird er eben nicht von der Gemeinde regelmäßig gesäubert.«

»Da will ich hin«, sagte ich.

»Fein. Erzähl mir dann, wie es dir gefallen hat, ja?« Adele lächelte, erklärte mir den Weg und verabschiedete sich.

Ich konnte es kaum erwarten, ans Meer zu gehen.

Nach dem Abräumen – es gab in der Mühle sogar eine Geschirrspülmaschine – schnappte ich mir ein Handtuch, stopfte es in eine größere Stofftasche, die ich in einer Kommode im Schlafzimmer gefunden hatte, denn daran, eine Strandtasche einzupacken, hatte ich in der Eile nicht gedacht, und zog los.

Natur, ich bin bereit für dich.

Am Strand angekommen, blieb ich stehen und sah mich fasziniert um. Kaum zu glauben, aber ich war ganz alleine. Nur ich und das Meer, Sand und Wellen und Wind, der sanft in mein Haar blies.

Der Wunsch, auf schnellstem Wege meinen Körper von den sanft rollenden Wellen umfließen zu lassen, wurde übermächtig. Tja, hätte ich mal an einen Bikini gedacht, aber nein … Ich zog die Schuhe aus und ging so weit ins Wasser, wie meine dreiviertellangen Jeans es zuließen, ohne nass zu werden. Huh, ganz schön kalt. Und dennoch wunderbar entspannend. Das endlose Meer, die Ruhe um mich herum und das Geplätscher der Wellen entschleunigten mich von Full Speed auf Slow Motion. Plötzlich schien alles nicht mehr so furchtbar. Nicht der Job, den ich noch suchen musste, nicht Max und seine … Nicht dran denken. Oder doch? Doch. Nicht einmal der Gedanke an Max und sein Püppchen, das jetzt wahrscheinlich schon bei ihm eingezogen war, konnten das Wohlgefühl, das in diesem Augenblick von mir Besitz ergriff, vertreiben.

Seltsamerweise hatte ich das Gefühl, dass alles so hatte kommen müssen, denn sonst wäre ich jetzt nicht hier. Höchstwahrscheinlich wäre ich sogar niemals hierhergekommen, denn Max zog es immer nur ins Ausland. Urlaub in Deutschland war für ihn undenkbar.

Doch jetzt war ich hier, und das untrügliche Gefühl, dass

ich genau an diesem Ort sein sollte, verstärkte sich mit jeder Welle, die meine Füße umspülte. Mein Blick richtete sich in die unendliche Weite, zum Horizont, wo das Meer endete und der fast wolkenlose Himmel sich in hellerem Blau vom Wasser abhob. So blieb ich eine Weile stehen. Erst als meine Füße so kalt wurden, dass ich sie kaum mehr spürte, ging ich zu meiner Tasche zurück. Ich breitete das Handtuch aus, setzte mich und hielt mein Gesicht in die Sonne.

Im nächsten Moment war es vorbei mit der Ruhe.

Ich schrie auf, als etwas Großes an mich stieß, und kippte seitlich in den Sand. Von irgendwoher hörte ich einen lauten Pfiff und ein Mann rief: »Floyd!«

Mein Kopf flog herum. Erschrocken riss ich die Augen auf, und der Hund – das war dann wohl Floyd – stand über mir und hechelte mich mit heraushängender Zunge freundlich an. Dabei sah er so süß aus, dass ich unwillkürlich lachen musste. Von dem blonden Labrador drohte höchstens Schleckalarm. Zum Glück hatte ich noch nie Angst vor Hunden, ansonsten wäre ich jetzt wahrscheinlich ohnmächtig geworden. Mir schoss ein Spruch in den Kopf: Der will nur spielen. Nun, das wollte er wohl tatsächlich.

»Hey, Floyd, runter von mir«, sagte ich, schob ihn zur Seite, setzte mich auf und streifte Sand von Arm und Wange. »Du bist ja ein Draufgänger.«

Wie zur Bestätigung leckt er mir schwanzwedelnd einmal quer über die Wange.

»Uh, lass das!« Lachend drückte ich ihn weg und kraulte mit beiden Händen seine Ohren. Sofort warf er sich auf den Rücken und bot mir seine Weichteile an. Ein ganz klarer Vertrauensbeweis. »Ah, du willst am Bauch gestreichelt werden, hm?«

»Floyd! Lass die Frau in Ruhe!«

Ich hob eine Hand. »Nicht ganz richtig, wie Sie sehen. Es sollte jetzt eher heißen: Lassen Sie meinen Hund in Ruhe.

Scherz. Alles gut, er wollte nur geknuddelt werden. Sie haben Glück, dass ich nicht schreckhaft bin.«

Der Hund spürte wohl Ärger im Anmarsch, kam überstürzt auf die Pfoten und schüttelte sich.

Zeit, um einen Blick auf den Besitzer zu werfen. Ich hob den Kopf und schirmte mit der Hand die Sonne ab.

»Sie?!« Auch wenn er keine verspiegelte Sonnenbrille trug, erkannte ich ihn sofort.

»Kennen wir uns?«, fragte er irritiert nach und legte seinen Hund an die Leine.

Da fiel mir ein, dass meine Hand mein Gesicht verbarg. Hastig nahm ich sie herunter. Eigentlich hätte ich aufstehen sollen, doch die Überraschung nagelte mich quasi in den Sand. Wenn ich mit vielem gerechnet hätte, aber nicht damit, den Einhorn-Sonnyboy hier zu treffen.

»Da brat mir doch einer 'nen Wattläufer!«, stieß er überrascht aus. »Der blonde Schussel von der Heidelberger Eisdiele!«

Schlagartig war ich geerdet. Was für ein Idiot!

»Der Schussel … Na, danke auch. Schönen Tag noch.« Der konnte mich mal gerne haben. Pah! Schussel … Wie kam der überhaupt dazu, so mit einer Frau zu reden? Brüsk drehte ich mich ab und sah aufs Meer. Der sollte zusehen, dass er Land gewinnt. Doch davon schien er weit entfernt.

»Verzeihen Sie bitte, das war ziemlich unhöflich von mir, aber nicht so gemeint, wie es rüberkam«, hörte ich ihn sagen und in meinem Magen kribbelte es leicht. Ich mochte seine warme Stimme. Stopp! Ich mochte schließlich auch Max´ Stimme!

»Können wir noch mal anfangen?«

»Von mir aus«, sagte ich, drehte mich dabei zu ihm um und versuchte, einen desinteressierten Ton in meine Stimme zu bringen. Zwecklos. Ich hörte mich selbst die Worte eher piepsen als sagen und war von lässig ungefähr so weit entfernt wie der Nordpol vom Äquator.

»Hallo«, grinste er verschmitzt. »Verzeihen Sie bitte, dass Floyd Sie umgeworfen hat. Ich habe den Hund erst ein paar Tage und nicht mit seiner Vorliebe für attraktive Damen gerechnet. Das hat er übrigens mit mir gemeinsam. Haben Sie sich wehgetan?« Er ließ seine Blicke über meinen Körper wandern, was mir etwas unangenehm war. Vielleicht auch, weil mir dabei irgendwie seltsam zumute wurde, so kribbelig in der Bauchgegend. Der Mann hatte aber auch schöne blaue Augen … Alter Falter! Das, was er sagte, war dagegen unterste Schublade.

»So, Vorliebe für attraktive Damen … Aha. Mit Konversation haben Sie es wohl nicht so, hm?« Erneut legte ich die Hand an die Stirn, da mich die Sonne blendete, wenn ich hochblickte. Okay, der Typ sah verboten gut aus mit seinen blonden, verwuschelten Haaren und dem Drei-Tage-Bart. Er trug eine verwaschene Jeans und ein silbergraues Shirt. Er wirkte wie ein Surfer-Typ, und zwar einer mit einem Body, für den meine Freundin Nicole sofort in Begattungsstarre fallen würde. Muskulös und braun gebrannt, so, als wäre er gerade aus einem Urlaub zurückgekommen.

»Puh, ich habe das Gefühl, dass ich mich irgendwie gerade um Kopf und Kragen rede.«

»Treffer!«

Und warum glotzte der mich immer noch an?

Bei der Gelegenheit fiel mir auf, dass ich immer noch im Sand saß und der Typ auf mich herabblickte und augenscheinlich nach Worten suchte. Na, den neuen Anfang hatte er ja ordentlich versemmelt. Ich beschloss, ihm eine weitere Chance zu geben.

»Wenn Sie fertig geguckt haben, sagen Sie Bescheid. Und dann probieren wir das noch mal mit dem Neuanfang.« Umständlich kam ich in die Höhe und streckte ihm meine Hand hin. »Hallo, ich bin …« Weiter kam ich nicht.

»Bitte?« Er zuckte fast unmerklich zurück. »Ich wollte nur sehen, ob Sie eine Verletzung davongetragen haben.«

»Na, das ist ja mal eine ganz neue Masche. Haben Sie eine Verletzung auf meinen Brüsten gefunden?« Meine Hand zuckte zurück, und anstatt sie ihm zu geben, winkte ich ab. »Schon gut, war nur 'ne Steilvorlage.« Kleine Anlaufschwierigkeiten, nichts weiter.

»Also ist alles in Ordnung?«, fragte er und strich dabei seinem Hund über den Kopf. Der schien sichtlich erleichtert, dass sein Besitzer ihm offenbar verziehen hatte, und leckte ihm dankbar über die Hand.

Ich blickte an mir herunter. »Sieht ganz so aus. Ich bin übrigens Hanna.«

»Jan. Angenehm, Hanna.« Er nickte mir zu und wirkte plötzlich sehr zugeknöpft. »Und bevor ich noch mehr Blödsinn von mir gebe, gehe ich mal weiter. War übrigens nett, Sie hier wiederzusehen. Vielleicht begegnet man sich ja mal an einer Eisdiele, oder so. Schönen Tag noch.« Und schon hatte er sich umgedreht und stapfte davon.

Eisdiele! Der Typ redete sich wirklich bis ins Uninteressante hinein. Kurzzeitig war ich sprachlos und rief ihm mit etwas Verzögerung ein »Ebenfalls« hinterher. Trotzdem, dass er einfach so ging, hatte ich nicht erwartet. Eher ein Angebot, ein Stück zusammen am Strand entlangzuspazieren. Schade eigentlich. Aber gut, vielleicht fuhr er nicht auf Frauen ab oder besser, nicht auf Frauen wie mich.

»Ha«, lachte ich auf und stemmte die Fäuste in die Hüften. Ich stand nicht auf Typen wie ihn! So rum wird ein Schuh draus, Mr. Sonnyboy Surfertyp! Plötzlich drehte er sich zu mir um und zog die Stirn in Falten.

Jan

Mist! Ich konnte nicht ahnen, dass Floyd losrennen würde wie ein Wiesel auf Speed, sobald ich ihn von der Leine ließ.

Nach der ersten Schrecksekunde stellte ich jedoch erleichtert fest, dass er lediglich einen Heidenspaß hatte, sich im tiefen Sand wie ein Entfesselter im Kreis zu drehen, sich zu wälzen, wieder aufzuspringen und durch die Dünen zu jagen.

Es schien ganz so, als passten der Hund und ich zusammen, in unserem Bewegungsdrang gaben wir uns nicht viel. Nur, dass ich es vorzog, vorwärts statt im Kreis zu rennen. Ab morgen würde ich ihn zum Joggen mitnehmen.

Plötzlich verschwand Floyd hinter einer Düne und ich folgte ihm. Dabei rief ich seinen Namen, doch er hörte nicht. Stattdessen drang ein kurzer, spitzer Schrei zu mir herüber.

Bis in die Haarspitzen alarmiert, rannte ich die Düne hoch und traute meinen Augen kaum.

Wütend pfiff ich durch die Zähne und rief nach dem Hund. Keine Reaktion. Er stand schwanzwedelnd über einer Frau, die im Sand lag. Ich nahm die Leine von der Schulter und stapfte hinab. Wenn ich Glück hatte, wäre es mit einer Entschuldigung getan. Allerdings gab es auch Menschen, die rannten bei jedem Furz, der ihnen quer stand, zum Anwalt. Nun, gleich würde ich es erfahren.

»Floyd! Lass die Frau in Ruhe!« Wie die Lage aussah, freute sich Floyd nur, einen Menschen zum Spielen gefunden zu haben. Und ganz offenbar schien sein spielerischer Angriff die richtige Person getroffen zu haben, denn jetzt lag der Hund auf dem Rücken und wurde von einer verdammt attraktiven Blonden durchgekrault. Erleichtert atmete ich auf und entspannte mich etwas.

Noch während ich mich bei ihr entschuldigte, sprang Floyd auf und kam zu mir. Sofort leinte ich ihn an und konnte meine Blicke nicht von dieser Frau lösen. Sie hatte sich zum Glück nicht verletzt. Doch ich musste sie weiter anstarren, denn irgendwie kam sie mir vertraut vor. Dann erkannte ich sie! Und ich war so perplex, dass ich absoluten Mist zusammen stammelte. Ich! Das hätte mir mal einer sagen sollen, dass eine Frau es schafft, mich Dinge sagen zu lassen, die ich definitiv nicht hatte sagen wollen.

Und sie gefiel mir. Ausgesprochen gut sogar!

Blondes, fülliges Haar fiel ihr lockig bis auf die Schultern und stand keck nach allen Richtungen ab. Ihre Haut schimmerte in der Sonne und diese Augen, diese unglaublich großen, blauen Augen mit einem dichten Wimpernkranz ließen mich schlucken. Sie trug ein Shirt, das ihre wohlgeformte Figur nicht verhüllte, und ihre Füße waren sandig.

In diesem Moment strich sie mit einer sehr femininen Bewegung ihre Haare zurück und stand auf.

»Wenn Sie fertig geguckt haben, sagen Sie Bescheid. Hallo, ich bin …«

Verdammt, sie hatte mich voll erwischt. Obwohl ich wusste, dass ich unhöflich reagierte, stammelte ich ein paar Worte, anstatt ihre ausgestreckte Hand zu ergreifen. Über ihr Gesicht huschte ein Hauch von Enttäuschung.

Ich war ein Idiot. Ein Idiot, der sich anstellte, als stünde ein Engel vor ihm. Doch genauso fühlte ich mich gerade. Vor mir stand eine bildhübsche Frau, die mir mit ihrer Natürlichkeit schlagartig allen Wind aus den Segeln nahm. Zu gerne hätte ich jetzt ihre Hand gehalten und irgendetwas Nettes gesagt, doch meine Kehle war wie zugeschnürt. Außerdem war meine eine Hand nass von Hundesabber.

Wir stellten uns kurz mit Vornamen vor und ich machte, dass ich von dieser Frau wegkam. Denn noch nie hatte lediglich der Anblick eines weiblichen Wesens genügt, um mich sprachlos zu machen.

Ich verabschiedete mich, drehte mich um und hörte sie etwas sagen. Der Klang der Stimme ließ mich stoppen. Langsam drehte ich mich zu ihr um.

»Was haben Sie gesagt?« Zwar hatte ich genau gehört, was sie gerufen hatte, doch ich wollte ihre Stimme noch einmal hören, um mich zu vergewissern.

»Ebenfalls«, sagte sie. Nebenbei hatte ich Mühe, Floyd

zurückzuhalten, den es offenbar zu dieser Hanna zog. Genau wie mich, allerdings … Ich setzte mich Bewegung und ging auf sie zu.

»*Sie* waren das. Natürlich! Ich erkenne Ihre Stimme wieder.«

»Was soll ich gewesen sein?«, fragte sie, schüttelte das Handtuch aus, auf dem sie gesessen hatte, und stopfte es in eine Tasche.

O Gott, wie niedlich, wie sie die Augenbrauen zusammenzog und den Kopf leicht schief legte, während sie mich verständnislos ansah.

»Die Frau beim Bäcker, die mir die Tür an die Nase gehämmert hat.« Ich ging auf sie zu.

»Oh!« Sie legte eine Hand an die Wange und machte große Augen. »*Sie* waren das?« Dann trat sie vor mich und betrachtete meine Nase. »Nicht geschwollen, nicht rot, nicht schief.«

»Ist ja interessant«, erwiderte ich amüsiert und versuchte, meinem Tonfall etwas Trockenes zu geben. Tatsache war, dass mich Hannas Duft ohne Umwege einlullte und ich das Verlangen verspürte, sie an ihren widerspenstigen Haaren an mich zu ziehen und zu küssen.

Sie hüstelte und brachte mit zwei Schritten wieder eine angemessene Distanz zwischen uns. »Es tut mir leid, das mit der Tür. Nein, das mit der Nase. Ich meine natürlich beides, wobei die Tür ja keinen Schaden davongetragen hat. Was ich eigentlich sagen will, ist …«

»Entschuldigung angenommen.« Jetzt musste ich lächeln, doch sofort verbot ich es mir wieder. Diese Hanna besaß das Potenzial, mein Herz zu erobern. Und das musste ich unter allen Umständen verhindern!

»Fein! Dann können wir ja ein Stück gemeinsam gehen, oder?«

Das hatte ich befürchtet. Hastig blickte ich auf die Uhr. »Verzeihung, ich muss zurück. War nett, Sie kennengelernt … Sie wiedergetroffen zu haben.«

Ohne ein weiteres Wort von ihr abzuwarten, drehte ich ab und stapfte los.

Unabhängig von der Tatsache, dass diese entzückende Frau so ein Verhalten sicher nicht verdient hatte, wusste ich, dass ich ihr – und mir – einen Gefallen tat, wenn ich sie nicht näher an mich heranlassen würde.

Es war besser so.

Obwohl es mir verdammt schwerfiel.

Als ich über die Dünen zurückging, meinte ich, Alex auf dem Deich stehen gesehen zu haben. Jeans, weißes Hemd, dunkle Haare. Beobachtete er mich?

Blödsinn!

Entwickelte ich jetzt schizophrene Züge?

»Floyd«, sagte ich und ließ ihn von der Leine. »Dein neuer Besitzer hat nicht mehr alle Latten am Zaun, hm?«

Hanna

Wie jetzt? Was? Erst lieferte er dämliche Machosprüche ab, um dann wieder so nett und arglos zu lächeln, dass man ihn sofort für einen Schwiegermutterliebling hätte halten können?

Mit offenem Mund starrte ich ihm hinterher und hatte ein fettes Fragezeichen über dem Kopf. Sein Schritt war beschwingt. Happy Feet. Die Füße waren die ehrlichsten Körperteile am Menschen. Der Gang und die Körperhaltung verrieten mehr von jemandem als das, was er sagte und tat. Die Art, wie dieser blonde Hüne davonging, stand im totalen Kontrast zu seinem Verhalten mir gegenüber. Warum behauptet wurde, Frauen seien komplizierter als Männer, wussten wahrscheinlich auch nur Männer.

Ich schulterte meine Tasche und machte mich auf den Rückweg. An der Straße angekommen, wurde meine

Aufmerksamkeit von etwas angezogen, das auf Augenhöhe in einem Busch hing.

Oh, ein Schmusetuch mit Hasenkopf, so eines in der Art, das meine kleine Nichte besaß und das bis zu ihrem dritten Lebensjahr ihr ständiger Begleiter gewesen war. Ein niedliches Hasenköpfchen mit langen Ohren, der Körper bestand aus einem pastellfarbenen, weichen Tuch, das an den vier Enden zu Knoten geknüpft war. Ich pflückte das Kuscheltuch vom Ast und drehte es in der Hand. Es war schmutzig und bei einem der gestickten Augen fehlte der Faden. Auf einer Seite war ein Name gestickt: Heikchen. Sollte ich es mitnehmen und wieder herrichten? Das Auge wäre schnell gestickt. Dann würde ich es waschen und … Aber was, wenn die Mutter es suchte und nicht fand? Ich erinnerte mich an das herzzerreißende Theater, als Marie ihr Schmusetuch nicht mehr gefunden hatte, weil Caro es in die Waschmaschine gestopft hatte.

Unschlüssig stand ich mit dem Hasen in der Hand herum und grübelte.

»Guten Morgen«, riss mich eine männliche Stimme aus meiner Überlegung.

»Oh, guten Morgen.« Ich erkannte den Mann, der vor der Mühle gestanden und gefragt hatte, ob auch Kinder darin wohnen würden. Ich hielt den Hasen hoch. »Sie wissen nicht zufällig, wem der hier gehört? Oder kennen Sie ein Mädchen, dass Heikchen gerufen wird?«

Er zog die Brauen hoch. »Nein, kenne ich nicht. Hat das jemand verloren?«

»Ja, sieht ganz so aus. Ich überlege, es mitzunehmen, zu säubern und wieder hier hinzuhängen. Eigentlich könnte auch die Mutter oder der Vater das Tüchlein waschen, aber wenn ich schon mal dabei bin, würde ich das übernehmen.«

»Wenn es regnet, war die Aktion für die Katz. Geben Sie es doch in der Bäckerei ab. Die Janssen kennt Gott und die Welt.«

»Das ist eine prima Idee! Danke!« Ich streckte ihm die Hand hin. »Ich bin übrigens Hanna. Und Sie sind der Mann, der vor der Mühle gefragt hatte, ob Kinder dabei sind. Haben Sie etwas gegen Kinder?«

Das war mal wieder typisch für mich. *Super Frage, Hanna, echt! Da hätte ich ihn auch gleich fragen können, ob er schon mal Hamster gequält hat.*

Zu meiner Erleichterung nahm er es locker. »Alex, angenehm.« Er ergriff meine Hand, drückte sie kurz, aber fest. »Nein, ich habe nichts gegen Kinder. Ich bin nun mal neugierig.« Seine dunklen Augen glommen auf.

»Aha, Sie wollten nur wissen, ob da zwei frische Singles ohne Anhang eingezogen sind, hm?« Ich legte den Hasen in die Tasche.

»Erwischt!« Er lachte und zeigte dabei eine Reihe strahlend weißer Zähne. Juli hatte recht, ein heißer Typ. Schwarze Haare, dunkle, sinnliche Augen, weißes Hemd, Jeans, Sneakers. Nebenbei hatte er eine atemberaubende Figur und gebräunte Haut, die durch das helle Hemd noch brauner wirkte. »Und? Sind Sie Single?«

Das ging mir zwar ein bisschen zu schnell, aber warum sollte ich nicht ein wenig flirten? Urlaub war Urlaub und ein Flirt würde mir sicher guttun.

»Bin ich. Ein frisch gebackener, sozusagen. Und Sie?«

»Schon etwas länger. Ich bin Koch, da habe ich blöde Arbeitszeiten, das finden die meisten Frauen nicht sehr anziehend. Darf ich Sie auf einen Kaffee ins Deichcafé einladen? Wir können draußen sitzen, auf das Meer sehen und ein bisschen plaudern.«

»Hm …«, zierte ich mich, obwohl ich wusste, dass ich diesen Mann auf jeden Fall kennenlernen wollte. Neben dem konnte Max einpacken!

»Ja, warum eigentlich nicht? Gerne.«

Wir setzten uns an einen runden Bistrotisch direkt an der Brüstung in der wärmenden Sonne. Es war einfach herrlich hier, die Luft war frisch, es wehte immer ein leichter Wind. Ich fühlte mich pudelwohl. Was wahrscheinlich auch an der Gegenwart dieses attraktiven Mannes lag. Kaum zu glauben: Die letzten Jahre war ich keinem einzigen gut aussehenden Mann begegnet, und kaum war ich Single, liefen mir gleich zwei heiße Kerle über den Weg. Ein blonder und ein dunkelhaariger. Als hätte das Schicksal nur darauf gewartet. Trotzdem … sobald ich Max' Gesicht vor meinem inneren Auge sah, gab es mir einen kleinen Stich. Fünf Jahre mit einem Mann zusammen zu sein, das ließ sich nicht von heute auf morgen wegwischen. Und schließlich hatte ich ihn geliebt. Oder?

»Ist alles in Ordnung mit Ihnen?«, hörte ich Alex wie aus weiter Ferne. Ich zuckte zusammen. Wie unhöflich von mir, in seiner Gegenwart auf das Meer zu starren und meinen Gedanken nachzuhängen. »Sie wirken etwas traurig, wenn ich das sagen darf. Was kann ich tun, um ihr wunderschönes Lächeln hervorzulocken? Ah, da ist es ja.«

Tatsächlich hatte er mich zum Lächeln gebracht. »Verzeihen Sie, ich habe nur … diesen wunderbaren Ausblick genossen. Ich komme aus Heidelberg. Die Landschaft dort ist so ganz anders, die Luft auch. Hier ist alles frischer und irgendwie …« Ich beschrieb mit dem Arm einen Halbkreis. »… so weit. Das ist Balsam für die Seele.«

»Dem kann ich nur zustimmen«, sagte er warm. »Allerdings muss ich für meinen Teil nicht in die Ferne sehen, um mich an einem bezaubernden Anblick zu erfreuen.«

Huch, der ging aber ran! Andererseits ließ mich seine Ausdrucksweise stutzen. Sie wirkte so … gestelzt. So als würde Trump mit einem »Bezaubernder Anblick heute« seiner Sekretärin auf den Hintern hauen, weil er nur um sich selbst kreiste und wusste: Er war der Präsident und hatte das Sagen.

Trotzdem fühlte die Frau in mir sich geschmeichelt, wollte Komplimente, auch wenn es welche waren, die er wahrscheinlich jeder Kellnerin machte. Es tat einfach verdammt gut. Max hatte es nicht so mit Komplimenten. Noch nie. Und die letzten Monate ... *Egal, jetzt nicht an Max denken.* Mir saß ein höllisch attraktiver Kerl gegenüber, der mich toll fand und das zum Ausdruck brachte. Und das tat meinem geschundenen Herzen gut wie das Eintauchen in kühles Wasser nach drei ausgedehnten Saunagängen.

»Äh, oh ... Danke schön«, stammelte ich und verschränkte die Finger auf dem Tisch, um zu verhindern, dass ich mir wie ein Teenager eine Locke zwirbelte.

»Was darf ich Ihnen bringen?«, fragte die Kellnerin und rettete mich aus meiner Verlegenheit.

»Kaffee!«, platzte es aus mir heraus. »Blond und süß.«

»Für mich schwarz und heiß«, sagte Alex und augenblicklich verspürte ich ein kurzes Ziehen an einer Stelle, die bislang Max vorbehalten war.

»Also wie immer, Herr Behring«, sagte die Kellnerin und grinste. »Kommt sofort.«

»Schwarz und heiß ... Soso.« Mit einem Zwinkern beugte ich mich vor und stützte die Ellenbogen auf den Tisch.

»Ja genau, Mrs. Blond-und-süß. Wollen wir nicht vom förmlichen Sie weg und uns duzen?«

»Gerne, Alex. Man scheint Sie hier zu kennen. Dich hier zu kennen ... Verzeihung.«

»Das will ich doch hoffen, schließlich bin ich der Inhaber des einzigen Sternerestaurants im Ort.«

Die folgende halbe Stunde plauderten wir angeregt über seine Passion, das Kochen, über Friesland, wie wundervoll es war, hier zu leben, auch wenn es schwierig war, Jobs zu finden – oder die passende Partnerin. Ich erzählte von Heidelberg, dem Schloss, wie voll es in der Stadt war, aber auch vom Odenwald und dessen sanften Hügeln. Dass ich keinen

Job mehr hatte, musste er nicht wissen. Für ihn war ich eine Urlauberin, nicht mehr.

Seine Blicke allerdings ließen mich öfter mal schlucken.

Nach drei Kaffee zahlte er, weil es mich nun doch in die Mühle trieb. Ein Schmusetuch wollte repariert werden.

Alex begleitete mich. An der Mühle angekommen, blieb er stehen. Ich sollte jetzt etwas sagen, oder?

»Ich würde dich ja auf einen Kaffee reinbitten, aber wir hatten ja gerade so viel Kaffee …«

»Stimmt. Ich habe auch noch einiges zu erledigen, nicht böse sein.« Freundlich, aber bestimmt nahm er meine Hand und trat so nahe an mich heran, dass zwischen uns gerade mal ein Sofakissen gepasst hätte. »Darf ich stattdessen nach deiner Telefonnummer fragen?«

»Telefonnummer …«, wiederholte ich überflüssigerweise. »Klar, Telefonnummer. Ich habe aber nichts zum Schreiben bei mir.«

Er zog sein Handy aus der Hemdtasche. »Du diktierst, ich tippe ein.«

Und während ich die Ziffern aufsagte, hüpfte mein Herz vor Vorfreude. Himmel, was ein Bild von einem Mann!

Das Gartentor quietschte in den Angeln, als ich es im Zeitlupentempo hinter mir schloss und Alex hinterhersah. Mit federndem, selbstbewussten Gang bog er um die Ecke Richtung Strand.

Wow! Das musste ich unbedingt Juli erzählen.

»Juli! Das glaubst du nicht!«, rief ich bereits auf dem kurzen Weg zur Tür. Die stand offen, ich ging hinein. »Juli?«

Keine Antwort. Wie roch es denn hier? Ich schnupperte.

Frisch, nach Zitrone. Dann erst fiel mir auf, dass bis auf die Fenster alles blitzblank war. Juli war wohl dem Putzwahn erlegen. Respekt.

Ein klein wenig enttäuscht, die tolle Neuigkeit nicht sofort jemandem mitteilen zu können, seufzte ich, hängte die Tasche an die Garderobe und trat hinaus ins Freie. Auf dem Tisch standen eine Wasserflasche und zwei Gläser, eines davon auf dem Kopf. Die gute Juli dachte auch an alles. Tja, dann würde ich mich nach dem Schluck Wasser ans Fensterputzen machen, sie hatten es bitter nötig. Insbesondere die Komplettverglasung des Wintergartens.

»Du hast gerufen?« Juli bog um die Ecke. Sie trug eine kurze Jeans, ein überweites Shirt und Gartenhandschuhe. Ihre Haare waren unordentlich hochgesteckt und quer über ihr Gesicht zog ich ein dunkler Streifen. »Sorry, war hinten, Unkraut zupfen. Was gibts?«

»Das wirst du nicht glauben«, sagte ich freudig, setzte mich und schob etwas gedämpfter hinterher: »Und ich hoffe, dass du damit klarkommst.«

»Oha?« Sie zog die Handschuhe aus. »Ich komme mit vielem klar, außer, du willst mich rauswerfen oder mir meine Gitarre wegnehmen.«

Nachdem Juli alles von der Begegnung mit dem blonden Hundebesitzer sowie der mit Alex erfahren hatte, war sie zwar leicht verschnupft, denn diesen Alex hätte sie auch nicht von der Bettkante gestoßen, aber sie trug es mit Fassung.

»Da bin ich jetzt aber heilfroh«, gab ich zu und seufzte so laut, dass man meinen könnte, ich wäre so etwas wie glücklich. Und irgendwie war ich es auch gerade. Ein bisschen jedenfalls. »Denn irgendwie scheint er der perfekte Mann zu sein. Gutaussehend, trainiert, clever, gut situiert, aufmerksam, höflich, macht Komplimente.«

»Ui!« Juli zog die Brauen hoch.

»Das soll heißen?«

»Du klopfst ihn nach einem Kaffee schon auf seine Heiratsqualitäten ab?«

»Quatsch!« Ich stupste sie an der Schulter. »Es tut nur gut, so hofiert zu werden.«

»Sei bloß vorsichtig. Ein Mann, der sehr attraktiv, humorvoll und aufmerksam ist, dazu noch intelligent, sportlich und vermögend, möglicherweise ein genialer Liebhaber, dir permanent Komplimente macht und nur Augen für dich hat … kurz gesagt: Finger weg. So einen perfekten Mann gibt es nicht. Da ist was faul.«

»Keine Sorge, ich sauge Komplimente zwar auf wie ein Schwamm, lass mich aber nicht ausdrücken«, scherzte ich. »Ich komme gerade aus einer Beziehung und ich knabbere noch dran. Was Festes suche ich nicht, zumindest nicht die nächsten fünf bis fünfzehn Monate oder so, weil …«

»… alles andere zu früh wäre. Schon klar. Weißt du«, schob sie nachdenklich hinterher und nippte am Wasser, »das mit den Männern ist manchmal echt bescheuert. Entweder sie sind vergeben oder bekloppt. Ich weiß ja nicht mal, ob ich mich fest binden will. Es gibt so viele schöne Länder – und Männer in diesen Ländern. Meine längste Beziehung hat vier Wochen gedauert, dann wurde es langweilig. Schatz hier, Schatz da. Da ging der Reiz verloren.« Sie zuckte mit den Schultern und grinste. »Meine sesshafte Zeit kommt wohl erst noch.«

»Juli«, sagte ich kopfschüttelnd und lachte. »Du bist echt …«

»… 'ne Nummer. Ich weiß.« Sie stand auf und zog die Gartenhandschuhe wieder an. »Ich habe fertig. Also hinten. Das Unkraut ist Geschichte. Jetzt geht es hier vorne weiter, ich werde also ein paar Stunden beschäftigt sein.«

»Und ich nehme mir die Fenster vor. Alle. Dann habe ich es hinter mir.«

Bis zum späten Nachmittag putzte ich Glasscheiben, Fenster- und Türrahmen. Und weil ich schon dabei war, wischte ich den umlaufenden Balkon der Galeriemühle und säuberte das Geländer.

Fertig. Und wo war Juli?

Ein betörender, zartblumiger Duft drang durch die geöffneten Fenster in das Innere der Mühle. Ich folgte ihm nach draußen.

Juli saß mit geschlossenen Augen im Schneidersitz auf dem Tisch, die Handrücken auf den Knien abgelegt, und wirkte wie versteinert. Vor ihr eine stark duftende Kerze.

Da sagte ich jetzt wohl besser nichts.

Leise schlich ich mich ins Haus. Da fiel es mir ein. Mist, ich hatte das Schmusetuch vergessen! Ich eilte zur Tasche an der Garderobe, holte den Hasen heraus und zog die Reisetasche mit den Nähutensilien unter dem Bett hervor.

Das Auge war schnell gestickt. Danach steckte ich den Hasen mit ein paar Shirts und Geschirrtüchern in die Waschmaschine. Leider war es schon Abend und somit zu spät, den Schmusehasen zur Bäckerei zu bringen. Das würde ich als Erstes morgen früh erledigen.

Was für ein Tag! Ich gähnte. Aber fürs Bett war es noch nicht spät genug.

In Ermangelung eines Fernsehers setzte ich mich zu Juli an den Tisch, beobachtete sie eine Weile und schloss ebenfalls die Augen. Unwillkürlich flackerte das Bild des schönen Alex vor meinem inneren Auge auf, und ich lächelte. Hey, was sollte der blonde Kerl auf dem Bild? Weg da! Na gut, dann dachte ich eben an etwas anderes, etwas Wichtiges!

Wie es wohl Caro heute bei ihrem ersten Date gehen mochte?

KAPITEL 9

Jan

Seit ich gesehen hatte, wie Alex zusammen mit dieser Hanna im Café gesessen und geflirtet hatte, hatte ich das dringende Bedürfnis, unschöne Dinge mit meinen Fäusten zu tun.

Den ganzen Tag hatte ich mit Aufräumen, Schwimmen und einem Plausch bei Hinnerk verbracht. Jetzt dämmerte es bereits, und in mir herrschte ein Aufruhr, der mich einfach nicht zur Ruhe kommen ließ. Ich könnte mich gepflegt betrinken, dann müsste ich nicht mehr daran denken.

Es ging nicht um die Frau, es ging nicht einmal um irgendeine Frau, es ging ums Prinzip. Darum, dass er nicht loslassen konnte. Ich lachte auf. Loslassen, genau das war auch mein Problem, oder?

»Fuck!«, brüllte ich und warf einen Stapel aussortierter Zeitschriften in eine Kiste.

Betrinken. Ja. Gute Idee. Aber nicht hier, nicht alleine. Ich brauchte jetzt Zerstreuung.

Schnell führte ich Floyd zu einem letzten Gassigang aus, gab ihm etwas zu fressen und machte mich auf den Weg in die Dorfkneipe.

~

An einem Mittwochabend war der Schuppen ziemlich leer. In einer Ecke saßen zwei Männer vor ihrem Bier, in einer anderen ein Typ hinter der Tageszeitung. Aus den Lautsprechern quoll irgendein Schlager, jedoch zum Glück leise genug, um mir nicht auf die Nerven zu gehen.

Der Wirt stand hinter der Theke, trocknete ein Glas ab und nickte mir zu, als ich mich an den Tresen setzte.

»Hi, Karl«, sagte ich mürrisch.

Er stellte das Glas ab und warf das Handtuch über seine Schulter. »Moin. Bier und 'n Korn?«

»Heute Gin-Tonic«, gab ich einsilbig zurück.

»Oha? Dicke Luft mit Alex?«

Alles in mir spannte sich an. »Wie kommst du darauf?«

»Geraten. Liegt nahe. Das letzte Mal, als du dir die Lichter ausgeschossen hast, war gerade …«

»Danke!«, unterbrach ich ihn scharf und hob die Hand. »Das ist mir nur zu gut bekannt. Kein Grund, alte Suppen aufzuwärmen.«

»Soso«, sagte er und zog jetzt beide Brauen hoch, was bei Karl das Maximum an Gefühlsregung darstellte, und schenkte mir ein Glas Gin-Tonic ein. Na ja, eher Gin mit einem Tropfen Tonic. Er wusste, was ich jetzt brauchte. »Wenn du mich fragst, die Einzigen, die diese Sache aufwärmen, seid ihr beide.«

»Ich frag dich aber nicht.«

»Und warum bist du hier?«

»Es ist 'ne Kneipe?« Entschlossen griff ich nach dem Glas und nahm einen Schluck. Das Zeug schmeckte furchtbar. Ich schob es von mir weg. »Hab's mir anders überlegt. Gib mir ein Bier.«

»Betrinken kannst du dich auch zu Hause, da musste nich herkommen.«

»Du machst Umsatz mit Leuten, die sich eben nicht daheim betrinken.« Ich beobachtete, wie Karl das Bier in ein Glas laufen ließ. »Außerdem fällt mir zu Hause die Decke auf den Kopf.«

»Ah. Hier dein Bier. Prost, Jan.«

»Danke. Dieser Mistkerl ergreift jede Gelegenheit, mir das Leben schwer zu machen.« Ich trank das Glas zur Hälfte leer, stellte es mit Nachdruck wieder auf dem Tresen ab und wischte mir mit dem Handrücken den Schaum vom Mund.

»Du meinst Alex, nehme ich an«, sagte er scheinbar beiläufig und begann Gläser zu polieren.

»Treffer, versenkt!«

»Ich wüsste, was hilft …«

»So, weißt du das. Na dann …« Heute hatte ich keine Lust auf unerwünschte Ratschläge. Ich stand auf, zog einen Zehner aus dem Geldbeutel und legte ihn auf den Tresen. »Stimmt so.«

»Reden, Jan, reden!«, rief er mir hinterher.

Vor der Tür atmete ich einmal tief durch. Die Luft roch nach Regen und der Wind hatte aufgefrischt. Reden … lächerlich. Mit Alex konnte man nicht reden, zumindest ich nicht. Was half es schon, wenn man alte Wunden aufriss? Nichts, gar nichts.

Missmutig schlug ich den Weg nach Hause ein. Als der erste Tropfen vom Himmel fiel, brachte der mein Fass zum Überlaufen.

Auf dem Absatz machte ich kehrt und beschleunigte meine Schritte. Vielleicht auch, weil der Regen stärker wurde. Vielleicht, weil in mir eine Wut aufflammte, die ich bislang in dieser Stärke noch nicht verspürt hatte. Und die musste raus. Jetzt!

Völlig durchnässt riss ich die Tür zu Behrings Friesenstube auf. Der Laden war selbst an einem Mittwoch voll besetzt, doch das war mir gleich. Ich stürmte an den überrascht aufblickenden Gästen vorbei direkt in die Küche.

Wie erwartet stand Alex am Herd. Bei ihm ein weiterer Koch und eine Spülhilfe.

Mit wenigen Schritten war ich bei ihm und gab den anderen mit einer zackigen Kopfbewegung zu verstehen, dass sie sich gefälligst zu verkrümeln hatten. Hektisch schaltete der Koch den Herd ab und verließ mit der Spülhilfe den Raum.

»Was willst du hier?!«, fragte Alex mich eisig und hielt die Fleischgabel wie eine Waffe in der Hand.

»Warum?!« Ich baute mich dicht vor ihm auf, meine Hände zu Fäusten geballt. »Warum kannst du mich nicht in Frieden leben lassen? Antworte!«

»Weil …« Alex trat zwei Schritte zurück und legte die Fleischgabel aus der Hand. »… auch ich nicht mehr in Frieden leben kann. So einfach.«

~

Am nächsten Morgen wachte ich mit leichten Kopfschmerzen auf. Daran war der Korn schuld, den ich in der Nacht noch gekippt hatte, als ich nach Hause kam. Verdammt, ich hätte Alex eine reinhauen sollen. Stattdessen war ich einfach gegangen. Der Blick in seinen Augen, dieser schmerzerfüllte Blick … Er hatte wieder alles hochkommen lassen, so als wäre es erst gestern gewesen, als sein Kind starb. Und es war meine Schuld gewesen.

Schwerfällig schleppte ich mich ins Bad und stellte mich unter die Dusche. Die Wärme des Wassers tat gut. Ich würde mit dieser Schuld leben müssen. Für immer.

Nach der Dusche versuchte ich, meinen Kopf klar zu bekommen, ging mit Floyd spazieren, gab ihm sein Futter und frühstückte selbst eine Kleinigkeit, auch wenn ich absolut keinen Appetit hatte. Die frische Luft, die immer noch ein wenig nach dem Regen in der Nacht roch, half mir, eine Entscheidung zu treffen. Ich musste die Mühle verkaufen. Und ich würde von hier fortgehen, woanders neu anfangen. Wo genau, wusste ich noch nicht. Auf jeden Fall weit weg. Gambia? Ja, vielleicht.

Floyd setzte sich vor mich und legte den Kopf schief.

»Ah, nicht Gambia, hm? Da kann ich dich nicht mitnehmen. Hast du noch Hunger?«

Er wedelte, und ich holte ihm eine Kaustange.

Natürlich nicht Gambia, das Thema mit dem Abstand hatte ich ja erst. Hatte nicht geholfen, würde auch beim zweiten Mal nicht helfen. Wie auch immer, ich sollte nichts übers Knie brechen. Und sowieso musste ich am Montag meine Praxis wieder öffnen.

Und vielleicht vorher in der Mühle nach dem Rechten sehen.

Ja, ich würde sie verkaufen.

Fertig.

Aus den Augen, aus dem Sinn. Dieser Entschluss hatte sich gestern noch gefestigt. Aber ob die Idee so gut war, zwei Frauen die Mühle in Schuss bringen zu lassen? Wehe, sie behandelten das Schmuckstück nicht gut!

Ob der Wasserhahn in der Mühlenküche immer noch defekt war?

Während ich meinen Werkzeugkoffer richtete, überlegte ich, wo ich mich niederlassen könnte. Vielleicht in Bayern oder Österreich? St. Anton, Ischgl oder Sölden wären hübsche Orte, die auch noch nahe der italienischen Grenze lagen. Von Sölden wären es nur knapp vier Stunden bis nach Malcesine am Gardasee, diese Fahrt lohnte sich auch mal übers Wochenende. Ja, warum eigentlich nicht?

~

Hanna

In aller Frühe war ich aufgestanden, und hatte noch vor dem ersten Kaffee die Wäsche hinter der Mühle an einer Wäschespinne aufgehängt.

Jetzt saß ich in der Sonne, die Füße auf dem Gartentisch, und nippte mit geschlossenen Augen am Kaffee. Auch Juli war schon aufgestanden und telefonierte mit Hinnerk.

»Ja, der sieht nicht schön aus. Was …? Wir sollen den Zaun streichen? Ist das nicht eher was für Profis? Erst mal muss doch die alte Farbe runter. Also, ich weiß nicht … Oh, nur die Farbe aussuchen? Kein Problem. Rot? Nicht rot, auch gut. Ihr Männer habt es nicht so mit Visualisierung, hm?«

Sie war zu mir an den Tisch getreten und verdrehte die Augen. Ich hob die Hand wie ein Schüler, der etwas sagen will.

»Warte mal, Hinnerk, Hanna hat eine Idee.«

»Wie wäre es mit Weiß? Wirkt sauber und frisch.«

Juli hob den Daumen in meine Richtung. »Gehört, Hinnerk? Weiß. Ja, genau, einfach weiß. Mit Besitzer sprechen, ja klar. Bis dann, Hinnerk.« Aufatmend ließ sie sich auf den Stuhl mir gegenüber fallen. »Puh, Männer sind echt kompliziert. So, ich hole mir auch einen Kaffee.«

»Und ich bringe das Schmusetuch zur Bäckerin.«

Dieses Mal ging ich zu Fuß, so sah ich mehr vom Dorf, außerdem hatte ich Lust auf Bewegung.

In der Bäckerei erfuhr ich von Frau Janssen, dass sie tatsächlich das Heikchen und die Mutter dazu kannte. Sie würde ihnen das Tuch, das schon schmerzlich vermisst wurde, umgehend vorbeibringen. Gleich in der Mittagspause. Ich bedankte mich, nahm ein Brot und zwei Apfeltaschen mit, wovon ich eine direkt nach Verlassen des Ladens auspackte und hineinbiss. O Gott, war das lecker! Gemütlich schlenderte ich weiter, schaute im Vorübergehen durch ein, zwei Ladenfenster. Hier war alles ein bisschen kleiner und privater, das gefiel mir sehr. Dann stockte ich vor einem Gemüsegeschäft. An der Tür hing ein Schild: Verkäuferin in Teilzeit gesucht. Zwanzig Stunden die Woche.

Hm …

Ich steckte mir das letzte Stückchen vom Plunder in den Mund und ging weiter.

Quatsch, ich würde hier doch keinen Job annehmen. Wie kam ich nur auf diesen irrwitzigen Gedanken? Obwohl … Ich musste mir irgendwo eine Bleibe suchen. Ja, aber nicht hier, weit entfernt von meiner Familie, von Benni und Caro und Marie. Apropos Caro … Es war jetzt kurz vor acht Uhr, die Zeit, in der Caro ihre Tochter in den Kindergarten brachte und sich auf den Weg ins Büro machte. Mit viel Glück erreichte ich sie noch, bevor sie dort ankam.

Im Gehen zog ich mein Handy aus der Tasche und wählte Caros Nummer.

»Hanna!«, meldete sie sich auch sofort. »Gerade wollte ich dich anrufen.«

Nanu? Ihre Stimme klang nicht so euphorisch, wie ich es erwartet hatte. Doch vielleicht täuschte ich mich auch. »Wie war es gestern? Erzähl!«

Schweigen. Dann das Knallen einer Autotür. Wahrscheinlich war sie gerade ins Auto gestiegen. Als Nächstes folgte ein spitzer Freudenschrei, der mir fast das Ohr wegfönte: »Ich bin verliebt! So was von total, supertoll, irre verliebt, Hanna!«

»Du hattest Sex«, stellte ich erfreut fest und fing mir einen irritierten Blick einer vorbeigehenden Frau ein.

»O ja! Und wie ich den hatte. Nach dem Essen sind wir zu mir. Sicherheitshalber hatte ich Marie kurzfristig bei einer Kindergartenfreundin einquartiert. Man weiß ja nie, nicht wahr? Und jetzt halt dich fest! Heute Nacht haben bei mir die Wände gewackelt.«

»Na, zum Glück ist deine Nachbarin schwerhörig.« Die Vorstellung, dass Caro sich durch die Wohnung gevögelt hatte, war etwas befremdlich, aber durchaus erheiternd.

»Da sagst du was! Aber …«

»Aber?« Mit einem Male klang sie nicht mehr so begeistert, so wie am Anfang des Telefonats.

»Heute Morgen war er weg. Einfach so. Ohne Zettel, ohne Tschüss zu sagen. Meinst du, das hat was zu bedeuten? Also, was Schlechtes?«

»Äh …« Einen Moment lang musste ich das für mich sortieren und darauf achten, jetzt bloß nichts Spontanes und damit unter Umständen etwas Negatives zu sagen. »Ihr seht euch doch nachher im Büro, oder? Vielleicht hat er deswegen keinen Zettel dagelassen. Und … und er wollte dich nicht aufwecken. Das ist doch wirklich lieb, meine ich.«

»Hm.«

»Das klingt nicht überzeugt.«

»Deine Argumente waren auch nicht sehr überzeugend. Aber ach …« Sie seufzte. »Fakt ist, ich trau mich nicht ins Büro. Was, wenn er so tut, als sei nichts gewesen? Was, wenn die Kollegen mir ansehen, dass ich Sex hatte? Und noch schlimmer: Was, wenn sie bemerken, dass ich mit Torsten Sex hatte? Du kennst mich, man sieht mir immer an, wie ich mich fühle.«

»Hm, ja. Das haben wir gemeinsam. Caro, pack dein Pokerface aus. Du wirst mehr wissen, wenn du im Büro bist. Im Zweifelsfall kannst du immer noch Krankheit vorschieben und heimgehen.«

»Ich muss da jetzt durch, meinst du?«

»Auf jeden Fall!«

»Okay, ich melde mich wieder.«

Bevor ich auflegte, sprach ich ihr noch ein wenig Mut zu. Alles würde gut. Dann steckte ich das Handy in die Tasche und trat durch das Gartentor an der Mühle.

Juli war nicht alleine, das hörte ich bereits beim Öffnen der Tür. Hinnerk? Wer auch immer, Juli blubberte ihn voll.

»Im Schuppen habe ich einen Schwenkgrill und etwas Holzkohle entdeckt. Vielleicht werfe ich ein paar leckere

Steaks auf den Grill, und Auberginen. Vielleicht noch Fisch in Alufolie dazu.«

»Aha, ja, warum nicht«, antwortete der Mann mit warmer, dunkler Stimme. Die gehörte zu einem Handwerker im Blaumann, der gerade an der Spüle stand und mir den Rücken zugedreht hatte. Neben ihm auf dem Boden stand ein geöffneter Werkzeugkoffer.

»Kommen Sie doch einfach zum Grillen«, fuhr Juli fort. »Sagen wir, heute Abend um neunzehn Uhr?«

»Danke, aber ich habe schon etwas vor.«

»Oh, jetzt haben wir uns gerade erst kennengelernt und es wäre doch fein, wenn wir …«

»Hi«, sagte ich, denn offenbar bemerkte mich keiner von beiden.

Der Blaumann drehte sich um. »Sie schon wieder …«

»Ihr kennt euch?«, fragte Juli.

»Ja, wir sind uns kurz am Strand begegnet«, informierte ich sie und stellte die Tasche auf dem Tisch ab. An Jan gewandt sagte ich: »Sie sind also Handwerker, wie schön. Sanitär? Oder reparieren Sie auch andere Dinge? In der Hütte liegt ja so einiges im Argen. Wer auch immer die rote Farbe an den Zaun draußen gezimmert hat, hatte mal so überhaupt keinen Sinn für Ästhetik. Kein Wunder, dass der Besitzer hier nicht mehr wohnen mag. Obwohl ich zugeben muss, dass der Rest wirklich geschmackvoll eingerichtet und gestaltet ist. Aber wer weiß, welche Familiendramen sich hier abgespielt haben …« Mist, ich war aufgeregt, der Typ machte mich irgendwie nervös. Normalerweise redete ich nicht so viel am Stück. Etwas beschämt strich ich mir eine Locke aus der Stirn. »Verzeihen Sie, ich rede zu viel. Was ich meinte, war: Streichen Sie auch Zäune? Übrigens nett, dass wir uns hier über den Weg laufen. Wie geht es Ihrem Hund?« Ich streckte ihm die Hand hin, doch er starrte mich nur an, als hätte ich etwas Ungehöriges gesagt.

»Äh, Hanna?« Juli drehte sich zu mir um und legte den Zeigefinger an ihre Lippen.

»Oh, Verzeihung, ich hatte dich gerade unterbrochen, tut mir leid. Grillen ist eine prima Idee. Sie kommen auch?« Ich wandte mich wieder an Jan, der in seiner blauen Latzhose einfach nur zum Anbeißen sexy aussah. Ein leichter Schweißfilm zeichnete sich auf seiner Stirn und den muskulösen, braun gebrannten Oberarmen ab. Ich konnte kaum meinen Blick losreißen.

»Garantiert nicht!«, fuhr er mich plötzlich und so unerwartet an, dass ich spontan einen Schritt zurücksetzte, gegen den Tisch stieß und unfreiwillig auf den Stuhl plumpste, der davor stand. Eigentlich schob man Stühle ja an den Tisch, oder? Gerade wenn mehrere Leute in der Küche rumwerkelten. Aber Juli war wohl zu sehr damit beschäftigt, den blonden Blaumann zum Grillen zu überreden.

Energisch stand ich auf und machte einen Schritt auf den Kerl zu. »Was haben *Sie* denn für ein Problem, Mann? Ich habe nur gefragt, ob Sie …«

»Hanna!« Juli stellte sich zwischen mich und den Hundebesitzer mit Affinität zu Rohrzangen. »Das ist unser Vermieter, Dr. Jan Henning.«

»Ups.« Na super! Handwerker, Hundebesitzer, Arzt und auch noch unser Vermieter. Peinlich berührt verzog ich das Gesicht und spürte, wie mir die Röte in die Wangen schoss. »Das … das tut mir leid, ich konnte ja nicht ahnen …«

»Nein, konnten Sie nicht«, gab er eisig zurück und hob die Rohrzange. »Ich repariere jetzt diesen verdammten Wasserhahn, und dann …«

Mein Handy klingelte. Caro? Wenn sie jetzt schon anrief, war es ernst. »Moment! Das könnte wichtig sein, ich muss da ran!« Ich hechtete zur Handtasche, wohl wissend, dass ich mich unhöflich verhielt, aber meine Schwester kam noch vor Waschbecken und Fettnäpfchen, sorry. »Caro?«, meldete ich mich aufgeregt.

Jan

Abrupt drehte ich mich um, und kümmerte mich wieder um den Wasserhahn. Und dann nichts wie raus hier.

Energisch rückte ich dem Perlator mit der Rohrzange zu Leibe. Der jedoch saß so fest, als wäre er zementiert. Dabei musste ich nur einen Dichtungsring auswechseln.

Unfreiwillig wurde ich Mithörer von Hannas Gespräch.

»Ach, ich dachte, du bist meine Schwester.« Erleichtertes Lachen, bisschen gekünstelt, fand ich. »Hallo, Alex, wie schön, dass du dich meldest.«

Bitte?! Ausgerechnet jetzt rief dieser Kerl an? Das durfte doch nicht wahr sein.

Ich musste zu fest zugedrückt und gleichzeitig gedreht haben, denn mir rutschte die Zange weg und fiel scheppernd in die Spüle. Noch bevor ich die Zange nehmen konnte, war diese Juli neben mir und griff zuerst zu.

»Hier, bitte.« Sie hielt mir die Zange hin. »Haben Sie sich wehgetan? Geht es Ihnen gut?«

Kannst du mal ein paar Sekunden deinen Mund halten, zur Hölle? Ich will hören, was da gesprochen wird!

»Blendend, danke. Und jetzt würde ich gerne diesen verdammten Wasserhahn reparieren, dazu muss ich mich konzentrieren!« Ich warf ihr einen scharfen Blick zu und sie verstummte sofort, sah mich nur aus großen Augen an. Ich würde mich später entschuldigen, doch jetzt …

»Oh, das ginge. Warte, ich frage mal meine Freundin«, hörte ich Hanna sagen und tat so, als wäre ich voll auf meine Tätigkeit als Handwerker fokussiert. Dabei hatte ich soeben den Perlator gelockert. »Juli? Ist es okay, wenn ich heute Abend zu Alex ins Restaurant gehe? Ich meine, weil du doch Steaks und so geplant hast.«

Aus dem Augenwinkel sah ich, wie Juli gönnerhaft

abwinkte. »Kein Ding. Triff dich ruhig mit deiner neuen Eroberung. Chancen muss man ergreifen, solange sie warm sind. Oder so.«

Der Zorn stieg so schnell in mir auf, dass ich mich kaum beherrschen konnte. Nicht wegen einer Frau, definitiv nicht. Es ging um die Art und Weise, wie Alex sich verhielt.

Hastig wechselte ich die Dichtung aus und schraubte den Perlator wieder an. Dann warf ich die Zange in den Werkzeugkoffer.

»Alex? Bin dabei. Holst du mich ab?«, sagte Hanna in ihr Handy und ging dabei ins Schlafzimmer. Das Letzte, das ich hörte, war, dass sie ihn zu einem Wein vorab in die Mühle einlud.

Nun, das würde er ablehnen, da war ich mir sicher.

»Ich gehe dann mal. Oder ist noch etwas defekt? Oben im Bad vielleicht?«

»Nein, ich glaube nicht.« Während sie nach links oben sah und mit gespitzten Lippen zu überlegen schien, ertappte ich mich dabei, wie ich mich wehmütig in der Mühle umsah. Der Messerblock mit den hochwertigen Messern war ein Geschenk von Alex zum Einzug gewesen, die Granitplatte war von Hinnerk, die hübschen Spitzenvorhänge am Fenster von Gesine.

»Haben Sie fertig überlegt?«, wollte ich genervt wissen.

»Ja. Nein, es ist nichts mehr kaputt. Darf ich Sie was fragen?«

»Wenn es sein muss, ja, auf dem Weg nach draußen.« Ohne eine Reaktion von ihr abzuwarten, schnappte ich mir den Werkzeugkoffer und verließ die Mühle.

»Jetzt warten Sie doch mal, herrje!« Juli hatte mich eingeholt und tänzelte wie ein aufgeregtes Kalb mal hinter, mal neben mir her. »Schau an, plötzlich sind wir heute Abend allein. Aubergine oder Schnitzel?«

Ich blieb stehen und drehte mich um, fast lief sie auf mich drauf. »Tut mir leid, aber ich habe schon etwas vor.«

»Oh, das ist schade. Vielleicht morgen?«

Mein Blick glitt an ihr vorbei zur Mühle. Gerade ging die Tür auf und Hanna trat heraus. Dieser Moment ließ mich kurz nach Luft schnappen. Diese Frau mit ihrem blonden Wuschelkopf, den irre blauen Augen und den Jeans, die über dem einen Knie aufgerissen waren … Diese Frau war nicht perfekt, nein, und gerade dadurch von einer atemberaubenden Natürlichkeit und Schönheit. So, wie sie in diesem Augenblick vor der Mühle stand, hatte ich für ein, zwei Wimpernschläge lang ein Bild, das etwas sehr Harmonisches zeigte. Gerade so, als gehöre sie zu der Mühle und die Mühle zu ihr.

»Halloho, Mr. Träumer. Ist Ihnen etwa noch was eingefallen, was Sie reparieren müssen?«

»Was?« Irritiert riss ich meinen Blick los von der Mühlen-Mona-Lisa, die mich fragend angesehen hatte und jetzt wieder hineinging.

»Ob noch was repariert werden muss?«

»Ja«, sagte ich, stapfte durch das Gartentor und legte den Werkzeugkasten in den Kofferraum. »Aber das kann warten.«

»Was denn?«, rief sie mir hinterher, aber da saß ich schon im Auto.

~

Hanna

Wenn ich gewusst hätte, dass es in diesem Restaurant so nobel zuging, ich hätte mir vorher irgendwo ein hübsches Kleid gekauft. So saß ich in einem legeren Sommerkleid in einer romantischen Nische diesem schönen Mann gegenüber. Rosenblätter lagen verstreut auf der weißen Tischdecke, hübsche Teelichter und gedämpfte Beleuchtung tauchten uns in ein angenehmes Licht. Das war gut, denn so konnte Alex die Hitze nicht sehen, die ich auf den Wangen spürte. Die waren mit Sicherheit knallrot. Ich kämpfte gegen den Wunsch an, meinen Spiegel aus der Tasche zu ziehen und es zu kontrollieren. Okay, ich könnte auch auf die Toilette gehen, aber ich befürchtete, vor lauter Nervosität zu stolpern, während er mir hinterhersah, also blieb ich sitzen.

Mist! So sehr ich es auch wollte, ich bekam meine Aufregung nicht in den Griff und hatte den Drang, mich zu bewegen. Alex sah einfach zu gut aus in seiner matt schimmernden schwarzen Anzughose und dem weißen Hemd. Die oberen drei Knöpfe waren offen. O Mann, wie gerne würde ich jetzt noch einen Knopf öffnen und mit meiner Hand über diese stahlharte Brust fahren. Die Tatsache, dass Alex auch noch eloquent und ein aufmerksamer Zuhörer war, der fortwährend meine Haare, meine Nase, meine Art zu lachen bewunderte und mir sagte, wie schlau, interessant und lustig ich sei, überforderte mich etwas und nahm mir komplett den Appetit. Zum Glück hatte Alex nur ein Drei-Gänge-Menü mit sehr übersichtlichen Portionen servieren lassen: ein Kürbissüppchen, Perlhuhn und als Nachtisch einen Klecks Zitronensorbet mit Minze.

»Das war … unglaublich, Alex!« Ich tupfte mir mit der Serviette über die Mundwinkel.

»Ich weiß«, sagte er sanft, sah mir tief in die Augen und nahm meine Hand. »Darf ich dir noch etwas bringen lassen? Ein Glas Rotwein oder noch ein wenig von dem Sorbet?«

»Oh, danke, aber nein, ich denke nicht.« Nervös sah ich auf die Uhr, obwohl die Uhrzeit absolut keine Rolle spielte.

»Hast du heute noch etwas vor?«, fragte er auch sogleich. Seine Hand lag immer noch auf meiner. Es fühlte sich gut an, trotzdem zog ich sie weg.

»Nein, nein, reine Neugier.« Und warum kicherte ich jetzt wie ein liebeskranker Teenager? »Ehrlich gesagt, ich habe überlegt, ob ich mich nicht irgendwie für dieses tolle Essen revanchieren könnte. Möchtest du vielleicht noch auf ein Glas

Wein oder auf einen Kaffee …« *Ein Kaffee? Echt jetzt, Hanna!* »… mit zu mir kommen?«

Habe ich da eben ein Zeichen gegeben, dass ich bereit wäre, mit ihm ins Bett zu gehen?

O Gott, nein, das wollte ich nicht.

Alles, was ich wollte, war, aus dieser feinen Umgebung herauszukommen. Mir war einfach nichts Besseres eingefallen. Warum hab ich nicht einen Spaziergang vorgeschlagen oder …

Nein, für Sex beim ersten Date war ich nicht zu haben. Außerdem war ich noch lange nicht so weit, mir steckte Max noch in den Knochen, wie könnte ich da … Nein, auf gar keinen Fall!

»Hanna.« Seine Stimme klang so süß und warm wie Honig, der in der Sonne gestanden hatte. Doch ich hatte sehr wohl sein Stirnrunzeln wahrgenommen, als ich die Frage gestellt hatte. »Ich würde gerne mit dir am Strand spazieren gehen, zum Sternenhimmel sehen, das Meer rauschen hören.«

»Oh? Ähm, warum nicht? Von der Mühle kann man den Sternenhimmel aber auch ganz gut sehen.«

»An der Mühle bist du die nächsten Tage auch noch«, sagte er überraschend scharf. Ein Schatten huschte über sein Gesicht, aber nur kurz, dann lächelte er wieder und schob versöhnlich und mit weicher Stimme hinterher: »Außerdem wollen wir doch deine Freundin nicht stören, oder?«

»Hm, ja, vielleicht schläft sie schon. Aber ist es denn schon dunkel genug für Sterne?« Ich sah an ihm vorbei zum Fenster.

»Noch nicht ganz, aber bis wir dort sind, bestimmt.«

»Dort?«

»An einem schönen Strand in der Nähe von Schillig.«

»Ah, dort.« Gott, war ich dämlich. »Adele hat von dem Strand erzählt, glaube ich.«

Keine fünfzehn Minuten später, mittlerweile war es fast dunkel, stoppte Alex seinen Wagen ganz nahe am Strand, stieg aus und öffnete mir die Tür. »Darf ich bitten?«

»Aber sehr gerne«, antwortete ich gespielt vornehm und nahm seine Hand. »Und jetzt? Wo geht's lang?«

»Einen Moment, ich muss nur etwas aus dem Kofferraum holen.«

Verblüfft verfolgte ich, wie er einen Picknickkorb und eine Decke aus dem Wagen hob. Noch mal Essen? Wir kamen doch gerade vom Essen.

»Im Sitzen und mit einem Glas Champagner lässt es sich doch viel angenehmer zum Himmel sehen, nicht wahr?«

»Champagner …« Okay, nur flüssige Nahrung.

»Du magst doch Champagner? Komm, wir müssen nur über die Düne, und schon sind wir da.«

»Doch, doch, klar«, sagte ich und rang mir ein Lachen ab. »Welche Frau mag keinen Champagner?«

Du lieber Himmel, was hatte ich da für einen blöden Spruch von mir gegeben? *Welche Frau mag keinen Champagner* … Als ob das was Genetisches wäre. Außerdem … ich … ich mochte keinen Champagner. Es gab mir einfach nichts, zu wissen, dass ich schweineteure Prickelbrause im Glas hatte. Ein Prosecco aus dem Discounter genügte mir eigentlich. Leise beschlich mich das Gefühl, dass dieser Alex in einer anderen Liga spielte, einer, zu der ich bislang noch nicht wirklich Zugang gefunden hatte, auch in der Zeit mit Max nicht. Warum merkte ich erst jetzt, dass ich eigentlich auch gar nicht wollte? Klar, wenn Max mich zum Essen ausgeführt hatte, was selten vorgekommen war, fand ich es ganz toll, weil ich mich von ihm umworben gefühlt hatte. Generell war Max auf Schickeria angelegt, das fing bei seinen maßgeschneiderten Anzügen an, ging über die exklusive Ausstattung seiner Friseurläden bis hin zu Sportsocken mit Silberfädchen, die beim Brennen so nett knisterten.

Diese Schickimickis waren mir allesamt zu oberflächlich.

Stößchen mit Champagnerflöte hier, Bling-Bling da, Brunch auf der Jacht oder im Golfklub. Nein, nicht mein Ding! Ich war die, die Zitrone ins Wasser gab, indem sie sie mit der Hand darüber ausquetschte, nicht die, die auf Bio-Oliven im Martini bestand.

Alex breitete die Decke im Sand aus, ich setze mich und sah ihm zu, wie er ein Windlicht aus dem Korb nahm, es anzündete und danach eine Flasche Schampus und zwei Gläser hervorzauberte. Teure Gläser, Gläser von der Art, die auch Max hatte, solche, die ich für mich selbst niemals kaufen würde. Und so was nahm der mit an einen Strand …

Er öffnete die Flasche, reichte mir ein Glas und schenkte uns ein. »Auf uns, Hanna, auf uns und auf diese wunderbare Nacht.« Dabei sah er mir tief in die Augen und rückte ein Stück näher zu mir. Sein Aftershave roch interessant und mischte sich mit dem Salzgeruch des Meeres.

Ich räusperte mich, nickte und kicherte, aber weniger aus Verlegenheit, als mehr aus der Erkenntnis, dass dieser Alex in diesem Moment auf mich wie ein Klischee wirkte. Ich setzte das Glas an die Lippen. Du liebe Güte, in welchem Film war ich bloß gelandet? Und wie würde der enden? Ich ahnte es, und das behagte mir überhaupt nicht.

Plötzlich hob er die Hand und strich mir den Träger des Kleides über die Schulter. »Deine zarte Pfirsichhaut glitzert im Schein der Sterne«, sagte er raunend.

Ich verschluckte mich am Champagner … vor Lachen. War das sein verdammter Ernst?

Prustend spuckte ich das Zeug aus, hielt das Glas mit ausgestrecktem Arm von mir und wich gleichzeitig vor der Berührung zurück, als hätte ich mich verbrannt.

»Moment mal!« Ich stand auf, stellte das Glas in den Korb und zog den Träger wieder hoch. »Das ist mir alles zu …« Ja, was? Aufgesetzt? Affig? Offensichtlich? Doch ich wollte keinen Streit provozieren, und setzte lieber auf die diplomatische Variante. »Das geht mir zu schnell, ich … ich …«

»Hanna«, säuselte er und stand auf. Er sah mich an wie ein Priester, der sein Schäfchen zurück zur Herde bringen will, und streckte seine Hände nach mir aus. »Keine Sorge, ich will nichts überstürzen, nur ein bisschen … Ich will dich nur küssen. Darf ich?«

»Oh, äh.« Unwillkürlich wich ich vor ihm zurück. Er wirkte nicht echt, nicht ehrlich. Sein Lächeln ebenfalls nicht. Seine Augen lächelten nicht mit. Da war was faul! Der komplette Mann verursachte mir Unbehagen.

»Nein, ich denke nicht. Bring mich nach Hause, bitte.«

Kopflos stapfte ich Richtung Auto und wartete dort auf ihn.

In mir kämpften die widersprüchlichsten Gefühle. Ein Teil von mir wollte diese Situation, wollte umgarnt werden und in dem Meer der schmeichelhaften Komplimente ertrinken, wollte mit Champagnerküssen bedeckt werden, sich fallen lassen und einfach nur die Bewunderung eines Mannes genießen. Ein anderer, sehr lauter Teil warnte eindringlich, mich auf ein Abenteuer mit Alex einzulassen. Aber warum? Mehr würde es nicht werden mit ihm, da war ich mir sicher. Die Liebenswürdigkeiten und seine schönen Worte taten so gut, so verdammt gut, auch wenn es kitschig war und sich nicht echt anfühlte. Das konnte man ignorieren, oder? Nein, ich konnte nicht aus meiner Haut. Ich musste meinem Bauchgefühl vertrauen.

Wortlos tauchte Alex aus der Dunkelheit auf, verstaute Korb und Decke und stieg ins Auto.

Kein Türaufhalten und kein smartes Lächeln mehr. Aber damit war ja zu rechnen gewesen. Sein Plan war nicht aufgegangen, das kann einen erfolgsgewohnten Womanizer schon mal stinkig machen, schätzte ich.

Am liebsten hätte ich ihn ignoriert und wäre zu Fuß nach Hause gelaufen, aber ich hatte keinen Schimmer, welchen Weg ich nehmen musste und wie lange ich unterwegs wäre. Ich könnte mir ein Taxi rufen. Allerdings hatte ich während der paar Tage, die ich hier war, noch kein einziges Taxi gesehen. Gab es hier überhaupt welche?

Alex ließ den Motor an und ich stieg ein. Gerade wollte ich etwas sagen, da setzte er so rasant zurück, dass ich nach vorne kippte und mich am Armaturenbrett abstützte.

»Hey, ich war noch nicht angeschnallt!«, sagte ich mit zitternder Stimme, als er mit quietschenden Reifen losfuhr. »Bist du irre? Nur weil ich nicht … Wow!«

Er nahm die Kurve so scharf, dass es mich an die Tür drückte, und gab dann Gas. Schon waren wir aus dem Ort raus und ich sah ein Schild an uns vorbeifliegen: Hooksiel, zwei Kilometer.

Meine Hände zitterten und mir wurde etwas bange, als ich seinen Gesichtsausdruck sah. Er hatte seine Lippen zusammengepresst und starrte finster auf die Straße vor sich. Alles Zuvorkommende und Freundliche war aus seinen dunklen Augen verschwunden. Er fuhr viel zu schnell.

»Alex, du machst mir Angst!«, stieß ich hervor. »Fahr sofort langsamer!«

Plötzlich entspannten sich seine Gesichtszüge und er drosselte den Wagen auf ein erlaubtes Tempo. Zitternd atmete ich aus.

»Tut mir leid«, sagte er und warf mir ein flüchtiges Lächeln zu. Doch weder die Worte noch das aufgesetzte Lächeln überzeugten mich.

»Wolltest du mich nur mal eben durchvögeln und bist jetzt sauer, dass du nicht zum Stich gekommen bist, oder was?!«

Huch? Woher nahm ich denn diesen Mut? Der Kerl könnte mich jederzeit verschleppen, töten und verscharren! Ich hätte meinen Mund halten sollen.

Statt einer Antwort bedachte er mein Kleid mit einem abfälligen Blick. In seinen Augen stand pure Verachtung.

»Das reicht! Halt an. Ich laufe den Rest.«

Zwei Kilometer – jetzt wahrscheinlich nur noch einer –

konnte ich locker zu Fuß zurücklegen, auch wusste ich jetzt, wo ich war: Auf der Landstraße, die fast direkt zur Mühle führte. Keine Sekunde länger wollte ich neben diesem Mann sitzen, den ich grundfalsch eingeschätzt hatte.

Beim nächsten Atemzug fuhr er hart rechts ran. »Bitte schön, wie du willst.«

Kurz darauf sah ich den Rücklichtern des Wagens hinterher. Erst als diese um eine lang gezogene Kurve verschwanden, löste ich mich aus meiner Starre, schulterte meine Tasche und marschierte los. Zum Glück waren in einiger Entfernung bereits die Straßenlaternen des Dorfes zu sehen, und Gott sei Dank hatte ich flache Schuhe an, denn alle meine High Heels standen noch in Heidelberg bei Max.

Max … Alex. Mit jedem Schritt, den ich ging, wurde mir bewusst, wie ähnlich sich die beiden doch waren. Rein äußerlich toppte Alex meinen Ex um Längen. Obwohl der eine durchtrainiert war und der andere nicht, glichen sie sich in vielem. Schwarze, ordentlich frisierte Haare, leicht gebräunte Haut, beide legten sie Wert auf exquisite Kleidung und liebten die Sterneküche. Und beides waren sie Arschlöcher.

»Pah!«, stieß ich aus und stolperte über eine Bodenerhebung. Und warum zum Teufel schlich sich da plötzlich ein blonder Mann in das Bild der beiden dunkelhaarigen?

Heftig schüttelte ich den Kopf, atmete durch und blickte auf die Uhr. Kurz nach elf Uhr in der Nacht.

In meiner Tasche bingte es. Eine Nachricht. Im Laufen zog ich das Handy hervor und sah auf das Display. Oh, von Nicole. Fast hätte ich vergessen, dass sie sich am Donnerstag melden wollte, nach ihrer Rückkehr von … von … egal, von wo auch immer.

Hi Süße, ich bin wieder da. Bist du noch wach?

Statt eine Antwort zu tippen, rief ich sie kurzerhand an und teilte ihr knapp mit, dass ich zur Zeit in Friesland Urlaub machte und sich das mit dem erwarteten Heiratsantrag dann doch anders entwickelt hätte.

Als ich geendet hatte, sagte sie eine Weile nichts und fragte schließlich: »Wie geht es dir? Brauchst du mich?«

Oh, wie liebte ich sie für diese Frage.

»Mir geht es so weit ganz gut. Ich laufe gerade mitten auf einer Landstraße, weil ich einem Schleimer einen Strich durch die Rechnung gemacht habe. Der Typ wurde unfreundlich, nur weil ich nicht mit ihm vögeln wollte.«

»Er soll Arschkrätze bekommen!«, spie sie aus, und ich musste lachen.

»Und Zungenherpes!«

»Aber so was von! Hör zu, Hanna. Eigentlich wollte ich dich mit dem Thema Selbstständigkeit vollquasseln, doch jetzt ist noch so einiges hinzugekommen. Du brauchst eine Wohnung. Zum Glück hast du einen finanziellen Puffer durch die Abfindung. Reicht das vielleicht, um eine Wohnung zu kaufen? Soll ich mal gucken? Wäre doch toll, wenn in meiner Nachbarschaft …«

»Stopp!«, unterbrach ich sie und überquerte die Straße im Dorf. Noch ein paar hundert Meter, dann war ich an der Mühle, ich konnte sie schon sehen. »Das ist mir jetzt alles ein bisschen viel.«

»Hm, da hast du recht. Das ist nichts, was sich am Telefon mitten in der Nacht lösen lässt. Ich komme. Gib mir die Adresse.«

»Was?«

»Die Adresse.«

»Nein, das vorher. Du willst herkommen?«

»Ja, warum nicht? Ich ruf einfach morgen früh in der Firma an und nehme mir wegen eines privaten Notfalls Urlaub.«

»Ich bin doch kein Notfall.«

»Für mich schon. Also, schick mir die Adresse als Nachricht und schüttel schon mal das Kissen auf.«

»Bin ich Frau Holle? Aber ja, ich richte dir ein Bett. Aber … du brauchst sicher sechs oder sieben Stunden bis hierher«, erwiderte ich baff. Meine Freundin … Ich liebte sie für ihre Spontaneität. Jemand Vertrautes in meiner Nähe zu haben, wäre tatsächlich wunderbar. Genau das brauchte ich jetzt.

»So lange? Okay, ich schaffe es schneller. Es ist Nacht, da kann ich das Gaspedal durchdrücken. Ich fahre noch heute los, morgen am frühen Vormittag sollte ich da sein. Hast du ein Bett für mich?«

»Klar, neben mir ist ein Kissen frei, da schläft aktuell nur Mr. Brumm.«

KAPITEL 10

Jan

Die beste Zeit für ein ausgedehntes Training war der Vormittag. Dann, wenn die Luft noch kühl war und der Strand einsam vor mir lag. Dieses Mal blieb Floyd an meiner Seite und trabte freudig neben mir her.

Zu Hause angekommen, bekam er sein Futter und ich meine zweite Trainingseinheit. Auf dem Weg in meinen Garten zog ich das verschwitzte Shirt aus und ich absolvierte meine Liegestütze. Die Wiederholungen zählte ich nicht, mein Körper würde mir sagen, wenn es genug war. Erst als die Muskeln brannten wie Feuer und ich mich beim besten Willen nicht mehr hochdrücken konnte, hörte ich auf. Ich spannte die Muskulatur am Oberarm an und nickte zufrieden. Mein Bizeps war hart, fast stählern – genauso wie mein Sixpack – und ich fühlte mich trotz der Anstrengung der letzten Stunde energiegeladen wie schon lange nicht mehr.

Der Schweiß rann mir von der Stirn und legte sich als feuchter Film auf meine Haut. Ich legte den Kopf in den

Nacken, schloss die Augen und fuhr mir mit beiden Händen durch die Haare, die sich in leichten Wellen um meinen Kopf legten. So blieb ich einen Moment stehen und wie von selbst drängte sich das Bild von Hanna in mein Bewusstsein. Zarte, leicht gebräunte Haut, ein paar Sommersprossen auf der Nase, Augen, so blau wie der Himmel an einem Sommertag, und schulterlange, blonde Locken, die jeder Bürste zu trotzen schienen. Ich merkte, wie ich lächelte. Schon lange hatte ich nicht mehr entspannt an eine Frau denken können, daher wunderte ich mich ein wenig, was die Gedanken an diese Hanna in mir auslösten. Ihre kleinen Brüste … Nein, nicht klein, sie waren genau richtig, zwei schöne Hände voll und … Ich stöhne auf und sprang mit den Shorts ins Wasser.

Nach ein paar Bahnen im Pool trocknete ich mich ab, stieg unter die Dusche und zog mich an. Jetzt war es Zeit für ein ausgedehntes Frühstück. Ich schaltete die Kaffeemaschine ein und ging vor die Tür an den Briefkasten.

»Ah, Herr Doktor, da sind Sie ja!« Ein Mann mittleren Alters kam auf mich zu. Er trug ein Huhn auf dem Arm. »Ich wollte gerade zu Ihnen in die Praxis. Schön, dass Sie wieder da sind, und ich wollte auch nicht stören, ich habe gelesen, dass Sie erst am Montag wieder öffnen, aber …« Er streckte mir das Huhn entgegen. »Das Gretchen ist krank, sie legt keine Eier mehr. Können Sie die Kleine kurz untersuchen? Nur ganz kurz? Weil, es ist doch dann Wochenende und bis Montag überlebt sie vielleicht nicht, und …«

Ich seufzte und klopfte ihm auf die Schulter. »Gehen wir in die Praxis. Ich hole nur schnell den Schlüssel.«

»Tja«, sagte ich wenig später. »Ihr Gretchen ist gesund, es fehlt ihr nicht das Mindeste.« Nachdenklich rieb ich mir das Kinn.

»Sie ist nicht krank?«

»Nein. Aber …« Mir kam ein Gedanke. »Haben Sie irgendwelche Änderungen im Hühnergehege vorgenommen? Anderes Futter, ein neuer Hahn oder ist ein Huhn gestorben?«

»Nein, alles beim Alten. Fast. Ich habe nur letzte Woche zwei neue Hennen dazugesetzt.«

»Dann ja doch nicht alles beim Alten.« Ich lachte. »Gretchen ist eifersüchtig, das legt sich wieder. Geben Sie ihr ein paar Tage.«

»Mein Gretchen ist … Nein. Herr Doktor, so was gibt es doch nicht, das kann ich mir nicht vorstellen.«

Ich gab ihm das Huhn und geleitete ihn zur Tür. »Auch Tiere haben Emotionen. Hennen sind zum Beispiel sehr liebevolle Mütter. Und Eifersucht auf neue, ausgewachsene Hennen ist nicht selten. Ich nehme an, die Mädels haben sich ordentlich gezankt. Haben sie? Na, bitte. Gretchen ist eifersüchtig, deswegen stellt sie das Eierlegen ein. Gönnen Sie ihr ein paar Stunden Zweisamkeit mit dem Hahn und sie wird wieder legen.«

»Danke Herr Doktor, ich bin erleichtert. Was bin ich Ihnen schuldig?«

»Bringen Sie mir bei Gelegenheit ein paar Gretcheneier vorbei.«

Kaum war der Mann gegangen und die Praxis wieder abgeschlossen, stand der nächste vor mir.

»Ich habe geschlossen«, sagte ich zu der Frau, die ein Kind an ihrer Hand hielt. Das Mädchen – sie mochte vielleicht fünf oder sechs Jahre alt sein – sah mich aus großen Augen an und hielt einen Teddy an sich gedrückt.

»Oh, das ist schade. Na, dann gehen wir mal wieder.« Sie drehte ab und zog das widerstrebende Kind mit sich.

»Warten Sie!« Ich holte sie ein. »Ist der Teddy krank?«

Die Kleine drehte sich zu mir und hielt mir mit ausgestreckten Armen das Plüschtier hin. Ein Ärmchen war halb abgerissen. Irritiert sah ich die Frau an und wunderte mich, dass sie das nicht selbst nähte.

Sie verstand und zuckte entschuldigend mit den Schultern. »Lisa wollte ihn unbedingt in ein Tierkrankenhaus bringen, damit er wieder ganz gesund wird.«

»Ich schau mir den Patienten mal an«, sagte ich und ging vor dem Kind in die Hocke.

»Teddy hat ein Armweh«, sagte sie und sah so ernst drein, wie es nur kleine Kinder können. »Die Heike aus dem Kindergarten hat gesagt, es gibt eine nette Frau, die Tiere wieder gesund macht. Und du hast ein Tierkrankenhaus, wo man kranke Tiere hinbringen darf, oder?« Sie sah verunsichert zu ihrer Mutter, dann wieder zu mir und nahm mir den Teddy wieder ab. »Aber du bist keine Frau!«

»Ja, das ist so ein Ort. Aber weißt du, es gibt …« Ich stockte. Unmöglich konnte ich dem Kind, das mich so hoffnungsvoll ansah, sagen, dass ich diese Frau nicht kannte und sie hier falsch ist. Also sagte ich: »Die Frau ist gerade nicht da. Aber ich weiß, dass deine Mama den Teddy ganz sicher auch gesund pflegen kann.«

»Kann sie nicht!« Sie schob die Unterlippe vor und drückte das Stofftier fest an sich. »Nur die Frau kann das!«

»Sehen Sie?«, sagte die Mutter leise. »Da habe ich keine Chance.«

»Oma Janssen hat gesagt, die Tierdoktorfrau ist hübsch und blond und lieb. Und sie hat den Kuschelhasen von Heike gesund gemacht. Und du hast ein Tierkrankenhaus«, meldete sich das Mädchen trotzig zu Wort.

Erstaunt zog ich die Brauen hoch. »Okay, wir können hineingehen und ich verarzte Teddy.«

»Nein, die Frau soll das machen.«

Ich blies die Backen auf und sah die Mutter hilfesuchend an. Die jedoch wirkte ähnlich hilflos.

»Darf ich ihm wenigstens einen Verband umlegen, bis die Frau wieder da ist?«

Mit einem misstrauischen Nicken folgte sie mir mit ihrer Mutter ins Behandlungszimmer und beobachtete jeden einzelnen Handgriff, als traue sie mir nicht über den Weg.

Nach wenigen Minuten war das Stofftier provisorisch verarztet. »Hier, jetzt tut es Teddy nicht weh, bis die Doktorfrau ihn ganz gesund machen kann.«

»Danke, Herr Doktor. Darf ich Sie am Montag anrufen, um einen Termin auszumachen?«, fragte die Mutter.

»Termin? Natürlich, klar. Melden Sie sich am besten am Montag ab zehn Uhr, dann sehe ich, wie es am besten passt.«

Ich sah den beiden hinterher, bis sie um die Ecke bogen, und kratzte mich am Hinterkopf. Wo bekam ich jetzt eine Frau her, die sich am Montag in meiner Praxis um ein defektes Stofftier kümmerte? Blond und hübsch und lieb?

Der nachfolgende Gedanke war so absurd, dass ich laut lachen musste. Nein, ich konnte sie unmöglich fragen, ob … Nein. Blödsinn. Ich würde mir etwas einfallen lassen, irgendetwas. Aber vielleicht würde die Mutter ja selbst zu Nadel und Faden greifen und mir am Montag sagen, dass der Termin sich erledigt hätte. Ja, vielleicht. Vielleicht aber auch nicht.

Hanna

»Schlafen kann ich heute Nacht auch noch«, beantwortete Nicole meinen Vorschlag, sich ein paar Stunden hinzulegen, und lehnte sich mit einem Lächeln im Gesicht im Gartenstuhl zurück. »Die Mühle ist echt eine Wucht! Hier zu wohnen ist schon etwas Besonderes.« Herzhaft biss sie in die Brötchenhälfte, die sie mit Butter und Johannisbeermarmelade bestrichen hatte.

Sie war die ganze Nacht durchgefahren und um kurz vor acht Uhr angekommen. Nachdem sie ihre Reisetasche in mein

Schlafzimmer gestellt hatte, wollte sie sofort ans Meer. Juli, Adele und ich hatten sie begleitet. Jetzt saßen wir alle zusammen vor der Mühle um den Tisch und frühstückten.

»Ja, diese Mühle ist wirklich schön«, sagte ich und blinzelte gegen die Sonne nach oben zu der Galerie. Ich kannte Nicole, so etwas sagte sie nicht einfach nur, weil ihr die Mühle gefiel, sie hatte sicherlich wieder einen Einfall, was man daraus machen könnte.

»Dann kauf sie doch«, sagte Adele. »Also wenn ich etwas so ansehe, wie du gerade, Hanna, neige ich dazu, nicht zu ruhen, bis ich es habe. Letztes Jahr zum Beispiel war ich zum ersten Mal auf einer Kreuzfahrt und …« Sie sah uns nacheinander mit bedeutungsvoller Miene an. »… da habe ich einen Mann kennengelernt, den Kapitän. Wisst ihr, Liebe kennt kein Alter, und wir haben nur ein Leben. Und wenn die Schmetterlinge im Bauch flattern, hören sie nicht auf, bis … Wie auch immer, ich habe mich bis hoch zum grauen Haaransatz verliebt. Bald werde ich die nächste Kreuzfahrt antreten und wer weiß, vielleicht wird das ja was mit dem Kapitän und mir. Aber ich schweife ab … Auf jeden Fall besitze ich mittlerweile drei Ferienwohnungen und …«

Juli lachte auf. »Fein. Du zahlst? Ich würde die Mühle auch kaufen, wenn ich Kohle übrig hätte. Ich würde hier wohnen und eine Schülerhilfe im Ort eröffnen. So was gibt es doch noch nicht, oder? Okay, okay, kleiner Ort und so. Vielleicht ist die Idee doch nicht so gut. Wie auch immer, Hanna könnte aus dem Wintergarten eine Stofftierwerkstatt machen.« Sie blickte uns fragend an. »War nur laut geträumt, aber wenn ich das Geld hätte …«

»Träum weiter!«, sagte ich lachend. »Aber wenn du zu Geld kommst und sie kaufst, sag Bescheid, dann verbringe ich meine Sommerurlaube bei dir.«

Nicole hatte sich zurückgelehnt, und in ihr Gesicht schlich sich erneut dieser ganz eigene Ausdruck, den sie immer bekam, wenn sie ein neues Projekt witterte. »Mal ganz unabhängig von den finanziellen Mitteln … Die Idee ist gar nicht so abwegig. Mit einem kleinen Anbau an der Mühle könnte man eine Werkstatt realisieren. Der Wintergarten würde sich als Verkaufsraum eignen. Reparaturservice und Second-Hand-Puppys?«

Ich schüttelte den Kopf, stand auf und griff mir die leere Kaffeekanne. »Ihr spinnt ja, träumt weiter. Noch jemand Kaffee? Oder etwas anderes?«

»Für mich nichts mehr, danke«, sagte Adele.

»Ach, ich würde gerne noch einen …« Juli stockte mitten im Satz und deutete mit dem Kinn zur Straße. »Ich schätze, wir bekommen Besuch.«

Kaum hatte sie es gesagt, hörte ich ein helles und ziemlich bekanntes Stimmchen. »Huhu, Tante Hanni. Wir sind dahaaa.«

Auf dem Absatz fuhr ich herum.

Marie? Caro?!

Völlig perplex stellte ich die Kanne ab und eilte zum Tor, durch das in diesem Moment meine Schwester trat, an der Hand ihre Tochter Marie. Die riss sich los und rannte auf mich zu. Sogleich ging ich in die Hocke, breitete die Arme aus und fing das Mädchen auf.

»Tante Hanni!« Sie gab mir einen dicken Schmatzer auf die Wange und legte ihre Ärmchen um meinen Hals. »Das ist so klasse, dass wir bei dir Urlaub machen dürfen! Darf ich da mal nach ganz oben?« Sie zeigte zur Mühle. »Wo schlafen Mami und ich? Gehst du mit mir ans Meer? Ich kann schon schwimmen, ganz lange. Und tauchen.«

»Hey, du kleiner Wirbelwind, was macht ihr denn hier? Na, das ist ja eine tolle Überraschung!«

Caro legte mir eine Hand auf die Schulter. »Hanna, danke. Ich …«

»Gleich, ja?«, sagte ich leise, da war Juli schon bei uns und streckte Marie die Hand hin.

»Hallo, ich bin Juli. Soll ich dir die Mühle zeigen? Da kann man ganz hochgehen und aus dem Fenster gucken.«

»Wer ist das?«, fragte Caro und sah wie ich den beiden hinterher, wie sie Hand in Hand zur Tür hüpften, als wären sie Freundinnen. Nur, dass die eine ein paar Jahre älter war.

»Das ist Juli, ich habe sie an einer Raststätte mitgenommen. Sie war als Anhalterin unterwegs.«

»Sieht nett aus.«

»Ist sie auch.« Inzwischen war ich wieder aufgestanden. »Warum hast du nicht gesagt, dass du kommst?«

»Hätte ich dich mitten in der Nacht anrufen sollen?«

»Ja?«

Caro wirkte betreten. »Tut mir leid, ich bin spontan losgefahren. Du kennst das ja. Und als Marie endlich im Auto eingeschlafen war, bin ich durchgefahren. Ich dachte, ich könnte …«

»Hier Urlaub machen, schon klar. Du und Marie, ihr seid immer willkommen, das weißt du. Wie wäre es, wenn ihr erst einmal euer Gepäck reinbringt?« Ich nahm meine Schwester in den Arm, drückte sie kurz an mich und hielt sie dann auf Armlänge von mir. Ihre Augen waren leicht rot. Sie hatte geweint. »Aber es hat einen anderen Grund, dass du hier bist, stimmt's? Dein Chef, Torsten …«

Als hätte ich damit einen Stein zum Rollen gebracht, senkte sie den Kopf und schluchzte los.

Oje, die Arme. Was war nur passiert?

»Haaallooo!«, rief es oben. »Von hier kann ich gaaanz weit sehen, Tante Hanna, gaaaanz weit!«

Ich blickte hoch und winkte. »Grüß mir die Wolken von da oben.«

Auch Caro rang sich ein Lächeln ab. »Beug dich nicht zu weit aus dem Fenster, Maus!«

»Alles gut, ich pass schon auf«, rief Juli. »Ich zeige Marie das Meer, ist das okay?«

»Natürlich!«, riefen Caro und ich wie aus einem Mund, und Caro schob hinterher: »Aber nicht ins Wasser gehen.«

»Nur mit den Füßen, Mami!«, rief Marie, und beim nächsten Blick nach oben war das Fenster geschlossen.

»Komm, Caro«, sagte ich, legte einen Arm um ihre Schultern und dirigierte sie zum Auto. »Bringen wir eure Koffer rein. Ihr bekommt das Schlafzimmer.«

»Und wo schläfst du?«

Ich zuckte mit den Schultern. »Bei Juli oder auf dem Sofa. Kein Problem.«

»Danke, Hanna.«

Ein Blick in den Kofferraum ihres Kleinwagens überraschte mich. »Nur ein Koffer?«

»Und Maries Reisetasche mit Spiel- und Malsachen auf dem Rücksitz.« Sie hob die Tasche heraus, ich den Koffer.

Als wir durch das Gartentor traten, kamen uns schon Juli und Marie entgegen.

»So ein tolles Haus, Mama, ich …« Plötzlich bekam meine Nichte große Augen, verstummte ungewöhnlich schnell, und Juli sagte: »Oh, oh.«

Jan

Spontan setzte ich meinen Entschluss in die Tat um: Ich würde Hanna fragen, ob sie am Montag in meiner Praxis die hübsche, blonde Stofftierärztin spielen könnte.

An der Mühle angekommen, parkte ich mit Schwung die beiden Autos zu, die auf den Parkplätzen standen, und stieg aus. Nanu, was wollte Hanna mit einem Koffer? Und wer war die Frau neben ihr? Unerheblich, vielleicht ein Besuch.

Ich öffnete das Gartentor – und erstarrte. Was zum Teufel machte ein Kind in der Mühle?! Schlagartig kam alles wieder hoch. Instinktiv sah ich zu dem Haufen Kies, den ich auf den abgepumpten Teich hatte schütten lassen. Diese Gefahr war keine mehr. Und doch krampfte sich in mir alles zusammen. Die Mühle war hoch, Kinder konnten aus dem Fenster oder vom umlaufenden Balkon fallen.

»Was macht das Kind hier?!«, sagte ich scharf.

Das kleine Mädchen sah mich aus großen Augen an, Juli sagte: »Oh, oh«, und Hanna zuckte zusammen. Langsam drehte sie sich zu mir um, die Frau neben ihr ebenso.

Für wenige Sekunden sagte keiner ein Wort. Drei Frauen und ein Mädchen starrten mich an. Ich fühlte mich wie ein Vollstrecker, der gleich jede Anwesende zum Galgen führen würde. Kein gutes Gefühl, wirklich nicht, aber ich durfte nicht riskieren, dass bei meiner Mühle erneut ein Kind zu Schaden käme. Nur mit Mühe beherrschte ich mich, nicht alle sofort vom Grundstück zu jagen. Ich wusste, dass dieser dunkle Punkt aus der Vergangenheit mich im Griff hatte und ich wahrscheinlich überreagierte, aber ich konnte nichts dagegen tun.

Meine Kehle war wie ausgetrocknet, als ich hörte, wie Juli leise und erklärend zu der mir fremden Frau sagte. »Das ist der Besitzer der Mühle.«

In Hanna kam Leben. Ihre Augen waren zu Schlitzen verengt und ihre Wangen hatten sich gerötet. Kein Zweifel, sie war stinksauer.

Mit einem langen Schritt war sie bei mir. »Also hören Sie mal, Jan Henning! Dass Sie es nicht so mit netten Umgangsformen haben, weiß ich mittlerweile. Und es interessiert mich so viel wie der Dreck unter meinen Fingernägeln. Aber ein Kind zu verschr…«

Die Frau neben ihr grätschte dazwischen und stellte sich zwischen uns. »Hallo, ich bin Caro, die Mutter von Marie.« Sie zeigte auf das Mädchen, die sich hinter Hanna versteckt hatte und die Ärmchen um einen ihrer Oberschenkel schlang. »Und Caros Schwester. Wir sind nur zu Besuch. Wenige Tage, wirklich. Sind Kinder hier nicht erlaubt?« Unsicher blickte sie über die Schulter zu Juli und Hanna und wieder zurück zu mir.

»Nein, das sind sie nicht!«, grollte ich. »Hier ist es zu gefährlich, die Mühle ist nicht kindersicher!«

»Sagt wer?« Hanna schob ihre Schwester zur Seite und beschrieb mit dem Arm einen Halbkreis. »Wo bitte gibt es hier eine Gefahr für Kinder?«

»Wenn ich sage, dass …«

»Moment!« Sie streckte die Hand aus und zeigte mir ihre Handfläche, warf mir einen warnenden Blick zu und bückte sich zu dem Kind runter. »Geh doch schon mal mit Mama und Juli rein, ja? In der Küche steht leckere Marmelade, bestimmt ist auch noch ein Brötchen da.«

Etwas betreten musste ich feststellen, dass die drei erleichtert wirkten, sich aus der Schusslinie ziehen zu können. Ich musste wie ein Arsch rüberkommen, aber besser so, als ein weiteres Unglück.

Kaum waren sie außer Hörweite, funkelte Hanna mich an und öffnete den Mund, schätzungsweise, um ihrer Entrüstung Raum zu geben, doch ich kam ihr zuvor. Und mein Ton klang strenger, als ich es beabsichtigt hatte. Verdammt, ich konnte in dieser Sache nicht aus meiner Haut!

»Wenn ich sage, dass hier keine Kinder erwünscht sind, haben Sie das zu akzeptieren. Ansonsten muss ich Sie bitten, sich sofort um eine andere Ferienunterkunft zu bemühen!«

»Ach, halten Sie doch den Rand!«, giftete sie mich an, und ich wich erstaunt zurück. Huh, die hatte ja Feuer. »Was ist Ihr Problem? Hassen Sie Kinder? Ist es das, ja? Sie armer Mensch! Und dass es hier gefährlich ist, ist ja wohl nicht Ihr Ernst! Meine Schwester ist eine sehr gute Mutter, die ihr Kind immer im Auge hat. Außerdem sind auch noch Juli und ich …«

»Herrje, halten Sie mal einen Moment Ihren Mund?!« Einem Impuls folgend, trat ich vor und packte sie an den Schultern. Für wenige Augenblicke waren wir uns so nah, dass nicht mal ein Buch zwischen uns gepasst hätte. Sie bebte, ich bebte.

»Sie tun mir weh!«

Verdammt, diese Frau lockte mich doch tatsächlich aus der Reserve.

»Verzeihung«, presste ich hervor, und erschrocken über mich und meine Reaktion auf sie, ließ ich sie los und trat einen Schritt zurück. »Verzeihung, ich wollte Ihnen nicht zu nahe treten, dennoch …« Tief holte ich Luft und atmete zitternd wieder aus. »Entweder das Kind geht, und zwar sofort, oder Sie suchen sich eine neue Unterkunft. Bis heute Abend!«

Verärgert drehte ich ab und ging zu meinem Auto.

»Entschuldigung, ich hätte eine Frage«, sprach mich ein junger Backpacker an. Der Kerl war vielleicht um die zwanzig und sah ziemlich abgerissen aus. Wahrscheinlich wollte er nur nach dem Weg fragen, im Moment jedoch hatte ich so gar keine Antennen dafür, Fragen von Touristen zu beantworten. Ich riss mich zusammen.

»Dann stell die Frage, ich habe keine Zeit zum Plaudern.«

»Ja klar, sorry, Mann. Ist das hier die Mühle, die von einer Hanna angemietet ist?«

Damit hatte ich nicht gerechnet. »Richtig«, antwortete ich knapp. »Und Sie sind?«

»Ihr Bruder.«

»So, noch ein Familienmitglied. Das wird ja immer bunter. Und was wollen Sie hier?« Ja, jetzt fiel mir auch die Ähnlichkeit auf, sie hatten das gleiche Lachen, die gleiche Nase.

»Na, Urlaub machen. Ah, da ist Hanna ja. Danke, Herr …«

»Henning«, spie ich hervor. »Und den Urlaub hier können Sie sich abschminken, ich habe an zwei Personen vermietet, nicht an fünf.«

»An fünf?« Der Junge wirkte zurecht verwirrt, das ging mir ja ähnlich.

Aus dem Augenwinkel sah ich Hanna auf uns zukommen.

In ihrem Blick mischten sich Überraschung und Zorn.

»An sechs, um es genau zu sagen.« Hanna hatte mich erreicht, nickte ihrem Bruder kurz zu und sah mich angriffslustig an. »Meine Freundin ist auch hier. Bis Sonntag. Und wir werden einen Teufel tun und … Hey!«

Das Hey galt nicht mir, sondern Juli, die unerwartet dazukam, meine Hand nahm und sie fest drückte. »Jetzt holt mal alle tief Luft, ja? Vorschlag: Wie wäre es, wenn wir morgen Abend ein kleines Fest geben? Wir könnten grillen. Jeder, der eingeladen ist, kann einen Salat mitbringen, und wir sitzen alle zusammen und unterhalten uns und dabei lernen wir uns alle besser kennen und die Gemüter beruhigen sich.«

»Bitte was?« Verblüfft zog ich meine Hand aus ihrer.

»Und die Gemüter beruhigen sich«, wiederholte sie. »Es wäre schön, wenn Sie auch kommen. Und Hinnerk mit seiner Frau Gesine. Ach, dieser Axel sollte auch dabei sein, finde ich, denn …«

»Alex«, korrigierte Hanna und legte die Stirn in Falten.

»Eher gefriert die Hölle!« Damit meinte ich zwar Alex, aber ebenso das Fest an sich. Alex würde sich eher am nächsten Strommast erhängen, als die Mühle zu betreten. Ich ging zum Wagen, öffnete die Tür und sagte über die Schulter: »Bis heute Abend ist das Kind nicht mehr hier! Habe ich mich klar genug ausgedrückt?« Ich stieg ins Auto, knallte die Tür zu und fuhr los.

Es wurde höchste Zeit, dass ich die Mistmühle zum Verkauf freigab.

Und dieser Hanna nicht mehr begegnete. Sie brachte alles aus dem Lot.

Ich konnte nicht verhindern, dass mich diese Frau auf eine ungekannte Art faszinierte. Sie machte mich wütend, sie erregte mich und zugleich hatte ich das Bedürfnis, sie auf keinen Fall gehen zu lassen. Ihr Temperament, ihr frischer Duft, ihre wilden Locken …

In mir kämpften zwei Seelen.

KAPITEL 11

Hanna

Der Arsch fuhr einen Bentley. Was für ein Protzauto! Warum auch immer, das machte mich nur noch wütender. Protzauto hin oder her, auf diese Weise ließ mich keiner stehen! Da war das letzte Wort noch nicht gesprochen, Sonnyboy!

»Was ist denn das für ein Typ?« Benni holte mich mit seiner Frage aus meiner Erstarrung.

»Der Besitzer der Mühle, der ein Problem mit Kindern hat.« Ich nahm meinen Bruder in den Arm. »Ich freu mich, dass du hier bist, warum auch immer du hier bist. Das kannst du mir später erzählen, ja? Jetzt muss ich unbedingt etwas erledigen. Ach ja, Caro ist auch da.«

Verwundert sah er mich an. »Caro? Wie …?«

»Später, ja?«

»Okay …« Er zog die Brauen hoch, und Juli klopfte ihm auf die Schulter.

»Hi, Benni, komm mit. Ich zeig dir die Mühle, da habe ich

mittlerweile Übung drin. Und wo du schläfst, sehen wir dann.«

»Danke, Juli«, stieß ich hervor und eilte zu meinem Auto. Zum Glück hatte ich den Schlüssel in der Hosentasche. Ich sprang in den Wagen und gab Gas. Während ich dem Bentley folgte, raste mein Herz, und ich fragte mich zum wiederholten Mal, was ich da eigentlich tat.

Mit der Hand schlug ich auf's Lenkrad.

»Was ich da tue?«, brüllte ich die Windschutzscheibe an. »Dem Kerl die Meinung sagen! Aber so was von!«

O ja! Ich würde diesen Jan Henning zur Rede stellen und ihn fragen, ob er noch ganz dicht war. Nein, das vielleicht nicht, aber ich … Ach, egal. Irgendwas würde mir schon einfallen.

Ich war so verdammt sauer auf diesen Kerl, am liebsten wollte ich ihm eine runterhauen. Erst mal draufhauen, danach konnte man immer noch reden. Gott, so wütend war ich ja noch nie gewesen!? Oder doch. Erst vor Kurzem, als einige teure Shirts von Max ihr Ende im Feuer gefunden hatten. Aber das hier war etwas anderes, das war … das war … Himmel! Der Typ konnte mich und meine Freunde und Familie doch so nicht behandeln?! Was hatte der für ein Problem? Und wieso war es mir so wichtig, mit ihm zu reden?

Weil, liebe Hanna, der Kerl dich irgendwie reizt.

Ja, bis auf's Blut! Irgendwas stimmte an der ganzen Kinderhasser-Nummer nicht. Da lag was im Argen. Nicht, dass es mich was angehen würde, aber sollte ich jetzt meine Schwester fortschicken? Gut, sie könnten vielleicht bei Adele … Nein, verdammt, ich wollte wissen, was da los war.

Entrüstet über mich selbst gab ich Gas und klebte fast an der Stoßstange des Bentleys. Eigentlich bräuchte ich jetzt ganz dringend jemanden zum Quatschen, einfach nur, um mich zu beruhigen. Das wäre das Vernünftigste, und es würde mir eher entsprechen, als wutentbrannt einem fremden Arsch hinterherzufahren. Ach, sollte er doch am nächsten Baum kleben bleiben, dann …

Hanna, Hanna … Das bist nicht du!

Doch, und wie! Von so einem Nordlicht ließ ich mir noch lange nicht die Zitrone aus dem Wasser nehmen. Nicht Hanna Süß, Freundchen!

Mit zittrigen Fingern fuhr ich mir durch die Haare und versuchte, das wilde Hämmern meines Herzens zu ignorieren. Fest nahm ich mir vor, auf keinen Fall wie eine hysterische Ziege zu wirken und die Ruhe zu bewahren. Dazu musste ich mich allerdings erst einmal runterfahren. Leichter gedacht, als getan.

Als der Bentley auf einen Hof einfuhr und vor einer Villa hielt, bekam ich kurzfristig Respekt vor meiner eigenen Entschlossenheit. Doch jetzt konnte ich nicht mehr zurück.

Hinter dem Wagen kam ich zum Stehen und schaltete den Motor aus.

Körper-Check: Meine Wangen glühten, mein Herz schlug mir bis zum Hals und meine Hände waren feucht. Das blöde Ziehen im Bauch, als würde ich Achterbahn fahren, brachte mich blöderweise völlig aus dem Konzept. Die weichen Knie ebenfalls. Verdammt! Wer rechnete denn mit so was?

Tja, da war ich wohl doch nicht so tough, wie ich gedacht hatte, was? Ich merkte, dass ich meine Hände um das Lenkrad gelegt hatte und meine Knöchel weiß hervortraten.

Spätestens als meine Fahrertür von außen geöffnet wurde und er mich amüsiert fragte: »Wollen Sie aussteigen oder noch ein bisschen die Aussicht genießen?«, war mein guter Vorsatz Geschichte.

Vielleicht war es der Spott in seiner Stimme, der mich fuchsteufelswild machte, vielleicht das belustigte Blitzen in seinen Augen, vielleicht alles zusammen. Ein Ruck ging durch meinen Körper.

»Ihr eingebildetes Lächeln können Sie sich sparen!« Ich stieg aus. Dabei stellte ich befriedigt fest, wie er überrascht die Augenbrauen hob. Ha! Jetzt war er sprachlos. Gut so! Ich knallte die Wagentür zu und baute mich vor ihm auf. Okay, das war vielleicht etwas übertrieben, denn er überragte mich fast um einen Kopf, sodass ich zu ihm aufsehen musste. Aber das machte mich nur noch wütender. »Was läuft eigentlich bei Ihnen verkehrt, hä? Ein kleines Mädchen so zu verängstigen, Sie ungehobelter Klotz! Was sind Sie? Ein Kinderhasser? Oder hat Ihnen Ihre Mami nie gesagt, dass sie den kleinen Jan lieb hat? Sie verhalten sich wie … wie … O Mann! Sagen Sie mir bitte, wo ich mich gepflegt übergeben kann. Ah, da ist ja eine Stelle, direkt vor Ihren Füßen.«

Mit einem Mal wich jede Farbe aus seinem Gesicht und sein Blick wurde unangenehm kalt. Schlagartig wurde mir klar, dass ich soeben eine Grenze überschritten hatte.

»Es ist besser, wenn Sie jetzt mein Grundstück verlassen«, sagte er, drehte mir den Rücken zu und ging steif zur Tür.

»Abhauen ist das Einzige, das Ihnen einfällt?!«, platzte es aus mir heraus, doch er ignorierte mich, schloss auf und ging hinein.

Alles in mir schrie danach, sofort in mein Auto zu steigen, zur Mühle zu fahren und auf der Stelle dort auszuziehen. Stattdessen folgte ich ihm ins Haus. So einfach wollte ich es ihm nicht machen!

Drinnen war es angenehm kühl, doch in mir loderte es. Mit einem bangen Gefühl schloss ich die Tür hinter mir und folgte ihm durch den Flur in den riesigen Wohnbereich.

»Bleiben Sie endlich stehen und beantworten Sie meine Frage!«, sagte ich laut, doch er ging durch die Terrassentür hinaus ins Freie.

Ein Pool. Wie nett. Doch das beeindruckte mich nicht die Spur. Der Luxus, der mich hier umgab, der Granitboden, die edle Sitzgruppe aus Leder, die schwarzen Hochglanzmöbel, die offene Küche … das alles war mir herzlich egal. Dass er mich ignorierte, brachte mich allerdings von hundertachtzig auf das Doppelte. Ich folgte ihm hinaus, öffnete den Mund, klappte ihn aber irritiert zu, als er sich ohne Vorwarnung das Shirt auszog und so tat, als sei ich gar nicht da.

»Also das ist ja …«

»Welche Frage soll ich denn zuerst beantworten? Sie haben mehrere, nehme ich an«, sagte er, drehte sich zu mir um und deutete zu der Sitzgruppe. »Bitte schön. Setzen Sie sich. Falls Sie Angst haben, dass ich Ihnen zu nahe trete, keine Sorge, das wäre das Letzte, das mir einfallen würde.«

Ich sah den Sturm in seinen Augen toben. Im Gegensatz dazu war sein Tonfall ausgesprochen freundlich, und kurz meinte ich, in seinen Augen Enttäuschung aufblitzen zu sehen. Das irritierte mich noch mehr.

»Sie können aufhören, mir etwas vorzuspielen und sich als Gentleman zu präsentieren.« Ich merkte, wie ich meine Hände zu Fäusten ballte. »Sie sind so ziemlich alles, aber garantiert kein Gentleman!«

Wie war das noch gleich mit meinem Vorsatz, das blonde Frauchen zu mimen und lieb zu gucken?

Ach, scheiß drauf! Ich war Hanna Süß. Direkt, ehrlich und … ich eben. Keinen Plan von gar nichts, davon aber ganz viel.

Entschlossen, mich nicht ins Bockshorn jagen zu lassen, mir gleichzeitig jedoch einen Fluchtweg offen zu halten, positionierte ich mich so, dass ich jederzeit durch die Terrassentür abhauen konnte, wenn es nötig wäre. Wenn nur nicht mein Körper völlig andere Signale senden würde. In mir kämpfte die entrüstete Hanna gegen eine, die von den Muskeln des Mannes irrsinnigerweise in Erregung versetzt wurde.

Ich verstand mich selbst nicht mehr.

Seine Lider verengten sich. »Okay, wie Sie meinen! Fragen Sie, ich antworte. Und dann machen Sie, dass Sie hier rauskommen, sonst …«

»Sonst …?!« Ich stemmte die Hände in die Hüften. Drohte der mir etwa? In mir tobten gleichzeitig Angst und der Wunsch, ihm eine saftige Ohrfeige zu verpassen.

»Sonst werde ich jetzt ein paar Runden schwimmen. Mir ist warm.«

Der Mistkerl wollte mich provozieren, eindeutig.

»Gut, dann sagen Sie mir, ob …« Meine Stimme klang brüchig. Mist! Egal! Jetzt nur nichts anmerken lassen. »Sind Sie …?« Mir dämmerte, dass ich garantiert keine ehrliche Antwort erhalten würde.

»Nein, ich hasse Kinder nicht«, antwortete er überraschend leise und mit gedämpfter Stimme. Dabei zog er sich die Schuhe und die Hose aus. In den schwarzen Shorts zeichnete sich Gigantisches ab! Schnell sah ich zur Seite, und meine Haut brannte, als er mich am Arm zur Seite schob, um seine Hose durch die Tür ins Wohnzimmer auf einen Sessel zu werfen. »In der Mühle ist vor ein paar Jahren ein Kind ums Leben gekommen.«

»Oh«, konnte ich nur hauchen, dann ging er mit verkniffenen Lippen an mir vorbei und sprang kopfüber ins Wasser.

Sein Kind war ums Leben gekommen? Mein Gott, war ich dämlich!

Meine Beine wurden plötzlich so weich, dass ich das Gefühl hatte, umzukippen, wenn ich mich nicht sofort hinsetzte. So schlecht wie jetzt hatte ich mich schon lange nicht mehr gefühlt. Mir war danach, mich sofort zu ersäufen, in ein Loch zu fallen, mich in Luft aufzulösen. Eigentlich sollte ich hinausschleichen und mich schämen. Stattdessen ließ ich mich an Ort und Stelle auf den Terrakottafliesen am Pool nieder, zog die Schuhe aus und hängte die Füße ins Wasser.

Beschämt sah ich zu, wie dieser Mann, der mich vor wenigen Minuten noch so unglaublich wütend gemacht hatte, mit kräftigen Zügen das Wasser durchpflügte.

Warum ging ich nicht einfach?

Weil ich mich entschuldigen musste. Und weil ich noch zu viele Fragen hatte, die mir auf der Seele brannten.

Jan

Das Wasser schlug über meinem Kopf zusammen und ich hielt die Luft an. Wieder an der Oberfläche kraulte ich wie entfesselt los. Das dringende Bedürfnis, meine aufgestauten Emotionen loszuwerden, ließen mich Bahn um Bahn ziehen. Zum Rand zu sehen, ob sie noch da war, untersagte ich mir, denn selbst nach fünf Bahnen war ich immer noch gereizt.

Noch nie zuvor in meinem Leben hatte ich diesen enormen Widerspruch in mir gefühlt. Diese Hanna! Eine unglaublich kämpferische und … hinreißende Frau. Ich konnte mich nicht erinnern, dass eine Frau es jemals fertiggebracht hatte, mich so aus der Reserve zu locken. Bei keiner waren je so überwältigende Emotionen im Spiel gewesen, selbst bei meiner Ex nicht. Aber das wusste ich erst seit eben. Und genau das würde alles zunichtemachen. Das durfte ich nicht zulassen!

Mein Herz raste, mein Atem ging schnell. Ich riskierte einen Blick zum Rand. Sie war immer noch da. Wie ein Haufen Elend saß sie mit starrem Blick am Beckenrand und hatte ihre Füße ins Wasser getaucht.

Fuck!

Ich tauchte ab und schwamm zu ihr. Direkt vor ihr kam ich hoch, worauf sie mit einem erschreckten Quietschen reagierte. Mit einer Hand stützte ich mich am Rand ab und wischte mir das Wasser aus dem Gesicht.

Dann hielt ich mich links und rechts von ihren Beinen am Rand fest und richtete meinen Blick auf sie.

»Was machen Sie denn noch hier?«, fragte ich und versuchte meiner Stimme Strenge zu verleihen. Doch ich merkte, wie sehr es mich zu ihr zog. Gleichzeitig wollte ich, dass sie ging. Sofort.

»Ich … äh!«, stammelte sie und zog die Schultern hoch.

»Ich möchte mein Beileid aussprechen und mich für mein Verhalten entschuldigen. Ich …«

»Es tut Ihnen leid? Das kommt überraschend. Und danke für die Beileidsbekundung, die allerdings bei mir an der falschen Adresse ist. Aber für was genau Sie sich entschuldigen, würde mich dann doch interessieren. Dass Sie mich beschimpft haben? Dass Sie, ohne zu fragen, Verwandtschaft und Freunde in die Mühle einladen? Unabhängig davon, dass …«

»… ein Kind dabei ist, oder was? Meine Güte, was sind Sie doch für ein …« Sie räusperte sich. »Woher hätte ich wissen sollen, was passiert ist?! Im Übrigen habe ich niemanden eingeladen! Sie sind ganz von selbst gekommen!«

»Sie sind mir eine Antwort schuldig!«

»Gar nichts bin ich!« Herausfordernd sah sie mich an und machte Anstalten, aufzustehen. »Wenn ich geahnt hätte, dass *Sie* der Mühlenbesitzer sind, wäre ich lieber … Waaah!«

Im nächsten Augenblick ruderte sie mit den Armen und platschte ins Wasser. Ich konnte mir ein Lachen nicht verkneifen. *Ja, so kommt's, wenn man zu abrupt an Beckenrändern aufstehen will.*

Prustend tauchte sie wieder auf. »Sie sind so ein Widerling!«, stieß sie aufgebracht aus, und bevor ich es mich versah, verpasste sie mir eine schallende Ohrfeige.

Verblüfft zuckte ich zurück und verfolgte amüsiert, wie sie von ihrem eigenen Schwung eingeholt wurde und Wasser schluckte. Hustend und japsend kam sie hoch und hielt sich am Beckenrand fest.

Unwillkürlich musste ich lachen. »Ich? Hab ich Sie etwa ins Wasser geschubst?«

»Sie … Sie sind wirklich der letzte Mensch, mit dem ich zu tun haben will. Sie … Sie grobmotorischer Mühlenheini, Sie … Ach, Sie amüsieren sich köstlich, was!?«

Ihre blauen Augen versprühten Blitze in meine Richtung, die mich höchstwahrscheinlich auf der Stelle tot umfallen lassen sollten. Dabei sah sie zum Anbeißen sexy aus, sodass es mich fast übermenschliche Kraft kostete, sie nicht an mich zu ziehen und ihren süßen Mund mit meinen Lippen zu verschließen. Mich zu beherrschen und vorzugeben, ich wäre äußerlich ruhig, obwohl in mir ein Feuer loderte ... Das war echt hart. Sie war wirklich zu niedlich mit ihren nassen Locken und den roten Wangen.

»Ja, ich amüsiere mich in der Tat köstlich, und ... Stopp!« Noch in der Bewegung ergriff ich ihr Handgelenk, bevor ihre Finger erneut auf meiner Wange landeten. Dass ich vermutlich etwas zu fest zudrückte, bemerkte ich an ihrem überraschten, leicht schmerzverzerrten Gesichtsausdruck. Ich lockerte meinen Griff. »Es reicht, okay?«

Für die Dauer eines Wimpernschlages verharrten wir. Ich starrte auf ihren Mund und malte mir aus, wie sie vor mir kniete, mich lustvoll und mit fiebrig erregtem Blick von unten herauf ansah und ihre vollen Lippen um meinen Schwanz legte. Augenblicklich drohte es, eng in meiner Hose zu werden. Noch bevor ich meine Fantasien wahr werden ließ, wuchtete ich mich mit einer kraftvollen Bewegung aus dem Pool.

»Okay«, sagte sie versöhnlich und streckte mir ihre Hand entgegen. »Helfen Sie mir raus?«

»Ausnahmsweise«, scherzte ich und packte ihre Hand.

Im nächsten Moment spürte ich einen Ruck und fiel ins Wasser. So ein kleines Biest!

Als mein Kopf wieder über Wasser war, hörte ich den blonden Teufel lachen. Mit zwei kräftigen Zügen war ich bei ihr, drückte sie kurz unter Wasser und zog sie wieder hoch. Prustend klammerte sie sich an den Beckenrand. Sehr nahe bei mir. Die Wassertropfen glitzerten auf ihrer leicht gebräunten, samtweichen Haut, ihre Lippen waren voll und verführerisch. Verdammt, ich konnte meinen Blick einfach nicht von ihr nehmen. Es drängte mich, sie an mich zu ziehen, sie zu berühren, ihr das Shirt auszuziehen und mich zu vergewissern, ob ihre Haut wirklich so zart war, wie sie aussah.

»Das war … das war …«, sagte sie und lächelte dabei.

»… für die Ohrfeige. Jetzt sind wir quitt, schätze ich.«

»… gemein war das!« Sie holte mit dem Arm aus und schaufelte mir eine Ladung Wasser ins Gesicht.

»Ich zeig dir, was gemein ist«, stieß ich lachend hervor, riss sie an mich und presste meinen Mund auf ihre vollen, unglaublich weichen Lippen. Zu meiner Verblüffung legte sie ihre Hände an meinen Hinterkopf und erwiderte den Kuss – erst zögerlich, dann mit einer Hingabe, die meinen Schwanz auf der Stelle hart wie einen Obelisken werden ließ. Meine Hände wanderten unter ihr Shirt und ich küsste sie mit einer Aggressivität, die ich so von mir nicht kannte. Ihr Geschmack war betörend, eine reizvolle Mischung aus Sommer, Chlorwasser, Kaffee und einer ganz eigenen Note dieser Frau.

Unsere Zungen spielten miteinander und wir sahen uns dabei in die Augen. Alles war blau. Blaues Wasser, blaue Augen. Und diese Augen zogen mich in eine mir bislang unbekannte Welt. Ein Rest meines Verstandes warnte mich, dass ich sofort abbrechen musste, sonst … Ich stöhnte auf, denn sie strich mit ihren Fingern an meinem Rücken hinab und krallte ihre Fingernägel in meinen Po. Damit nahm sie mir ohne Umwege jede Hemmung. Mit einem erstickten Laut presste ich sie gegen die Fliesen und drückte meinen erigierten Schwanz an ihren Unterleib. Als Antwort legte sie den Kopf in den Nacken, stöhnte kehlig, was mich nur noch mehr anstachelte, und umschlang meine Mitte mit ihren Beinen. Kein Entrinnen. Ich konnte nicht genug von ihr bekommen, von ihren schönen, kleinen, runden Brüsten, deren Brustwarzen sich durch das nasse Shirt abzeichneten, von ihrem sinnlichen Mund, den vollen Lippen, der süßen Nase und ihren wilden Locken, die sich nass um ihr hübsches Gesicht legten. Ich packte sie mit beiden Händen am Hintern, und sie hob den Kopf und lächelte. In ihren Augen stand pure

Lust. O Mann, wer hätte das vermutet? Dann biss sie mir in die Unterlippe und wir versanken in einen aufgewühlten Kuss. Scheiß auf alle Bedenken, auf alle Vorsätze und Pläne! Jetzt gab es nur noch diese Frau, ihre Lippen, ihren Körper, ihren Duft. Ich musste sie haben. Sofort!

»Darf ich?« Scharf bis zum Anschlag zog ich ihr Shirt und BH aus, und sie ließ es geschehen. Oh, welch wundervolle kleine, pralle Titten! Mein Verstand hatte sich mittlerweile verabschiedet, der Körper übernahm die Regie. Und der wollte ficken. Wie im Taumel saugte und leckte ich an ihrer Brustwarze. Hanna stöhnte auf und bog sich mir entgegen. Gott, ich musste diese Frau haben, daran ging kein Weg mehr vorbei.

Schon griff ich nach meinem Schwanz, um ihn aus den Shorts zu befreien und …

Stopp! Nein! Das durfte ich nicht tun. Etwas in mir riss mich gewaltsam aus dem sexuellen Rauschzustand.

Schlagartig wurde mir klar, dass Hanna mehr für mich bedeuten könnte, und wenn ich sie erst einmal gevögelt hatte, würde ich nicht mehr von ihr lassen können. Ich war dabei, einen verdammt großen Fehler zu begehen. Wenn ich schon hemmungslos einfach ficken wollte, sollte ich das mit einer Frau tun, die nur unterhalb der Gürtellinie mein Interesse fand. Eine, die sich nicht in mich verlieben würde. Eine, in die ich mich nicht verlieben könnte.

»Verzeihung«, sagte ich, stieß mich energisch von ihr ab. »Das geht etwas zu weit, ich denke, wir sollten das nicht tun.«

Hannas Gesicht war leicht gerötet, ihr Blick voll von fiebriger Erregung – wahrscheinlich genau wie meiner. Ihr Brustkorb hob und senkte sich schnell im Rhythmus ihres Atems.

»Ja, okay. Ja, da hast du wahrscheinlich recht.« Sie lächelte verlegen und tauchte bis zum Brustansatz ins Wasser ein. »Das ist wohl so im Urlaub, hm? Der Sommer, die Wärme, das Wasser …« Sie angelte nach ihrem Shirt, zuckte mit den Schultern und lächelte so süß, dass ich kaum glauben konnte, eben noch zwischen den Beinen einer heißen Löwin gefangen gewesen zu sein. Dabei sah sie mich nicht direkt an, sondern diagonal nach unten und strich ihre Haare nach hinten. Das gab mir den Blick auf ihren schön geschwungenen Hals frei. O ja, die Körpersprache offenbarte das, was der Mund nicht sagte. Alle Lebewesen kommunizierten so, meistens unbewusst und instinktiv. Hunde beispielsweise legten sich auf den Rücken und zeigten ihre Weichteile, wenn sie sich jemandem unterwarfen. Eine Frau zeigte den Hals, und dort die empfindlichste Stelle: ihre Halsschlagader. Hannas Körper hatte mir soeben mitgeteilt, dass sie sich sehr zu mir hingezogen fühlte. Das hatte nichts mit Sex zu tun, sondern mit dem Herzen. Und dass sie mir ihren Hals anbot, war gleichzeitig als Angebot als auch als Frage zu verstehen. *Ich mag dich, aber … Küsst du oder bist du bissig?*

Hanna

Ob mein Zittern zu sehen gewesen war, als ich mir das Shirt angezogen hatte? Das nasse Shirt, wohlgemerkt. Hölle, war das schwer, dieses Mistding über meine Brüste und den Bauch zu ziehen. Halb unter Wasser schier unmöglich. Nebenbei … Warum kochte das Wasser um mich herum eigentlich nicht? Das wäre nur die logische Folge, so erhitzt war ich von seinen Küssen und seinem Körper. Ich wusste nicht, ob ich erleichtert, enttäuscht oder entrüstet sein sollte, als er sich plötzlich und unerwartet von mir gelöst und gesagt hatte: »Verzeihung. Das geht etwas zu weit, ich denke, wir sollten das nicht tun.«

Verschämt hatte ich irgendetwas gestammelt, doch alles in mir hatte geschrien: »Doch! Genau das sollten wir jetzt tun!

Du kannst mich doch nicht am ausgestreckten Arm verhungern lassen!«

Es erstaunte mich, wie sehr mich dieser Mann erregte und dass er mich überhaupt so weit bringen konnte, dass ich auf der Stelle mit ihm geschlafen hätte. Das Sehnen zwischen meinen Beinen war kaum auszuhalten und am liebsten würde ich jetzt mit meinen Fingern über seine harte, nasse Brust fahren, über seine Bauchmuskeln streichen und mich an ihn pressen. Doch was wäre danach? Eine schnelle Nummer und Tschüss. Man sieht sich. Vielleicht in Heidelberg? Vielleicht beim nächsten Urlaub in Friesland? Plötzlich kam ich mir vor wie eine Touristin, die auf einen attraktiven Animateur hereingefallen war. Nicole hatte mir mal erzählt, dass es in einem weltweit vertretenen Ferienklub eine Regel unter den männlichen Animateuren gab: Code twentyfour. Das hieß, erst vierundzwanzig Stunden vor der Abreise des Lustobjekts wurde gepimpert. Dann hingen die Frauen ihnen nicht tage- oder wochenlang auf der Pelle.

Ich schluckte. Nein, so eine wollte ich nicht sein. Andererseits hatte ich mehr als vierundzwanzig Stunden vor mir. Oh, oder doch nicht?

»Möchtest du etwas trinken«, fragte Jan von oben.

War ich so in Gedanken gewesen, dass ich gar nicht gemerkt hatte, wie er aus dem Pool gestiegen war? Wahrscheinlich. Wie selbstverständlich waren wir zum Du übergangen. Na ja, irgendwie logisch, wer siezt sich schon, wenn man kurz davor ist, wichtige Körperteile ineinanderzustecken. *Oh ja, kommen Sie, kommen Sie! Jetzt!* Nee, also wirklich nicht.

»Hast du Kaffee?«, fragte ich und beschloss, im Wasser zu warten, bis er hineinging, um die Getränke zu holen. Das gab mir eine Gelegenheit, BH und T-Shirt auszuwringen. Denn komischerweise schämte ich mich plötzlich bei dem Gedanken, mich ihm halb nackt zu präsentieren.

»Kaffee? Natürlich nicht.«

Der hatte keinen Kaffee? Ernsthaft? Das kickte ihn unmittelbar von der Liste potenzieller Herzkandidaten. Blöd nur, dass er da als Einziger draufstand. Alex hatte sich ja vorher schon ins Aus geschossen.

»Scherz, klar habe ich Kaffee. Wie trinkst du ihn?«

»Blond und süß.«

»Wie auch sonst.« Er zwinkerte mir zu und ging hinein.

Er würde einen Moment brauchen, so hatte ich Zeit. Ich hievte mich aus dem Pool, kniete mich davor und drehte das Wasser aus dem BH. Jetzt das Shirt. Umständlich und mit einigen Flüchen zog ich es hoch, blieb aber mit dem Kopf im nassen Stoff hängen.

Über mir hüstelte es. »Hier, ein trockenes Shirt für dich. Und eine Sporthose. Sie wird dir etwas zu groß sein, aber du kannst sie an der Taille schnüren.«

»Oh, danke«, murmelte ich unter dem T-Shirt und war mir durchaus bewusst, dass er gerade freien Blick auf meine Hannas hatte. Wie peinlich. »Sehr freundlich.«

»Gerne. Kaffee ist gleich fertig.«

Ich hörte, wie er hineinging, und atmete erleichtert auf. Schnell zog ich das Shirt und die Hose aus. Slip auch, der war ja ebenfalls nass. Anschließend schlüpfte ich hastig in die grauen Shorts aus dickem Baumwollstoff und in das weite weiße Shirt. Den BH und den Slip wickelte ich ins nasse Shirt und legte es auf die Hose. Aufhängen konnte ich das später hinter der Mühle.

Hinter mir hechelte es. Floyd. Ich hatte mich schon gewundert, wo er abgeblieben war. Er saß vor der Sitzgruppe aus Teakholz und hatte den Kopf leicht schief gelegt. Die Zunge hing ihm seitlich aus dem Maul. Er sah aus, als würde er sich amüsieren.

»Na, Floyd? Hat's Spaß gemacht, eine Zweibeinerin ohne Fell nackt zu sehen?«

»Ich weiß ja nicht, ob ein Hund diesen Anblick zu schätzen weiß.« Jan kam zurück und stellte ein Tablett mit zwei Tassen Kaffee, Zucker und Milchkännchen auf den Tisch.

Ich setzte mich und zog eine der Tassen zu mir. »Wo war Floyd eigentlich die ganze Zeit?«

»Wahrscheinlich auf der Récamiere im Schlafzimmer, sein Lieblingsplatz. Er hat geschlafen, wie fast immer. Wusstest du, dass Hunde etwa zwanzig Stunden am Tag schlafen?«

»Fressen, Gassi, spielen, schlafen«, sagte ich und gab Milch und Zucker in den Kaffee. »Feine Sache. Hund müsste man sein.«

»Leider fehlt in dem Tagesablauf etwas sehr Essentielles.« Auch Jan nahm Zucker. Nicht nur einen Teelöffel, sondern fünf.

»Und was? Oh, okay … Ich weiß schon, was du meinst. Ja, da haben viele Haustiere das Nachsehen. Trinkst du Kaffee mit Zucker oder Zucker mit Kaffee?«

»Keine Ahnung, daran überlege ich noch herum.«

Ich kicherte und wich seinem Blick aus. Denn der sorgte dafür, dass es mir überall kribbelte.

So schwiegen wir eine Weile und nippten an unseren Tassen. Floyd legte seinen Kopf auf Jans Oberschenkel und schloss die Augen, während Jan ihn kraulte. Schöne Hände hatte er. Also Jan, nicht Floyd.

Viel zu schnell war der Kaffee leer. »Und jetzt?«, durchbrach ich die Stille. Die Dinge beim Namen zu nennen, ist immer das Ehrlichste und Beste. »Aktuell ist es uns beiden wohl etwas peinlich, das wir … Also, da eben im Pool.« Ich blies die Backen auf und spielte mit der Tasse. »Ich weiß ehrlich gesagt auch nicht, was da in mich gefahren ist.« Unsicher hob ich den Blick. Und war verwirrt. Warum grinste er jetzt so anzüglich?

»Es ist ja nichts in dich gefahren.« Er zwinkerte. »Leider.«

»Äh … Moment mal. Wer hat denn bitte schön einen Rückzieher gemacht?«

Im Nachhinein war ich echt dankbar drum, hätte das aber niemals zugegeben.

»War ein Scherz«, schob er versöhnlich hinterher. »Und ich finde es gar nicht peinlich, sondern eher … sehr anregend. Ich schlage vor, wir lernen uns besser kennen. Fangen wir noch mal von vorne an?«

»Wo genau soll das sein? Im Pool?«

»Der Punkt geht an dich! Möchtest du etwas anderes trinken? Wein? Wasser?« Er beugte sich seitlich hinunter zu einem weißen, runden und sehr stylishen Hocker, der offenbar keiner war, denn er klappte ihn auf. Darin befanden sich einige Flachen. Das war ja mal eine hübsche Kühlbox.

»Ja.«

»Ja, was?«, fragte er irritiert nach.

»Schorle. Weißwein und Wasser. Wenig Wein, bitte.«

Er lachte, stellte das Gewünschte auf den Tisch, zauberte aus einem weiteren Hocker zwei Gläser hervor und schenkte uns ein. Dann hob er sein Glas. »Auf den Moment, Hanna.«

»Auf den Moment.« Was immer er auch damit meinte. Nickend hob auch ich das Glas und nippte daran. Es wurde Zeit, Fragen zu stellen, die mir wichtig waren. »Jan, das mit dem Kind in der Mühle tut mir leid. Es muss furchtbar sein, sein Kind zu verlieren. Ich kann jetzt verstehen, dass du besorgt bist.«

Lange sah er mich an, bevor er antwortete. »Es war nicht mein Kind, Hanna.«

»Nicht?« Ich ließ mich nach hinten in den Stuhl fallen.

»Nein, ein befreundetes Paar war betroffen. Es ist schon ein paar Jahre her. Es ist im Teich ertrunken, er war nicht sehr hoch, wenige Zentimeter, nicht mal kniehoch.«

»Der Kieshaufen …«

»Ja.« Sein Blick wirkte unstet, und ich begriff, dass er nicht mehr erzählen wollte oder konnte. Das war absolut okay für mich.

»Wie schrecklich«, flüsterte ich und griff zum Weinglas,

trank aber nicht. Floyd hatte sich mittlerweile wieder schlafen gelegt.

Wieder herrschte Schweigen, ein fast schon unangenehmes. Plötzlich sagte er: »Das Mädchen ist deine Nichte?«

»Mhm, ja.« Ich blinzelte gegen die Sonne.

»Deine Schwester kam unangemeldet, hast du gesagt«, erkundigte er sich weiter und ich fragte mich, weshalb ihn das interessierte. Ich würde Caro und Marie irgendwo anders unterbringen müssen. Fertig. Vielleicht doch bei Adele? »Warum?«

»Wie, warum?«

»Warum kam sie einfach so, ohne sich anzukündigen? Macht sie das öfter?«

Hastig nahm ich einen winzigen Schluck von der eisgekühlten Weinschorle. Zu viel durfte ich nicht trinken, ich musste ja noch Auto fahren. »Nein, sie hat ein akutes Problem.«

Ich stockte. Sollte ich ihm das erzählen? Ja, warum eigentlich nicht. »Sie hat einen neuen Job und sich in ihren Chef verliebt. Sie haben miteinander geschlafen. So weit, so prickelnd. Leider ist er verheiratet.«

»Hm, das ist unglücklich gelaufen, aber verheiratet zu sein, bedeutet noch lange nicht, dass die Liebe noch da ist.«

Nachdenklich drehte ich das Glas in der Hand. »Da ist was dran. Aber was sie erzählte, klang alles nach der üblichen Nummer, die verheiratete Männer oft abziehen. Sie vögeln eine aus dem Büro und versprechen ihr, dass sie sich scheiden lassen. Und das tun sie immer wieder, jahrelang. Die Dumme ist immer die Frau. Bist du eigentlich verheiratet?« Der letzte Satz war mir einfach so herausgeschlüpft und ziemlich dämlich obendrein. Schließlich wies hier in seinem Haus nicht das Geringste auf eine Frau hin. »Sorry, geht mich nichts an.«

»Ich bin weder noch war ich jemals verheiratet.«

»Ah, okay«, erwiderte ich scheinbar desinteressiert, doch

mein Herz machte einen kleinen Hüpfer. Und dann schlich sich Max in meine Gedanken.

Irgendwo tief in meinem Herzen suchte ich nach ihm, nach der Liebe, die uns so viele Jahre verbunden hatte. Ja, da war noch etwas. Kein Bedauern, keine Wut, keine Verzweiflung, nur eine Nadel auf der Landkarte des Lebens. Es tat nicht mehr weh. Konnte das so schnell gehen, sollte es tatsächlich so einfach sein? So viele Jahre, so viel Liebe und so viel Schmerz. Und mit einem Sprung ins Wasser war das alles vorbei? Vielleicht. Ja, vielleicht, wenn der Richtige vor einem stand und man plötzlich eine leise Ahnung bekam, dass alle anderen Männer davor niemals die Richtigen hätten sein können.

Jan

In mir kämpfte immer noch die Vernunft gegen das Gefühl. Meine Gedanken drehten sich nur noch um Hanna und wie ich sie beinahe gevögelt hätte. Beinahe. Für gewöhnlich hätte ich mir so eine Gelegenheit nicht nehmen lassen und den Tag zur Nacht gemacht. Unverbindlich, versteht sich, ohne Anspruch auf eine Wiederholung. Und schon gar nicht im Hinblick auf eine feste Beziehung. Und jetzt saß mir diese bezaubernde Frau gegenüber und ich wollte sie einfach nur in den Arm nehmen, über ihre wilden, goldenen Locken streichen und ihr sagen, dass alles gut wird.

»Deine Schwester und deine Nichte können bleiben«, hörte ich mich sagen und war selbst überrascht. Spontan hatte ich meinen Vorsatz aufgegeben, dass niemals wieder ein Kind an oder in der Mühle sein durfte. Überraschenderweise blieb das Gefühl des drohenden Unheils aus.

»Dein Ernst?« Mit großen Augen sah sie mich an.

»Nein, ich scherze nur. Natürlich ist das mein Ernst.« Ich

füllte mein Glas mit Wein auf, die Schorle schmeckte zu wässrig. Dünn, fade. Zwangsläufig drängte sich mir der Vergleich zu den letzten zwei Jahren meines Lebens auf. Die hatten einen ähnlichen Geschmack gehabt. Nun, es sah alles danach aus, als würde sich das jetzt ändern. »Zum Wohl, Hanna«, sagte ich lächelnd und nahm einen langen Schluck. Es tat gut zu sehen, wie erleichtert sie wirkte.

»Ich weiß gar nicht, was ich sagen soll.« Sie legte ihre Hand auf meine. »Ich verspreche dir bei meinem Leben und dem von Mr. Brumm, dass ich aufpassen werde. Marie wird nichts geschehen. Danke, Jan!«

»Mr. Brumm?«, fragte ich amüsiert nach.

Leider zog sie jetzt ihre Hand weg, lehnte sich zurück und schlug ein Bein über das andere. Meine Shorts standen ihr ausgesprochen gut. »Mein Teddy aus Kindertagen. Das ist so eine Macke von mir. Mein Ex ...« Sie unterbrach kurz und überlegte wohl, ob sie weiterreden sollte. »Ach, egal. Mein Ex hat sich immer darüber lustig gemacht. Na ja, ich habe vielleicht ein bisschen übertrieben.«

»Mit Mr. Brumm? Was um Gottes willen hast du denn mit dem Teddy getrieben?«

»Getrieben?« Sie richtete sich gerade und eine kleine senkrechte Falte grub sich zwischen ihre Augenbrauen. Dann lachte sie los. »Ach du liebe Güte, nein. Das heißt, wenn du Sexspielchen meintest. Nein ... O Gott, wie kommst du nur auf so was?«

»Das hatte ich zwar nicht gemeint, aber es erleichtert mich gerade ungemein.«

»Ja, mich auch, irgendwie. Und warum grinst du jetzt so komisch?«

»Weil ich dich eigentlich etwas fragen wollte, schon vorhin. Deshalb war ich an der Mühle.«

Den Kopf interessiert schief gelegt, verschränkte sie die Arme. »Jetzt bin ich aber gespannt, wie das zusammenhängen soll.«

»Ganz einfach. Ich brauche am Montag eine Kuscheltierärztin.«

»Du verarschst mich«, sagte sie skeptisch. Wie süß sie aussah, wenn sie die Stirn runzelte.

»Nein.« Ich hob beide Hände. »Ein Mädchen braucht für ihr Stofftier eine spezielle Frau Doktor, die blond sein soll. Ihre Freundin hat ihr erzählt, dass es so eine gäbe. Und die hat ihren Hasen wohl gefunden und repariert und … Moment! Warst du das vielleicht?«

»Hase, ja. Er hing in einem Gebüsch und ein Auge fehlte. Ich habe ihn gewaschen, auf Vordermann gebracht und in der Bäckerei abgegeben.«

Mit der flachen Hand schlug ich auf den Tisch. »Das ist ja ein Ding!« Dann beugte ich mich vor. »Würdest du am Montag für etwa eine Stunde in meiner Praxis für das Mädchen die Frau Doktor spielen? An dem Stofftier ist ein Arm lose. Nähzeug habe ich, Verbandszeug auch.«

Sie verzog keine Miene, sondern fixierte nur nachdenklich irgendeinen Punkt auf dem Tisch zwischen uns. Schließlich hob sie den Kopf und ihr Blick wurde weich. »Das ist ja so süß, Jan. Ja, ich würde. Also, ich will. Mein Gott, wie hört sich das denn an?« Kichernd nahm sie einen Schluck aus dem Glas, stellte es ab und nickte. »Klar mache ich das. Welche Uhrzeit?«

»Irgendwann am Vormittag, die Mutter wird anrufen. Ich wusste ja nicht, ob ich eine Frau finden würde, die diesen Job übernehmen kann. Mich wollte das Mädchen nicht akzeptieren.«

»Nun, ich denke, du hast sie gefunden. Mach ich wirklich gerne. Ist so ein Hobby von mir, alte Stofftiere aufzuhübschen und sie dann zu verschenken. Irgendwie hat doch auch ein Stofftier eine Seele, oder? War es schließlich mal der ständige Begleiter und Freund eines Kindes, so wie bei Mr. Brumm und mir, da sollte es nicht beschädigt und unbeachtet irgendwo verrotten. Ich habe selbst noch einige aus meiner

Kindheit behalten, weil sie einfach zu mir und meiner Geschichte gehören. Man hebt alles Mögliche auf, die ersten Schuhe, Fotos … Das Lieblingsstofftier manchmal nicht. Wie auch immer, Max hat das nie verstanden und sich darüber lustig gemacht. Da tut es gut zu sehen, wie ... Egal. Du und Max, ihr seid so unterschiedlich wie Tag und Nacht. Das beginnt schon damit, dass du blond bist und er … Ach, ich denke, ich rede zu viel. Es wird Zeit, zurück zur Mühle zu fahren, die anderen fragen sich bestimmt, wo ich bleibe.«

Das kam abrupt. Perplex über den schnellen Aufbruch stand ich ebenfalls auf. »Schade, aber ich verstehe. Deine Schwester und dein Bruder sind ja erst heute angekommen.«

Ich brachte sie zur Tür und hielt sie ihr auf.

»Also dann … Und danke noch mal für die trockenen Klamotten, ich werde sie waschen und sie dir zurückgeben. Oh, ich hab meine nassen Sachen vergessen! Darf ich sie noch holen?«

Lächelnd stemmte ich meine Hand in den Türrahmen, sodass sie nicht hinein konnte. »Wie wäre es, wenn ich im Gegenzug deine Sachen wasche?«

»Was? Nein!«, sagte sie energisch, als hätte ich ihr einen unziemlichen Vorschlag gemacht.

»Warum nicht?«

Verlegen strich sie sich die Locke aus der Stirn. Ich mochte diese Geste sehr an ihr. »Weil … weil … die sind ja nicht schmutzig, nur nass.«

»Und riechen nach Chlor. Warum wehrst du dich so dagegen? War nur ein Angebot.«

»Herrgott, da ist mein Slip dabei!«

»Oh, du hast also die ganze Zeit …?«

»Nein, habe ich nicht. Wenn ich jetzt bitte meine Klamotten haben dürfte?«

»Warte, ich hol sie dir schnell. Das darf ich doch, oder?«

Kurz darauf kam ich mit ihrem Bündel zurück, das ich in eine Plastiktüte gelegt hatte. »Hier, bitte schön. Und sag doch

Juli bitte, dass ich morgen Abend gerne zum Grillen komme.«

Sie presste die Tüte an sich und strahlte mich an. »Mach ich. Bis morgen Abend dann?«

»Bis morgen Abend«, sagte ich und stellte verblüfft fest, dass ich mich sehr darauf freute. Nach so langer Zeit freute ich mich auf ein Beisammensein an der Mühle. Ich konnte es immer noch nicht glauben, was für eine Wandlung ich gerade durchmachte. Wo war der Haken? Wenn etwas zu gut lief, war immer irgendwo ein beschissener Haken.

Hanna sprang ins Auto, ließ das Fenster hinunter und winkte mir zu. Dann fuhr sie vom Hof. Ich sah dem Wagen hinterher, bis er um die Kurve bog.

Was hatte sie vorhin gesagt? *Max hat das nie verstanden … Ihr zwei seid verschieden wie Tag und Nacht. Du bist blond …*

Max, dunkelhaarig … Irgendetwas klingelte in meinem Kopf, und ganz allmählich schob sich eine etwas ältere Erinnerung hoch. Ein schmieriger Typ am Hamburger Flughafen, eine Handtasche, ein fast verschütteter Kaffee. Und eine Frau mit blonden Locken, aber ohne Namen.

Gedanklich schlug ich mir an die Stirn. Natürlich! Hanna Süß! Sie war nicht nur die Frau vor der Eisdiele in Heidelberg, sondern auch die entzückende Blonde vom Flughafen ein halbes Jahr zuvor. Und ganz offenbar hatte sie sich von diesem Max getrennt.

Gute Entscheidung!

KAPITEL 12

Hanna

Keine Ahnung, wie ich zurück zur Mühle gekommen war, ohne einen Unfall zu bauen. Während der kurzen Fahrt konnte ich nur an Jan denken und an das, was beinahe im Pool passiert wäre. Allein der Gedanke an seinen Körper, an seine Hände und seine Küsse wühlte mich so auf, dass mein Herz schneller schlug.

Darüber hinaus hätte ich ausflippen können vor Freude, dass Caro und Marie in der Mühle bleiben durften. Ich freute mich wie blöd, es den anderen zu erzählen. Wie einfühlsam, dass sie mich nicht auf dem Handy angerufen hatten, denn ich war mehrere Stunden bei Jan gewesen, auch wenn es sich im Nachhinein nur wie wenige Minuten anfühlte. Jetzt war es schon nach vier Uhr am Nachmittag.

An der Mühle angekommen stieg ich aus dem Auto. Ein kühler Wind zog auf und es fröstelte mich leicht in den kurzen Hosen. Die Temperatur musste um mindestens fünf

Grad gefallen sein. Wahrscheinlich saß deswegen keiner draußen.

Mit Handtasche und Tüte trat ich in die Mühle. Gitarrenmusik erfüllte den Raum und es duftete verlockend nach Gemüsesuppe. An den Türrahmen gelehnt sah ich, wie Juli und Nicole am Herd standen und geschnittenes Gemüse in einen riesigen Topf warfen. Benni saß halb auf dem Tisch, hatte einen Fuß auf dem Stuhl abgestellt und spielte den Song Hotel California auf der Gitarre, Juli sang schief mit und Caro kauerte mit angezogenen Knien auf der Bank, in ihren Armen eines der blau-weißen Kissen. Wo war Marie? Ah, wahrscheinlich hatte Caro sie für ein spätes Mittagsschläfchen hingelegt. Es musste ein anstrengender Tag für die kleine Maus gewesen sein.

Diese Szene vor mir hatte so etwas Behagliches und auch Vertrautes, dass ich, an den Türrahmen gelehnt, stehen blieb. Alle Menschen, die in mein Leben gehörten, waren hier. Selbst Juli gehörte irgendwie dazu, denn ich hatte die quirlige Person in mein Herz geschlossen.

Zuhause – das war immer dort, wo die Menschen waren, die man liebte. Das wurde mir plötzlich klar.

Kaum zu fassen, aber es war erst wenige Tage her, dass ich den Job verloren und Max mit mir Schluss gemacht hatte und die Welt für mich unterging. Jetzt war ich hier und konnte immer noch nicht ganz begreifen, wie schnell sich alles ändern konnte. Ich freute mich, dass wir alle zusammen in dieser putzigen, uralten Mühle waren. Für einen kurzen Moment streifte mich der Gedanke, dass ich eigentlich für immer hierbleiben wollte. Hier, in diesem kleinen Dorf direkt am Meer. Flachland statt Berge. Bis zum Horizont sehen können anstatt nur bis zum nächsten Hügel oder … bis zum Heidelberger Schloss. Ich fühlte mich entschleunigt, entspannt, glücklich.

Ach, das war doch immer so im Urlaub, oder? Ich sollte mit dem Träumen aufhören.

In diesem Moment drehte Nicole sich um, sah mich, legte das Messer zur Seite und kam auf mich zu. »Hanna! Da bist du ja.«

Benni hörte auf zu spielen. »Hi, Schwesterchen. Schöne Zeit gehabt?« Und Caro atmete hörbar und offensichtlich erleichtert aus. »Gott sei Dank, wir haben uns schon Sorgen gemacht.«

»Hanna ist da?«, fragte Juli, ohne sich umzudrehen. »Essen ist fertig!«

Ich lächelte. »Alles gut! Ich habe einen Bärenhunger! Und eine Neuigkeit.«

»Neuigkeit?« Nicole nahm mir die Tüte aus der Hand. »Hat das was mit der Tüte zu tun? Was ist denn da drin?«

»Neugierig bist du ja gar nicht. Nasse Klamotten. Und ja, hat was mit der Neuigkeit zu tun.« Statt einer Antwort zog sie eine Augenbraue hoch und ich sagte: »Ich erzähl es dir später.«

»Genau«, bestimmte Juli resolut. »Das kannst du beim Essen tun, wir wollen es alle wissen. Jetzt steh nicht rum, mach dich nützlich und stell Teller auf den Tisch. Caro, leg mal das Kissen weg, das Besteck fliegt nicht von alleine aus dem Kasten.«

Ich lachte und holte die Teller aus dem Schrank. Ja, so fühlt sich Familie an. Und Freundschaft.

Während wir aßen, erzählte ich, was sich bei Jan zugetragen hatte. Natürlich ließ ich den Fast-Sex im Pool weg. Dafür schmückte ich den Sturz ins Wasser und die Rettung etwas aus. Nicole allerdings schielte mich skeptisch an. Ich formte mit den Lippen ein »Später«. Sie verstand und nickte.

»O Gott, was ein Glück«, stöhnte Caro. »Ich hatte schon vor, heute wieder abzureisen. Deswegen habe ich auch nicht alles ausgepackt.«

»Schläft Marie?«, fragte ich überflüssigerweise.

»Ja, sie ist hier auf der Bank eingeschlafen, kurz bevor du

gekommen bist, und ich habe sie zu Mr. Brumm ins Bett gelegt. Sie war hundemüde.«

»Ist ja auch kein Wunder. Der Tag hatte für die Kleine einen ungewohnten Rhythmus, alles ist fremd für sie gewesen«, bekräftigte ich. Gerne wäre ich jetzt zu ihr gegangen, aber ich fürchtete, sie zu wecken. Später war auch noch früh genug. »Jetzt zu dir, Benni. Warum bist du eigentlich hier?«

Er zuckte mit den Schultern. »War spontan.«

»Aha? Und weiter?«

Juli, die neben ihm saß, gab ihm einen Stups, er blies die Backen auf und fuhr fort. »Meine Bandjungs haben mich hängen lassen. Keiner wollte mit der Band durch Deutschland touren. Keine Zeit, Studium hier, Job da. Alleine geht's dann auch irgendwie nicht. Und bevor ich anfange, an der Pop-Akademie in Mannheim zu studieren, dachte ich, besuche ich mal Hanna in Friesland.« Jetzt grinste er mich an wie ein Lausejunge und die Erleichterung überrollte mich mit Highspeed.

»Du willst an die Pop-Akademie? Wie klasse ist *das* denn?«

»Danke. Weiß noch nicht, ob ich angenommen werde, aber ich denke schon. Zumindest gehe ich mal stark davon aus.«

Das gab mir einen Dämpfer, doch Juli sah das offenbar anders. »Dein Bruder ist spitze! Klar nehmen sie ihn!«

Plötzlich ging die Tür vom Schlafzimmer auf, eine kleine, so sehr verschlafene Marie tappte zu uns und rieb sich die Augen. »Tante Hanni, darf ich auf deinen Schoß?«

»Aber klar, Süße, komm.« Ich hob sie hoch. »Magst du ein bisschen von der Suppe?«

Caro sprang sofort auf und füllte etwas Suppe in eine Schale. Nach zwei Löffeln fragte Marie: »Gehen wir gleich alle zusammen ans Meer?«

»Ans Meer, jetzt noch? Es ist ja schon … okay, erst kurz vor sechs.« Dass die Maus noch mal so hochfahren konnte, überraschte mich. Ich würde nach einem Nickerchen bis zum frühen Abend wahrscheinlich den Rest des Tages tranig rumlaufen. Aber ich war ja auch kein Kind mehr, da galten andere Gesetzmäßigkeiten. »Du solltest dir ein Jäckchen anziehen, es ist windig draußen, und kühler als heute Mittag ist es auch.«

»Mach ich. Und Wind ist toll.«

~

Eine halbe Stunde später spazierte ich neben Nicole am Strand entlang und hielt meine Flip-Flops in der Hand. Der Sand war angenehm warm, ab und zu umspülte kühles Wasser meine Füße. Die anderen tobten im knöcheltiefen Wasser, wobei Benni die vor Spaß jauchzende Marie auf den Schultern trug und über kleine Wellen hüpfte. Der Wind hatte sich gelegt, somit auch die Kühle. Die tief stehende Sonne tauchte alles in goldenes Licht. Es war eine wunderbare Zeit für den Strand. Tief atmete ich durch, ließ meine Blicke schweifen und fühlte mich so wohl und entspannt wie lange nicht mehr.

»Schieß los. Was ist da heute Mittag im Pool bei diesem Heini wirklich passiert?«, wollte Nicole wissen und ich sah ihr an, dass sie vor Neugier fast platzte. »Ich ahne etwas, aber ich will sichergehen, ob ich mich nicht täusche.« Plötzlich zeigte sie mit dem Finger auf mich und grinste. »Ha! Du wirst rot!«

»Ach was, das ist nur das Licht. Außerdem ist er kein Heini, sondern ein sehr netter Tierarzt«, sagte ich schmunzelnd, strich mir unwillkürlich über die Wangen und drehte den Spieß um. »Aber was ahnst du denn?«

»Du hast dich verliebt!«, sagte sie und nickte kurz, als wäre ihre Vermutung das unumstößliche Ergebnis einer umfangreichen Ermittlung.

»Tja.« Ich hüpfte über ein Stück Treibholz. »Was soll ich sagen? Treffer, versenkt. Ich fürchte, du hast recht.«

Sie zog eine ihrer perfekt gezupften Augenbrauen hoch. »Du fürchtest? Wieso, wenn er doch so ein netter Arzt ist? Unabhängig davon … er sieht wirklich, wirklich heiß aus, aber er hat entweder einen Dachschaden oder ein Problem mit Kindern.«

»Hanni, guck mal!«, rief Marie. »Ich fliiiiiiege!« Sie hatte die Arme ausgebreitet und Benni hielt sie an den Beinen, brachte den Oberkörper in leichte Schräglage und machte dabei Flugzeuggeräusche.

Ich lächelte und hob den Daumen, dann beantwortete ich Nicoles Frage, indem ich ihr alles erzählte. Angefangen von dem schrecklichen Abend mit Alex bis hin zu meinem Einsatz als Frau Doktor für Kuscheltiere am Montag.

Bis ich endlich geendet hatte, befanden wir uns schon wieder auf dem Rückweg.

»Interessant«, sagte sie nur.

Plötzlich rempelte mich Juli im Vorbeilaufen an. Korrigiere: im Vorbeidüsen. Hinter ihr Benni mit einer vor Freude quietschenden Marie auf den Schultern.

»Wir gehen schon mal vor. Bis gleich«, stieß Juli atemlos hervor.

Dann waren Nicole und ich wieder alleine.

»Ach Nicole … So kurz nach einer Trennung kann man sich einfach nicht schon wieder verlieben«, knüpfte ich an das Gespräch an. »Das geht doch nicht. Das ist nichts weiter als eine doofe Übersprunghandlung, oder? Verliebt … Das kann eigentlich nicht sein, weil …« Ich fuchtelte mit den Händen in der Luft herum. »… weil ich immer noch nicht über Max hinweg bin.« Ich hörte mich die Worte sagen, merkte jedoch gleichzeitig, dass ich mir selbst nicht glaubte.

»Hm …« Nicole kniff die Augen zusammen, steckte die Hände in ihre Jeanstaschen und kickte Sand vor sich her.

»Ja, genau. Hm. Du siehst es also genauso.«

»Du redest Bockmist!«

»Ach ja? Definiere Bockmist.«

Sie blieb unvermittelt stehen und drehte sich Richtung Meer. »Es ist schön hier. Man kann so weit gucken. Und die Luft ist so frisch. Und es ist leise. Kein Stadtlärm, wenige Autos. Keine Hektik, das hat was.«

Skeptisch trat ich neben sie und sah sie von der Seite an. Was sollte das jetzt? Ich kannte meine Freundin gut genug, um zu wissen, dass sie auf etwas hinarbeitete.

»Was willst du mir damit sagen?«, wollte ich wissen.

Nicole schüttelte den Kopf, ging in die Knie und hob eine Muschel auf. »Schön, oder?« Sie gab sie mir, und ich wurde immer verwirrter. »Die Mühle ist der Hammer. Kauf sie doch. Die Anzahlung hättest du bestimmt durch die Abfindung.«

»Kannst du jetzt verdammt noch mal beim Thema bleiben?!« Ich warf die Muschel weg und stellte mich vor Nicole.

»Okay, komm.« Sie hakte sich bei mir unter und schlug den Weg zur Mühle ein. »Ich bin übrigens voll im Thema, keine Sorge. Du bist verliebt, das sehe ich. Und dass du dich in der Mühle wohlfühlst, habe ich ebenfalls festgestellt, genauso wie dein Blick aufs Meer und all die anderen nachdenklichen Blicke zu Caro, zu Marie, zu Benni und mir. Du hast vergessen, dass ich bewanderte Stirnfaltenleserin bin, insbesondere, wenn es um deine geht. Du bist verliebt und du willst es dir nicht eingestehen.«

»Okay, okay. Nehmen wir an, du hast recht. Nehmen wir an, ich bleibe hier. Wer sagt, dass ich hier einen Job finde? Wie sollte ich so ein Haus abbezahlen? Und überhaupt … Nein! Meine Familie wäre zu weit weg und … du auch, Nicole. Ich habe hier niemanden.«

»Außer diesen Jan Henning. Na und? Nebenbei … deine Familie und ich … wir sind gerade alle hier, oder?«

Bevor ich schlafen ging, sah ich noch bei Caro und Marie vorbei. Caro lag mit angezogenen Beinen auf der Seite, Marie auf dem Rücken. Wahrscheinlich hatte sie sich beim Einschlafen hin- und hergewälzt, dabei war die Decke von ihr gerutscht. Jetzt lag sie nur im Nachthemd da, die Arme und Beine weit von sich gestreckt. Lächelnd beugte ich mich zu ihr hinunter, deckte sie zu und legte ihr Mr. Brumm in den Arm. Dann hauchte ich ihr einen Kuss auf die Stirn, verließ auf Zehenspitzen das Zimmer und zog leise die Tür ins Schloss.

Ja, alle Menschen, die mir wichtig waren, alle, die ich liebte, waren hier.

Jan

Ich stand mit Hinnerk auf dem Reitplatz, auf dem er gerade mit der neuen Stute trainiert hatte. Immer wieder beeindruckte mich seine Fähigkeit, mit seinen Pferden nur durch Gesten zu kommunizieren und sie ohne Einsatz von Peitsche um sich herumlaufen zu lassen. Jetzt hob er das Halfter auf, warf es sich über die Schulter und sagte: »Komm. Ich hab Durst wie eine Seekuh. Die Stute darf sich noch wälzen, ich bringe sie später auf die Weide.«

Gemeinsam steuerten wir den runden Tisch auf der Terrasse an, während Floyd einen Narren an Hinnerks Stute gefressen zu haben schien. Er schnupperte an ihrem Maul und wedelte. Als sie sich allerdings auf den Rücken warf, um sich zu wälzen, sprang er erschreckt zurück, doch er beobachtete sie interessiert.

»Die Mühle hat mittlerweile mehr Gäste als geplant«, sagte ich, holte zwei Bier aus dem Kühlschrank und stellte sie auf den Tisch.

Hinnerk öffnete sie mit einem Feuerzeug. »Wohl, wohl, die Lütte ist auch dabei.«

»Ja …« Mit einem Schnaufer ließ ich mich auf den Gartenstuhl fallen und griff nach dem Bier. »Und sie darf bleiben. Prost.«

»Nich lang schnacken, Kopp in Nacken!« Die Flaschen klirrten leise, als sie aneinanderstießen. Dann stellte er die Flasche ab und fragte in seiner unaufgeregten Art: »Wie kommt's?«

Anders Gesine, die mich wohl aus der Küche heraus gehört hatte. Sie stürmte zu mir, legte ihre Arme von hinten um mich und drückte zu.

»Oh, Jan, endlich! Ich habe mich schon gefragt, wann du aus deinem Schneckenhaus kommst! Das wurde ja mal Zeit!« Dann ließ sie mich los und setzte sich mir gegenüber. Mit großen Augen stützte sie die Ellenbogen auf dem Tisch auf und legte ihr Kinn in die Hände. »Erzähl! Wie kam es zu dem Gesinnungswandel?«

Hinnerk verdrehte die Augen.

»Also ich …«, begann ich, doch Gesine richtete sich plötzlich gerade und rief: »Stopp! Nix sagen. Ich rate. Nein, ich vermute … Ach, ist doch dasselbe. Egal. Du hast dich in die Blonde verliebt, stimmt's? Nicht in die andere, die ist zu jung und du stehst nicht auf Frauen, die so ein bisschen … Wie soll ich sagen? Die so ein bisschen alternativ sind.«

»Alternativ …«

»Nicht das richtige Wort? Also auf solche, die Pluderhosen und Talismane tragen, Henna in die Haare geben, meditieren und mit einer Gitarre über der Schulter die Welt bereisen. Hab ich recht?«

»Klingt aber alles recht spannend«, foppte ich sie. »Wäre mal was anderes.«

»Du lügst miserabel!« Sie lachte und stand auf. »Es ist die Blonde, wusste ich es doch. Toll, dass du über deinen Schatten gesprungen bist und dem Mädchen erlaubst, in der Mühle zu bleiben.«

»Genau genommen habe ich es nicht dem Mädchen …«

Gesine beugte sich zu mir und gab mir einen Kuss auf die

Wange. »Weiß ich doch, du Sturkopf.« Dann richtete sie sich auf. »Ich muss in die Küche. Nachher wollen die Feriengäste was essen. Jan, bleibst du auch? Es ist genug da.«

»Ja, danke, sehr gerne. Was gibt es denn?«

»Sardellenpizza und Fischsalat.«

»Mit Kapern?«

»Die Pizza oder der Salat?«, fragte sie und der Schalk stand ihr im Gesicht.

»Ist das nicht egal?«

»Stimmt auch wieder. Nein, keine Kapern.« Sie kicherte und verschwand in der Küche.

»Glückwunsch. Und nu machste noch klar Schiff mit Alex«, brummte Hinnerk.

Lachend lehnte ich mich zurück und nahm einen langen Schluck aus der Flasche. »Guter Witz.«

Hinnerk sah mich nur mit bewegungsloser Miene an.

»Kein Witz, verstanden. Noch ein Bier?«

»Sabbel nich, hol Bier.«

Als ich in die Küche kam, streckte mir Gesine bereits zwei geöffnete Flaschen entgegen. »Hör auf Hinnerk, Jung. Schalt mal einen Seegang zurück und bring die Sache ins Reine. Schließlich wart ihr beste Freunde.«

Wortlos nahm ich ihr das Bier aus der Hand, ging raus, stellte Hinnerk eines hin und lehnte mich an den Holzbalken der Pergola.

»Denk nich groß dran rum, ruf ihn an.«

»Das ist vergebene Mühe, Hinnerk. Ich war schon bei ihm im Restaurant und wollte mit ihm reden. Keine Chance.«

In diesem Augenblick klingelte Hinnerks Handy, das auf dem Tisch lag. Er nahm das Gespräch entgegen.

»Jou. Klar. Warum nich. Jou, der is da. Mach ich. Tschüss.« Er legte das Handy wieder ab und richtete seine Aufmerksamkeit wieder auf mich. »Soll dir von Juli sagen, das Grillen ist morgen Abend um acht. Jeder bringt was zu essen mit.« Er drehte den Kopf. »GESINE? Ham wir noch genuch von den Krabben da?«

»Badewanne voll, ungefähr.«

Hinnerk nickte. »Wir bringen Krabben mit.«

Der Heimweg führte mich demnach erst noch ins Dorf, wo ich beim Metzger eingelegte Steaks und Bratwürste besorgte. Floyd freute sich über den ausgedehnten Spaziergang.

Zu Hause angekommen, packte ich alles in den Kühlschrank, gab Floyd sein Futter, füllte die Wasserschüssel auf und machte dort weiter, wo ich vorhin aufgehört hatte. Beim Bier auf der Terrasse. Jetzt allerdings auf meiner und ohne Gesellschaft.

Nach Einbruch der Dunkelheit hatte ich nicht nur ordentlich einen in der Krone, auch ging mir Hanna nicht mehr aus dem Kopf. Nebenbei bemerkte ich, dass ich im Dunkeln saß, nur das Poollicht hatte sich automatisch eingeschaltet und tauchte die Umgebung in ein sphärisches Blau. Mit der leeren Bierflasche in der Hand und den Füßen auf dem Tisch starrte ich auf die schimmernde Wasseroberfläche, bis mir fast die Augen zufielen. Und selbst dann sah ich Hanna vor mir. Sie und ihr Lachen, ihre wilde Frisur, ihr atemberaubender Körper. Wie sexy sie ausgesehen hatte in meinem Shirt, das ihr viel zu groß gewesen war.

Schwerfällig stellte ich die Flasche ab und stand auf.

Normalerweise war ich nicht der Typ, der sich aufgrund einer Laune zu Änderungen seiner Vorsätze bewegen ließ. Dieses Mal jedoch hatte ich mich hinreißen lassen. Vielleicht auch nur, weil ich wusste, dass Hannas Schwester und die Kleine schon am Montag abreisen würden. Das hatte Hanna doch erzählt, oder hatte sie ihre Freundin, diese Nicole, gemeint? Mist, ich war zu betrunken, um mich genau daran zu erinnern. Wie auch immer, schon bald würde ich die Mühle verkaufen.

Schwankend zog ich mich nackt aus und warf meine Kleidung über den Sessel. Dann stieg ich unter die Dusche.

Heiß rann mir das Wasser über den Rücken. Ich schäumte mich ein und spülte mir anschließend den Schaum aus den Haaren. Dann lehnte ich die Stirn an die Fliesen und schloss die Augen. Wie auf Knopfdruck schob sich das Bild von Hanna in mein Bewusstsein. Zarte, ganz leicht gebräunte Haut, Augen, so blau wie das Meer, wilde blonde Locken. Ich schlug mit der flachen Hand an die Wand. Dann drehte ich das Wasser ab, trocknete mich ab und schlang das Handtuch um meine Hüften.

Im Wohnzimmer schaltete ich das Radio ein, nahm ein Glas aus der Bar und füllte es zur Hälfte mit Brandy. Danach würde sich kein Kopfkino mehr in meinem Hirn breitmachen.

Ich setzte das Glas an die Lippen und hörte dem Song zu, der gerade gespielt wurde. Behind blue eyes von The Who.

Mit einem energischen Griff schaltete ich den Kasten aus. Fast zeitgleich klingelte das Telefon.

»Was ist?«, lallte ich. Im nächsten Moment verschluckte ich mich fast am Brandy.

»Hinnerk hat mich angerufen«, sagte Alex. »Du willst reden? Bitte, wie du willst, lass uns reden. Treffen wir uns morgen Abend gegen sieben am Ruderboot.«

Bevor ich etwas sagen konnte, hatte er aufgelegt.

In meinem Kopf drehte sich alles und klar zu denken fiel mir schwer. Alex wollte reden? Okay, das war ungewöhnlich. Was Hinnerk ihm wohl geboten hatte? Quatsch. Also morgen Abend am umgedrehten Ruderboot.

Ich setzte das Glas an, stellte es jedoch angewidert wieder ab. Genug Alkohol. Zeit, um an der Matratze zu horchen.

»Gute Nacht, Floyd«, rief ich in den Raum hinein,

schwankte ins Schlafzimmer und ließ mich auf mein Bett fallen.

Kurz bevor ich nichts mehr merkte, sah ich Hannas süßes Lächeln vor mir und nahm das Kopfkissen in dem Arm. Scheiße, war mir schwindelig.

Hanna

Der nächste Tag war angefüllt mit Vorbereitungen für das Grillfest.

Es war mir wichtig, dass alles schön war für die Gäste. Natürlich wollte ich auch Jan beeindrucken und ihm zeigen, wie froh wir waren, dass er uns alle ohne Aufpreis in der Mühle wohnen ließ und dass meine Schwester und Nichte bleiben durften. Außerdem konnte ich Unkraut auf Wegen sowieso nicht leiden. Zu Hause … nein … als ich noch bei Max wohnte, hatte ich sofort jedes Fitzelchen Grün ausgezupft, das sich zwischen den Steinen hervorwagte. Also hatte ich mich geopfert und seit dem Frühstück den Weg vom Zaun bis zur Tür von Unkraut und Moos befreit. Danach hatten mir alle Knochen wehgetan und die Fingernägel sahen aus, als hätte ich sie jahrelang vernachlässigt.

Am Vormittag hatte Hinnerk einen Biertisch und zwei Bänke vorbeigebracht. So hatten später alle Platz zum Sitzen. Nach einer schnellen Dusche sowie einer flüchtigen Maniküre waren Nicole und ich in den Supermarkt gefahren und hatten ihren Kombi mit Getränken, Eiswürfeln für den Bottich, Gemüse, Dips und diversen Knabbereien vollgepackt. Zwei Sommerlichterketten und Teelichter hatte ich spontan mitgenommen. Benni war gerade dabei, die Lichterketten an der Mühle zu drapieren. Er stand zusammen mit Marie oben auf dem Balkon und sie schlangen gemeinsam die Kette um das Geländer.

»Benni!«, rief ich. »Du weißt Bescheid, ja?«

»Klar, Schwesterherz. Ich pass auf Marie auf, keine Sorge.«

»Danke. Aber danach kommt ihr runter.«

»Machen wir, Tante Hanni.«

»Fein, Süße.«

Trotzdem blieb ein ungutes Gefühl. Wenn Marie abstürzen würde, könnte ich mir das nie verzeihen.

Immer noch hatte ich den Kopf in den Nacken gelegt und blickte nach oben. Eine Möwe drehte laut schreiend einen Kreis über uns. Wahrscheinlich hatte sie den Fisch gesehen, über den ich gerade die Alufolie gelegt hatte. Dann kackte sie mir direkt vor die Füße und flog Richtung Meer.

»Hey!«, rief ich ihr hinterher und lachte. »Du bist ja ganz schön frech.«

»Wer ist frech?«, wollte Juli wissen, die soeben die Eiswürfel in einen kniehohen Bottich schüttete. Darin wollten wir die Getränke kühlen, im Kühlschrank war nicht genug Platz dafür.

»Die Möwe. Sie hat mir was vor die Füße fallen lassen.«

»Ah, interessant. Hast du schon die Alufolie über den Fisch gelegt?«

»Eben gerade.« Ich seufzte und machte mich daran, Caro bei den Gemüsespießen zu helfen.

»Was ist denn mit Juli los?«, fragte sie mich leise und schälte eine Karotte.

Verstohlen vergewisserte ich mich mit einem Blick über die Schulter, ob Juli außer Hörweite war. Gut, die Luft war rein, soeben warf sie die Folie, in der die Eiswürfel gesteckt hatten, mit einem miesepetrigen Gesichtsausdruck in den Abfalleimer, schleuderte ihre Gartenschuhe von den Füßen und ging in die Mühle.

»Sie ist wahrscheinlich enttäuscht, dass Alex beim Grillfest nicht dabei sein kann.«

»Oh, echt nicht? Wie schade. Sie ist extra zu ihm ins Restaurant gefahren, um ihn zu fragen.«

»Ja, schade«, sagte ich und war froh, dass er nicht zum Grillen kam. Ich schnaufte aus und hackte der Zucchini den Po ab.

Vogel müsste man sein. Dann bräuchte ich keinen Job, könnte im Wind gleiten und wenn mir einer gegen den Strich ging, könnte ich laut schreien und ihm auf den Kopf kacken.

~

Um kurz nach sieben zog ich mich um. Ich entschied mich für ein luftiges, wadenlanges Sommerkleid und flache Schuhe. Danach legte ich etwas Wimperntusche und roséfarbenes Lipgloss auf. Die Haare ... ja, die Haare, da waren Hopfen und Malz verloren. Ich zupfte sie in Form, fertig.

Ich trat vor die Mühle und sah mich um. Alles war fertig, die Gäste konnten kommen. Benni stand bereits am Schwenkgrill und zündete die Grillkohle an. Caro und Marie saßen an einem der Tische und malten, und ich hörte die Dusche rauschen. Juli war also im Badezimmer. In etwa einer halben Stunde würden die Gäste eintreffen. Ich freute mich auf alle, auf Hinnerk und seine Frau, auf Adele, die sich angeboten hatte zu helfen – was wir jedoch abgelehnt hatten, weil wir uns sonst nur in die Quere gekommen wären und ja schließlich genug Leute da waren. Auf die Bäckerin Janssen und ihren Mann, dem ich noch nicht begegnet war. Und natürlich auf Jan. Jan ...

Ich blickte mich um. Irgendwas fehlte hier noch. Hm, aber was? Klar, die passende Deko. Muscheln, oder so was. Bis alle hier wären, könnte ich ein paar Muscheln für die Deko suchen. Ja, warum nicht? Kurzentschlossen machte ich mich auf den Weg zum Strand – zum Glück war es ja nicht weit, sodass ich rechtzeitig zurück sein würde.

Keine zehn Minuten später stand ich vor den Dünen und zog meine Schuhe aus. Ein leichter Wind blies durch meine

Haare, durch die Gräser und trug den Duft des Ozeans zu mir.

Ich blieb stehen, versunken in diesen Anblick, dann schloss ich die Augen und breitete die Arme aus. O ja, wie wunderbar, wie einsam und still. Nur ich und das Meer, der Wind, das leise Rauschen der Gräser. Und das sanfte Schwappen der Wellen, gleichmäßig, beruhigend, wie ein Herzschlag.

Am liebsten würde ich hierbleiben, bis die Sonne unterging, dann würde ich unter den Sternen am Ufersaum entlanggehen und meine Füße vom Wasser umspülen lassen. Es war so ganz anders hier, und es gefiel mir. Zu Hause in Heidelberg gab es Hügel, okay, kleinere Berge. Bis dahin konnte man sehen, fertig. Ein Berg, der nächste, und so weiter. Gut, war man ganz oben auf einem Berg im Odenwald, präsentierte sich hier und da die Sicht über die Rheinebene. Doch auch die war begrenzt von Fabriken in weiter Ferne und am Horizont vom Pfälzer Wald, dessen Erhebungen man bei gutem Wetter ausmachen konnte. Hier jedoch … Aber jetzt erst mal die Muscheln!

Ich lachte über mich selbst, bückte mich und hob die Schuhe auf. So viel Pathos hätte ich mir gar nicht zugetraut! Das Meer schien seltsame Dinge mit mir anzustellen. Ach Quatsch, ich war einfach nur reif für Urlaub, für Abstand, für Erholung. Nicht mehr und nicht weniger. Und doch … Es war schon verdammt schön hier. Verdammt schön.

Plötzlich hörte ich einen Schrei und zuckte zusammen. Was war denn da los? Ich lief die Düne hoch und hörte, wie ein Mann brüllte: »Verdammt! Hast du sie noch alle?!«

Schon war ich oben und ging in die Hocke, um mich herum das hüfthohe Gras, das mir Sichtschutz gab. Ich traute meinen Augen nicht. Ein Stück unter mir, zwischen Dünen und Meer, lieferten sich Jan und Alex ein Wortgefecht. Sofort klopfte mein Herz bis in den Hals hinein und ich duckte mich. Geschützt vom Gras spähte ich zu den beiden Männern und kroch etwas näher, um sie besser zu hören.

Was hatten die beiden miteinander auszutragen? Ich wusste nicht einmal, dass sie sich kannten.

»Du lässt sie in Ruhe!« Jans Stimme war voller Groll und er hatte sich bedrohlich vor Alex aufgebaut.

»Und da musst du gleich draufschlagen, oder was?« Er trat einen Schritt vor und gab Jan einen heftigen Stoß vor die Brust, sodass dieser zwei Schritte zurückwich.

»Wir wollten reden, Alex! Und was höre ich von dir? Dieselbe miese Nummer, die du schon so oft abgezogen hast. Musstest du mir auf die Nase binden, dass du Hanna zu einem Picknick eingeladen hast? Nein! Das wollte ich nicht wissen. Ich will nur endlich …«

Es ging um mich? O Gott! Instinktiv hob ich die Hand vor den Mund und lauschte mit klopfendem Herzen weiter.

»Nicht nur eingeladen …« Alex zog eine Zigarettenschachtel aus der Hemdtasche und zündete sich eine Zigarette an. Der rauchte? Hatte ich gar nicht … Egal. Was hatte er da gerade gesagt?

»Was meinst du damit?«, grollte Jan und ich duckte mich noch tiefer.

»Sagen wir mal so, ich habe mich bereits um die hübsche Blonde gekümmert«, hörte ich ihn mit ekelhaft schleimtriefender Stimme sagen und war entsetzt. Nicht nur darüber, dass er an der Zigarette zog, sie in den Sand warf und unter dem Absatz austrat.

O mein Gott! Was für ein Wichser! Wie gut, dass ich mich nicht auf ihn eingelassen hatte. Das musste ich Juli erzählen. Unbedingt! Auch wenn es ihr wehtun würde.

Atemlos verfolgte ich, wie Jan sich mit einem Wutschrei auf Alex stürzte und ihm einen satten Kinnhaken verpasste. Doch anscheinend hatte der damit gerechnet, er fiel nicht, sondern torkelte nur rückwärts.

»Ah, das geht dir nahe, was? Gut so!«, spottete Alex. Ich

biss mir auf die Lippen, um nur ja keinen Laut von mir zu geben.

»Lass sie in Ruhe, Alex! Sie kann nichts dafür!«

Die prügelten sich wegen mir? Echt jetzt?

Dieses Arschloch von Alex lachte gehässig auf. »Wer sagt denn, dass sie was dafür kann? Du hast dich verliebt, das reicht mir. Und dass du abgehst wie Schmitz´ Katze, ist Beweis genug.« Wieder lachte er und ich konnte kaum an mich halten, hinunterzustürmen und ihm eine zu knallen. So ein widerlicher Sack! »Aber ich werde verhindern, dass du jemals wieder eine Frau finden wirst. Ich nehme sie dir, so wie du mir meine Familie genommen hast!«

Was? Ach du Scheiße! In meinem Kopf wirbelten die Gedanken durcheinander. Was meinte er damit? Oh, Moment! War das etwa sein Kind, das im Teich an der Mühle ums Leben gekommen war? Wie furchtbar! Aber was war mit der Frau?

»Nichts habe ich dir genommen, verdammte Scheiße! Es war ein beschissenes Unglück. Wir waren alle da! Keiner hat bemerkt, wie er in den Teich gefallen ist, keiner konnte ihm mehr helfen, Alex. Keiner, verdammt!«

»DU hast den Teich nicht ausreichend gesichert! DU …«

»Doch! Er ist über die Abgrenzung geklettert, Alex. Himmel! Wer hätte es ahnen können? Wir hätten alle achtgeben müssen, er hätte nicht alleine rausgehen dürfen! Wir …«

»Dein Haus! Deine Schuld! Und dass mich Agnes verlassen hat, das hast du genauso zu verantworten! Du allein!«

Du liebe Güte! Ich kauerte im Sand und konnte nicht fassen, was ich da hörte. Vor lauter Aufregung knabberte ich an meinen Fingernägeln.

Im nächsten Moment drosch Alex mit beiden Fäusten auf Jan ein. Atemlos folgte ich dem Drama, das sich da abspielte. Jan wehrte sich, duckte sich unter den zornigen Schlägen hinweg, bekam jedoch ein paar Treffer ab. Ich grub die Fingernägel in meine Handflächen vor Anspannung, als beide auf dem Boden landeten und sich dort fluchend und brüllend im Sand wälzten. Schließlich bekam Jan die Oberhand, kniete neben dem liegenden Alex und hatte ihn am Kragen gepackt. Mit einem verächtlichen Laut stieß er in von sich weg und stand auf.

»Dein dreckiges Lachen kannst du dir sparen! Du kannst mich damit und mit allem anderen nicht mehr treffen! Das ist vorbei!«

»Ach ja?« Alex spuckte aus und erhob sich. »Da wäre ich mir an deiner Stelle nicht so sicher.«

»Denk, was du willst! Ich habe weder an dem schrecklichen Unfall Schuld noch daran, dass deine Frau dich nicht mehr in deinem Zorn ertragen konnte.«

Zu meiner Verblüffung wischte Alex sich jetzt grinsend Blut vom Kinn und setzte wieder sein widerwärtiges Grinsen auf.

»Sie hat sich bereitwillig flachlegen lassen, die blonde Schnitte. Hast du mal ihre Titten gesehen? Zwei schöne Händchen voll. Und der Arsch erst! Hab sie von hinten gevögelt, am Hundestrand. Du hättest sehen sollen, wie …«

WAS?! Das durfte doch nicht wahr sein!

Du dreckiger Lügner! Eigentlich wollte ich aufspringen und die Worte tatsächlich rufen.

Doch in dem Moment traf Jans Faust auf Alex Kinn. Wie ein Stein ging er zu Boden, doch er stand sofort wieder auf und klopfte sich den Sand aus den Jeans. »Du hättest sehen sollen, wie scharf sie auf mich auf war und …«

»Wie gesagt, du kannst mich mit so einer fiesen Nummer nicht mehr verletzen. Sie hat mit dir geschlafen? Na und? Sie ist eine Touristin, sie geht wieder. Hast du tatsächlich geglaubt, ich lasse mich auf so ein billiges Geplänkel mit Feriengästen ein? Das ist dann wohl eher dein Metier.«

Was hatte er da gerade gesagt? Nein, ich musste mich

verhört haben, ganz bestimmt. Er meinte das nicht so – aber, am Pool, das war doch viel mehr als …

Sei nicht dumm, Hanna, du hast es gehört … O Gott, alle Männer sind Schweine!

Mir war, als hätte ich die Schläge abbekommen. Direkt in die Magengrube. In mir krampfte sich alles zusammen. Weg hier! So schnell wie möglich. Weg vom Strand, weg von Jan. Weit weg. Zurück nach Heidelberg. Noch heute Nacht!

Völlig außer mir sprang ich auf und stürzte davon. Heiße Tränen schwappten mir über die Lidränder. Plötzlich blieb ich mit dem nackten Fuß an etwas hängen.

Ich fiel. Ich schrie auf.

»Wer ist da?!«, hörte ich Jan rufen.

Völlig kopflos rappelte ich mich hoch und stellte in Sekundenbruchteilen fest: Nichts tat weh, Fuß war in Ordnung.

»Hanna! Himmel noch eins … HANNA!«

Heulend rannte ich los.

Nie wieder wollte ich ihm oder diesem Ekelpaket Alex begegnen! Nie wieder!

KAPITEL 13

Jan

Sie hatte gehört, was ich zu Alex gesagt hatte! Sie hatte es gehört, verdammter Mist! Keine Silbe davon hatte der Wahrheit entsprochen. Alles war nur für Alex gedacht gewesen. Brettsteif vor Entsetzen rief ich ihren Namen, sah, wie Hanna davonrannte, hinfiel, wieder aufstand und mit wehendem Kleid hinter den Dünen verschwand.

So durfte ich sie nicht gehen lassen! Ich musste das richtigstellen! Sofort. Durch meinen Körper ging ein Ruck, und ohne Alex eines weiteren Blickes zu würdigen, setze ich Hanna hinterher. Ich spurtete die Düne hoch, sah, wie sie in einiger Entfernung vor mir mehr stolpert, als rannte, die Schuhe in der Hand. »Jan!« Hinter mir keuchte Alex. »Ich …«

»Verpiss dich!«, brüllte ich, ohne den Kopf zu wenden.

»Es tut mir … leid! Hörst du? Ich …«

»Kannst du dir zu deinem Dreckslachen kleben, Wichser!«

Abrupt stoppte ich, sodass er fast gegen mich lief, drehte mich um, gab ihm einen Stoß vor die Brust.

Mit weit aufgerissenen Augen hob er die Hand. »Mann, jetzt hör doch mal zu!«

»Hör dir mal selbst zu, du mentale Nullnummer! Und so was nannte ich mal Freund!« Auf dem Absatz machte ich kehrt und gab alles, was in meinen Beinen steckte. Gleich würde ich sie eingeholt haben.

»Hanna!«, rief ich. Sie blieb tatsächlich stehen. Oh, aber nur, um sich die Schuhe anzuziehen. Okay … Nur noch wenige Meter. Ich gab Gas.

Dann hatte ich sie eingeholt. Hinter mir hörte ich Füße auf Asphalt und ein Keuchen. Na, der Typ hatte echt Nerven!

»Hanna … bitte … bleib stehen!«, sagte ich und berührte sie an der Schulter.

Beim nächsten Wimpernschlag brannte meine Wange und ich zuckte perplex zurück.

Ihr Gesicht war gerötet, ihre Augen verweint. Mit einer Mischung aus Wut und Verzweiflung trat sie mir ans Schienbein. Uh, das tat höllisch weh. »Au!«

»Nur eine Touristin?!« Jetzt trat sie auch noch an das andere. Shit da war mir jeder Hieb aufs Kinn lieber. »Billiges Geplänkel?! Du … du. Ich will dich nie wieder sehen. Nie w…«

Alex hatte uns erreicht, was Hanna ganz offensichtlich den Rest gab. Der Nächste, der eine Ohrfeige kassierte, war demnach Alex. Ihn erwischte es allerdings härter. Noch bevor er den Mund aufmachen konnte, holte Hanna aus und ihre Hand klatschte gleich zweimal auf sein Gesicht. Einmal links, einmal rechts.

»Du dreckiger Lügner!«

»Hanna«, begann ich und versuchte, die Situation zu deeskalieren.

»Lasst mich! Alle beide!«, fauchte sie uns an. Dann rannte sie davon.

Lügner? Ich verengte meine Lider zu Schlitzen und sah Alex an.

»Du hast nicht mit ihr geschlafen.«

»Nein, habe ich nicht. Sie hat mich abblitzen lassen.«

Wie paralysiert starrte ich in die Richtung, in der Hanna verschwunden war, und nickte. Sie hatte *ihn* abblitzen lassen und glaubte jetzt, *ich* hätte sie nur mal eben knallen wollen.

Einem Impuls folgend packte ich Alex am Kragen. »Na, hast du erreicht, was du wolltest? Gegen wen hat sich deine verfickte Wut gerichtet? Gegen wen, du mieses Schwein?!«

Alex hob die Hände, wich meinem Blick aus und sah betreten zu Boden. »Verdammt! Ich wollte nicht, dass Hanna das mitbekommt. Okay, schlag mich! Mit aller Kraft, hörst du? Scheiße, ich habs verdient!«

Mit einem verächtlichen Schnaufen stieß ich ihn von mir und wischte die Hände an der Jeans ab. »Nein, an dir mach ich mir nicht mehr die Finger schmutzig! Du bist geschlagen genug. Von dir selbst.«

~

Nassgeschwitzt, weil ich auf dem Weg zu mir nach Hause meine Jogging-Bestzeit wahrscheinlich weit übertroffen hatte, wechselte ich hastig das Shirt, pfiff Floyd zu mir, ließ ihn ins Auto springen und packte das Grillzeug auf den Beifahrersitz. Zeit für eine Dusche hatte ich nicht, denn ich wollte so schnell wie möglich zu Hanna.

An der Mühle war die Party bereits in vollem Gange. Als Hinnerk mich sah, stand er auf und kam mir entgegen. »Gut, dich hier zu sehen. Gib her, ich schmeiß das auf den Grill.«

Ich bedankte mich und hielt Ausschau nach Hanna. »Ist Hanna nicht da?«

»Doch, doch, ist nur kurz rein.«

»Hey, Jan!«, rief der glatzköpfige Bäcker Janssen, der neben seiner Frau saß. »Komm, setz dich zu uns!«

»Gleich«, rief ich und winkte in die Runde. »Ich muss nur schnell meine Hände waschen.« Aber was machte ich mit Floyd? Den konnte ich ja nicht einfach hier herumlaufen lassen, schließlich war ein Kind anwesend, und ich wusste nicht, wie er auf Kinder reagierte.

Kurzerhand warf ich die Leine ein paar Meter neben dem Eingang über einen Baumstumpf.

»Lass mal, der arme Hund.« Juli war zu mir getreten, sah mich aus verengten Lidern an und nahm mir die Leine aus der Hand. »Ich kümmere mich. Geh du mal rein zu Hanna. Ich habe zwar keine Ahnung, was passiert ist, aber sie hat mir gesagt, dass sie heute noch abreisen will. Die anderen haben davon nix mitbekommen, aber ich. Hast du damit etwas zu tun?«

»Ich fürchte ja. Danke, Juli!«

Ich ging in die Mühle. Nicht zu schnell, um keine Aufmerksamkeit zu erregen.

Hanna

Karma is a bitch. Mir reichte es! Ich würde jetzt losziehen und den Ring ins Feuer werfen. Vorher jedoch sollte ich damit aufhören, in der Gegend herumzustehen. Man stand ja nicht einfach unmotiviert vor einem Vorhang rum …

Wie betäubt starrte ich auf die zugezogenen Vorhänge im Schlafzimmer. Tief atmete ich ein und gleichmäßig wieder aus. So versuchte ich mich zu beruhigen. Immerhin versiegten allmählich meine Tränen und nur noch gelegentlich schüttelte mich ein Schluchzen. Irgendwie war ich aus dem Konzept gekommen und fühlte mich von der Gesamtsituation ein klein wenig überfordert. Unabhängig davon, dass mich dieses Verhalten wortwörtlich keinen Meter voranbringen würde. Und bis nach Heidelberg war es schließlich weit.

Also los, Koffer gepackt und … Sollte ich überhaupt fahren? Leiste stöhnte ich auf und verbarg mein Gesicht in den Händen.

Nicole würde morgen früh sowieso abreisen, aber wie sollte ich das Caro, Marie und Benni erklären? Ich konnte sie und Juli ja nicht so einfach vor den Kopf stoßen. Nein, das würde ich auch nicht, sie würden mich verstehen. Ich zerrte eine meiner Reisetaschen unter dem Bett hervor, wild entschlossen, alles zu packen, mich dann sinnlos zu betrinken und morgen früh loszufahren. Das Packen könnte ich zwar auch morgen früh erledigen, aber es war besser zu packen, als runterzugehen und Alex und Jan zu töten.

»Was ist passiert?!« Juli stand im Türrahmen. Mist! Sie hatte mich offenbar gesehen, als ich seitlich über den hüfthohen Zaun gestiegen war und mich in die Mühle geschlichen hatte, um mich den Gästen nicht so aufgelöst zu präsentieren. Aktuell würde mir jeder ansehen, dass ich geheult hatte.

Schnell setzte ich mich aufs Bett und versuchte, die Tasche mit dem Fuß wieder darunter zu schieben. »Später, ja? Jetzt nicht. Ich komme in ein paar Minuten raus.«

»Was willst du mit der Tasche?« Sie gab nicht auf.

»Juli …« Ich seufzte auf. »Später.«

»Du willst doch nicht etwa abreisen. Ich sehe dir an, dass etwas passiert sein muss. Hat das mit Jan zu tun oder mit Alex?«

Und schon floss ein neuer Tränenstrom über meine Wangen. Aufgewühlt wischte ich mit dem Handrücken über meine Augen, stand auf und schob Juli aus dem Zimmer. »Jetzt nicht. Und ja, ich werde abreisen. Nachher erkläre ich dir alles, okay?«

»Aber …«, sagte sie noch, dann schloss ich die Tür und riss den Kleiderschrank auf. Immer wieder aufschluchzend stopfte ich meine Sachen in die Tasche. Jetzt die Kosmetikartikel. Dazu musste ich ins Badezimmer.

Hoffentlich kam mir dabei niemand entgegen. Zur Sicherheit wischte ich mit einem Zipfel vom Kleid meine Wangen trocken, atmete einmal tief durch und trat hinaus.

»Hanna …«

So musste es sich anfühlen, vom Blitz getroffen zu werden. Er fuhr mir mitten durchs Herz und pumpte mein Blut wie glühende Lava durch meine Adern.

Woher ich die Kraft nahm, mich zusammenzureißen und beherrscht zu bleiben, wusste ich nicht. »Geh!«, schrie ich ihn an und schob mich an ihm vorbei zum Badezimmer.

Im nächsten Moment packte er mich am Arm. Ich schnappte nach Luft, fuhr herum und schüttelte seine Hand ab, als wäre sie ein ekelhaftes Krabbeltier.

»Lass mich verflucht noch mal los!«

So viel zum Sachverhalt Beherrschung. Hätte mich auch gewundert, wenn das von Dauer gewesen wäre. Aber hey, der packte mich gerade, da konnte er froh sein, dass er jetzt immer noch alle Zähne hatte!

Ich brauchte jetzt dringend einen Schwall kühles Wasser. Und noch viel dringender eine Tür zwischen Jan und mir.

Ich rannte ins Badezimmer, knallte die Tür hinter mir zu, schloss ab und drehte den Wasserhahn auf. So hörte ich auch nicht, wenn Jan etwas sagte.

Ich formte die Hände zu einer Schale und schaufelte mir das eiskalte Wasser ins Gesicht, bis sich meine Wangen fast taub anfühlten. Jan sollte gehen, er sollte einfach gehen! Ich tupfte mir mit einem Handtuch das Gesicht trocken, drehte jedoch das Wasser nicht ab. Trotzdem hörte ich ihn.

»Hanna, komm bitte raus. Es ist alles ganz anders als das, was du gehört hast. Lass es mich wenigstens erklären.«

»Nein!« Ich hängte das Handtuch zurück an den Haken, drehte das Wasser ab und setzte mich auf den Badewannenrand. Das heißt, ich wollte mich setzen, doch kaum berührte mein Po den Rand, rutschte ich mit dem Fuß auf der Wasserlache aus, die sich auf dem Boden gebildet hatte, und verlor das Gleichgewicht. Mit einem spitzen Schrei krallte ich mich in den Duschvorhang und rutschte zum Glück in die Wanne, anstatt zu fallen.

»Huh!« Das war knapp mit dem Kopf an der Armatur vorbei. Ich war unversehrt, was man vom Duschvorhang nicht behaupten konnte. Er war oben abgerissen und ein Teil von ihm lag über mir.

Im nächsten Moment flog die Tür auf. Hatte ich nicht abgeschlossen? Du lieber Himmel, er hatte sich gegen die Tür geworfen oder sie eingetreten!

Bevor ich auch nur einen Ton von mir geben konnte, riss Jan den Vorhang von mir, packte mich und zog mich hoch.

»Ist dir etwas passiert?« Er stellte mich vor sich auf die Füße und legte seine Hände an meine Wangen. Mit besorgtem Blick suchte er meinen Kopf nach Verletzungen ab.

»Nein … nein, nix passiert«, stammelte ich, drückte ihn weg und ging in die Hocke, um den Badvorleger auf die kleine Pfütze zu legen. »Mir geht es gut, bin ausgerutscht. Da scheint was undicht oder ich …«

»Gott sei Dank!« Die Erleichterung war ihm anzuhören. Nebenbei fragte ich mich, warum ich immer noch hockend am Badteppich herumzupfte. Genau das musste sich Jan auch gefragt haben, denn vor mir tauchte eine Hand auf. »Steh bitte auf, ja? Was hältst du davon, wenn wir eine Runde spazieren gehen?«

Ich ignorierte seine Hilfestellung, stützte mich an der Wanne ab und kam in die Höhe.

»Weil …«

In diesem Moment streckte Bäckerin Janssen den Kopf zur Tür herein. »Oh? Gibt es ein Problem? Ich müsste mal …«

Während ich beschämt nach Worten suchte, hatte Jan die Lage offensichtlich prima im Griff und lächelte die Frau an.

»Nur defekter Ablauf am Waschbecken, Frau Janssen. Sie können.«

Wortlos zog er mich aus dem Badezimmer und schloss die Tür. Einen Moment herrschte Stille zwischen uns beiden, dann war ich wieder voll da.

»Danke, aber wäre nicht nötig gewesen. Du kannst mich jetzt loslassen, ich muss packen.«

»Vorschlag«, sagte er leise, und ohne mich loszulassen. »Hier ist mir zu viel Betrieb. Lass mich das unterwegs erklären. Nach dem Spaziergang kannst du immer noch packen, wenn du willst.«

»Nein, ich habe keine Lust, mir noch mehr Lügen anzuhören«, fuhr ich ihn an, zog meine Hand weg und ging an ihm vorbei zum Schlafzimmer.

»Keine Lügen, Hanna.« Er folgte mir. Und was er dann sagte, ließ mich auf der Stelle verharren. »Ich habe mich in dich verliebt.«

Augenblicklich begann mein Herz zu rasen. In meinen Ohren rauschte es und meine Knie wurden weich. Eine dieser körperlichen Reaktionen hätte mir prinzipiell völlig gereicht. Alle zusammen machten mich schwindelig.

Plötzlich ging die Tür zum Badezimmer auf und die Janssen trat mit einem breiten Grinsen heraus.

»Hör mal, Deern. Dem jungen Mann kannst du glauben, was er schnackt, der ist in Ordnung. Hast ihm ja schon die Tür an die Nase geschlagen, nech? Hau ihm nich noch vorn Dötz.«

Verdutzt schaute ich ihr hinterher, bis sie draußen war. Mittlerweile hatte sich mein Puls auf ein erträgliches Maß eingependelt. Festhalten nicht mehr nötig. Ich öffnete den Mund, um ihm zu sagen, dass er sich zum Teufel scheren konnte, als er mich plötzlich an den Schultern nahm und zu sich drehte.

»Können wir dann los?«, fragte Jan mit einem amüsierten Blitzen in den Augen. Eigentlich hätte ich mir jetzt eine schlagfertige Antwort gewünscht, doch alle Worte wirbelten in meinem Kopf durcheinander. »Gut, Schweigen ist Zustimmung.«

Er packte mich bei der Hand und zog mich bis kurz vor die Tür.

Ich stemmte mich dagegen. »Stopp! Moment mal!«, protestierte ich schwach. »Wir …«

»Stimmt. Wir sollten uns natürlich völlig normal verhalten, so als wäre nichts geschehen, wir machen nur einen kleinen Spaziergang.«

»Ich bin völlig normal.«

»Umso besser. Dann verhalte dich einfach so wie immer. Ist es okay, dass ich deine Hand halte?«

»Nein, ist es nicht!«

Dass wir spazieren gehen, sollte reichen. Ich konnte ja schlecht sagen, dass mir heiß und kalt wurde, sobald er mich berührte. Das wollte ich nicht einmal vor mir selbst zugeben. Trotz allem war ich nun doch zu neugierig, wie er erklären wollte, was er vorhin am Strand zu Alex gesagt hatte. Für ihn war ich doch nur eine Touristin wie viele, obwohl ich nicht viele Touristen hier gesehen hatte. Aber du meine Güte, er war schließlich Tierarzt, es kamen bestimmt jede Menge Frauen in seine Praxis. Und so wie er aussah und sich gab, hat er bestimmt die Wahl bei den Damen.

Jan

»Nein, ist es nicht!«, fuhr sie mich barsch an. Okay, damit hatte ich rechnen müssen. Ich ließ ihre Hand los und öffnete die Tür.

»Bitte schön, nach dir.«

Mit erhobenem Kinn zog sie einmal kurz die Nase hoch und trat hinaus.

Kaum waren wir draußen, hatte uns auch schon Adele entdeckt.

»Ja, wo bleibt ihr denn die ganze Zeit?« Sie sprang auf und eilte in kleinen Trippelschritten auf uns zu. »Kommt mit, an meinem Tisch sind noch zwei Plätzchen für euch frei.«

»Äh, ich ...« Ich sah Hanna an, wie sie überlegte, auf Adeles Angebot einzugehen. Sie wollte doch ihre Aufforderung nicht etwa nutzen, um sich vor dem Spaziergang zu drücken?

»Liebste Adele«, sagte ich hastig. »Halten Sie uns den Platz ein halbes Stündchen frei? Wir wollten uns einen Moment die Beine vertreten.«

Adele zog die Brauen hoch und schmunzelte. »Ah, natürlich, ich verstehe, so nennt man das also. Fein.«

Neben mir richtete Hanna sich gerade und riss die Augen auf. »Was? Nein, es ist anders, als du denkst. Mir ... mir ist nur etwas flau im Magen und ich glaube, die frische Luft tut mir jetzt ganz gut.«

»Soso. Ja, ich verstehe immer noch. Die frische Luft, klar.« Sie zwinkerte uns zu.

»Und die Bewegung!«, fügte Hanna mit Nachdruck hinzu. »Es ist ja nicht nur die Luft, auch die Bewegung.«

»Schon klar, Schätzchen. Aber ich sehe dich doch noch heute Abend, oder? Heute ist die letzte Gelegenheit, sich noch einmal richtig nett zu unterhalten. Morgen reise ich ab.«

»Morgen schon? Ist dein Urlaub vorbei?«

Sie lachte lauthals auf. »Du weißt doch, Kindchen, ich muss mir keinen Urlaub mehr nehmen. Bei mir ist nach dem Urlaub vor dem Urlaub. Meine Kreuzfahrt findet in ein paar Wochen statt, und ich muss noch jede Menge vorbereiten, es wird für mich eine ganz besondere Kreuzfahrt werden. Mit Kapitän und so ...«

Hanna schien erleichtert, dass es nicht mehr nur um mich ging.

»Kapitän? Ach so, der Kapitän, ja klar. Du hattest ihn

erwähnt. Ich drücke die Daumen, dass du ihn erobern kannst«, sagte sie, und ich wurde allmählich unruhig. Später war auch noch Zeit, um sich gemütlich zu unterhalten. Musste das jetzt sein?

Auch Hanna schien meine Anspannung zu spüren und warf mir einen Blick zu, der mir ganz klar zu verstehen gab: Du kannst warten, das hast du dir selbst zuzuschreiben.

Nun ja, das war nicht von der Hand zu weisen. Ich hüstelte und vergrub meine Hände in den Jeans.

Adele tätschelte Hanna die Hand. »Ja, ja, so ist das mit der Liebe, nicht wahr? Vor ihr ist man auch im Alter nicht gefeit. Und wer glaubt, in meinem Alter könnte man sich nicht mehr verlieben, der ist aber so was von auf dem falschen Dampfer.«

»Dann hoffe ich für Sie, dass Sie bei Ihrer Kreuzfahrt nicht auf dem falschen Dampfer sein werden«, platzte es aus mir heraus.

»Sehr witzig!«, sagte Hanna trocken und warf mir einen verächtlichen Blick zu.

Etwas betreten verzog ich das Gesicht. »Verzeihen Sie, Adele, das eben war ein ziemlich geschmackloser Kommentar. Ist mir einfach so rausgerutscht.«

»Ach, Junge, das war doch ein guter Spruch! Muss ich mir unbedingt merken! So, und jetzt ab mit euch. Geht spazieren oder was immer ihr auch tun wollt.« Auf dem Absatz machte sie kehrt, lief mit wehender Bluse davon und rief. »Hey, lasst mir bloß was von den Krabben übrig! Wer weiß, wann ich so eine Köstlichkeit wieder bekomme?«

Wie aus dem Nichts stand plötzlich Gesine vor uns. »Bratwurst?«

Vor unseren Augen schwebte eine Grillwurst in einem Brötchen. Ketchup quoll an den Seiten heraus »Wie sagt Hinnerk immer? Erst mal was essen, dann kann man immer noch schnacken.«

»Danke, Gesine, später vielleicht«, lehnte Hanna dankend

ab und kam mir damit zuvor. Dabei machte sie ein Gesicht, als hätte sie Mühe, eine spontane Übelkeit zu unterdrücken.

Gesine zuckte mit den Schultern. »Schade. Nachher dann, ja?«

»Gesine!«, rief Hinnerk. »Komm mal bei mich, lass den Jan und die Hanna in Ruhe.«

»Was?«, wollte Nicole wissen, die gerade mit einem Teller Salat vom Buffet kam. »Wen sollen wir in Ruhe lassen?«

Hanna stöhnte auf und flüsterte: »Ich glaube, wir reden später. Ist irgendwie ungünstig.«

So weit käme es noch!

»Uns!«, rief ich laut in die Runde. »Wir gehen spazieren. Hanna ist übel. Hat es jeder gehört? Ja? Also dann, bis später.«

»Jo, man tau!«, rief Hinnerk.

Wie war das noch mal im Nebensatz? Völlig normal verhalten, keine Aufmerksamkeit erregen. Hatte ja prima funktioniert.

Um niemandem eine weitere Gelegenheit zu bieten, uns aufzuhalten, nahm ich Hannas Hand und legte sie in meine Armbeuge. »Wollen wir, Frau Süß?«

»Die Show kannst du dir sparen!«

»Ich wollte nur nett sein.«

»Ging daneben!«

»Können wir dann jetzt?«

»Ich warte nur auf dich.«

Na, das konnte ja heiter werden.

Sie hatte sich bei mir unterhakt, und wir gingen zügig durch das Gartentor und den Weg hinunter bis zur nächsten Ecke.

Kaum waren wir abgebogen, nahm sie Abstand von mir und verschränkte ihre Arme. Stur blickte sie vor sich auf den Boden. »So, ich höre!«

Hanna

Wir bogen in eine schmale Straße ein, irgendeine Straße, die sonst wohin führte. Eine leichte Brise pustete in Jans blonde Haare, und das Mondlicht warf silberne Reflexe auf seine gebräunten, sehnigen Arme.

Jan vergrub seine Hände tief in den Taschen und sah mich von der Seite angespannt an. Herrje! Ich wollte jetzt nicht hier sein, also, schon hier in Friesland, nur nicht mit Jan. Dieser verdammte Kerl duftete noch besser als ein Mandel-Marzipan-Hörnchen und er sah so irre sexy aus mit seinen blonden Haaren, die wirkten, als wäre er gerade aufgestanden, und dem schwarzen Shirt, das eng an seinem Körper lag. Allerdings musste ich zugeben, dass ich überrascht war, wie seltsam vertraut es sich anfühlte, neben Jan im Mondschein zu spazieren.

Geruhsam schlenderten wir an einem weiß getünchten Gartenzaun entlang und ich verschränkte die Arme, weil ich nicht wusste, wohin mit meinen Händen: »So, ich höre!«

Als Jan zu reden begann, verkrampfe ich mich unversehens. »Es tut mir unglaublich leid, dass du anhören musstest, was ich vorhin zu Alex gesagt habe. Er hatte mich so wütend gemacht, und ich wollte ihm einen Grund geben, dich in Ruhe zu lassen.«

»Ach, es tut dir leid, dass ich das gehört habe und nicht, dass du es gesagt hast? Ist ja hochinteressant. Nebenbei: So eine dämliche Ausrede ist mir lange nicht mehr untergekommen!«

»Das ist keine Ausrede, sondern die Wahrheit. Und nein, es tut mir nicht leid, dass ich das gesagt habe, auch wenn es nicht den Tatsachen entspricht. Nur, wenn ich kein Interesse an einer Frau habe, hat Alex auch keines, verstehst du? Er …«

»Oh, bitte!«, lachte ich auf und bemerkte, wie er mich flehend von der Seite ansah. Ich wollte ihm gerne glauben, schüttelte aber nur mit dem Kopf, fuhr mit den Fingerspitzen über das glatte Holz des Zaunes und zählte die Zaunelemente. Eins, zwei … fünfzehn, sechzehn, sieb…

Plötzlich bremste Jan mich unerwartet ab, indem er mich am Oberarm festhielt und mich zu sich drehte.

»Hey! Was soll das denn jetzt?!«, protestierte ich. Meine Hand zuckte und ich war kurz davor, ihm eine runterzuhauen, um den Druck in mir abzubauen, der sich soeben anstaute. Eins war klar: Dieser Mann stand eindeutig zu dicht bei mir! Nur meine verschränkten Arme vor der Brust verhinderten, dass sich unsere Körper berührten. Gerade mal eine Zeitschrift würde noch Platz zwischen uns finden.

Jetzt packte er mich fest an beiden Oberarmen und verhinderte so, dass ich mich abwenden konnte. Nun, wenigstens seinem Blick konnte ich ausweichen.

»Sieh mich an!«, sagte er rau, löste eine Hand von meinem Arm, legte einen Finger unter mein Kinn und hob meinen Kopf an.

Seine blauen Augen mit dem dunklen Wimpernkranz blitzten mich an und seine Lippen waren zusammengekniffen. Wenige Sekunden wurden zur Ewigkeit. Meine Kehle wurde trocken, mein Herz raste, als wollte es herausspringen und die Führung übernehmen, und in meinem Kopf herrschte wildes Durcheinander. Vor mir stand nicht nur ein ausgesprochen attraktiver Mann, vor mir stand einer, der mir total gut gefiel und der mich durch seine Worte tief verletzt hatte. Wie konnte ich auch nur ansatzweise annehmen, er würde die Wahrheit sagen?

Entschlossen, nicht klein beizugeben, hob ich den Blick. »Meinst du etwa, ich bin begeistert, als eine Touristin bezeichnet zu werden, die man mal eben flachlegen kann?! Und diese plumpe Ausrede kaufe ich dir nicht ab. Wer sagt dir überhaupt, dass Alex es nicht ernst meint mit mir, hm? Wer? Ich höre!«

»Weil er diese Nummer jedes Mal abzieht, wenn er mitbekommt, dass mir eine Frau gefällt.«

»Und wer bringt dich auf die fixe Idee, du müsstest ihn von mir fernhalten? Sehe ich so wehrlos aus, dass du meinst, du kühner Retter rettest die Jungfrau vor dem bösen Drachen, oder was?!«

»Definitiv nicht!«, erwidert er überrascht.

»Geht doch! Ich brauche keinen Beschützer.«

Verdammt, der Mann brachte mich völlig aus dem Konzept.

In diesem Moment wurde Jans Blick weich und er musterte mich mit einer Intensität, die meine Hände feucht werden ließ.

Brüsk wandte ich mich ab und ging weiter, obwohl sein männlicher Duft mich auf eine Weise anzog, sodass alles in mir drängte, mit beiden Händen in seine vollen Haare zu fassen und ihn zu küssen. Und wenn ich noch einen Moment in seine unglaublich blauen Augen sah, würde ich genau das tun.

Energisch wand ich mich aus Jans Griff, wich zurück und stellte eine ansatzweise erträgliche Distanz her. »Ich denke, ich gehe jetzt zurück«, sagte ich entschlossen.

»Zur Hölle, jetzt hör doch mal zu, wenn dir jemand was erklären will.«

»Da gibt es nichts zu erklären. Ich kann dir nicht glauben, ich kenne dich nicht mal.«

»Na schön. Dann musst du mich eben kennenlernen«, sagte er dunkel, doch seine Augen funkelten amüsiert. »Zudem ist es hier nicht nur ungemütlich, hier haben auch die Häuser Ohren und Augen. Komm!« Sogleich packte er mich bei der Hand und zog mich einfach mit sich.

Hey! So nicht, mein Lieber. Mit aller Kraft hielt ich mich an einem Zaunelement fest. »Geht's noch? Was soll das? Willst du mich etwa verschleppen?!«

»Ja, genau. Zu mir nach Hause. Dort können wir in Ruhe reden und ich serviere dir einen Kaffee oder was immer du auch möchtest.«

»Ich möchte nach Hause!«

Er zog die Brauen hoch. »Nach Hause nach Heidelberg?«

»Das war gemein.«

»Kaffee?«

»Alkohol!«

»Was immer du möchtest.«

Ich biss mir auf die Unterlippe. Sollte ich mit zu ihm gehen? Wohin das führen konnte, wusste ich nur zu gut. Aber ich war mir nicht mehr so sicher, ob er log, er wirkte einfach zu … glaubwürdig. Ja, tatsächlich. Fiel ich etwa auf die Masche mit dem lieb guckenden Mann rein? Wie von selbst lösten sich meine Finger vom Zaun und nahmen mir die Entscheidung ab.

»Wie wundervoll!«, stieß ich wenig später aus.

Jans Pool war beleuchtet und schimmerte blau, an der Sitzgruppe sowie weiter hinten in den Büschen verbreiteten Kugelleuchten ein sanftes Licht. Ich hatte keine Ahnung, wie lange ich da gestanden hatte, denn jetzt kam Jan mit einem Tablett, stellte es an den Poolrand und setzte sich.

»Komm, machen wir es uns gemütlich und hängen die Füße ins Wasser.« Er hatte seine Schuhe bereits ausgezogen, jetzt krempelte er die Jeans hoch und tauchte seine Füße in das herrliche Blau. »Komm schon.« Er winkte mich zu sich. »Setz dich. Du willst die Wahrheit, oder? Dann hör mir zu, trinke einen Kaffee oder einen Rotwein oder beides. Du hast die Wahl.« Er deutete auf das Tablett neben sich. Darauf standen eine Tasse mit dampfendem Kaffee, Milch, Zucker, eine Flasche Rotwein, zwei Gläser. Und eine Schüssel mit Chips. Ich liebte Chips! Die kamen gleich nach Mandelhörnchen. Erst jetzt merkte ich, dass ich ziemlichen Hunger hatte.

Schweigend setzte ich mich neben ihn und war irgendwie froh, dass das Tablett zwischen uns war. Ich schlüpfte aus den

Schuhen, tauchte die Füße ebenfalls in das kalte Wasser und steckte gleich zwei Chips in den Mund. Das hatte den Vorteil, dass ich nicht reden musste, denn mit vollem Mund wäre das ja unhöflich. Während ich Milch und Zucker in den Kaffee gab, wackelte ich mit meinen Zehen im Wasser.

Und Jan begann zu reden.

Die Chips wurden leer, der Kaffee auch, ich ging zum Rotwein über. Er erzählte mir mit auf das Wasser gerichtetem Blick, dass er vor zehn Jahren hierher gezogen war, von der langjährigen Freundschaft mit Alex, von seiner Ex-Freundin Susanne, die er verlassen hatte, nachdem vor zwei Jahren der Sohn von Alex ertrunken war. Davon, wie dessen Frau damit nicht klarkam und ausgewandert war. Während dieser ganzen Zeit sagte ich nichts, hörte ihm einfach nur zu.

Irgendwann seufzte er lange auf, nahm einen Schluck vom Wein und sah mich an. »Seit dem Unglück hatte ich mir die Schuld gegeben. Zu der Zeit lebte ich noch in der Mühle und dieses Haus hier …« Er beschrieb mit dem Weinglas in der Hand einen Halbkreis. »… gab es so in der Form noch nicht. Es war meine Mühle, mein Teich, meine Verantwortung, meine Schuld.«

»War der Teich denn nicht irgendwie gesichert?«, fragte ich vorsichtig und hoffte, damit keine alten Wunden aufzureißen.

»Doch«, nickte er. »Doch. Rundherum war ein ungefähr hüfthoher Holzzaun. Er … er hat sich einen Stuhl daran gestellt, ist über den Zaun gestiegen und ins Wasser gefallen. Wir haben nichts davon mitbekommen, haben drinnen gesessen. Er hatte gefragt, ob er spielen gehen darf und Alex hatte genickt. Wir dachten, er geht ins Wohnzimmer, wo seine Spielzeugautos und Legofiguren waren.«

Nachdenklich blickte ich ihn an. »Das muss furchtbar gewesen sein. Aber warum, wenn ich fragen darf, ich meine, hast du deswegen deine Freundin verlassen?«

Er lächelte schief und zuckte die Schultern. »Nicht nur

deswegen. Ich dachte zu dieser Zeit viel nach. Darüber, eine Familie zu gründen, Kinder zu haben. Susanne und ich … nun ja, wir haben nie wirklich zueinander gepasst. Sie war ein Stadtkind und fühlte sich hier nie wirklich wohl. Hinzu kamen Schuldgefühle und die Angst, ein ähnliches Unglück könnte sich wiederholen. Vielleicht habe ich mir auch einfach verboten, Kinder in die Welt zu setzen, wenn doch mein bester Freund an meiner Mühle seines verloren hat. Nur konnte ich ihm das nie sagen, er ging mir aus dem Weg.«

»Und verbietest du es dir immer noch?«

Er schüttelte mit dem Kopf. »Seit Kurzem nicht mehr.«

Eine Weile sagte keiner von uns ein Wort, dann schob er das Tablett nach hinten und legte seine Hand auf meine.

»Glaubst du mir, wenn ich dir sage, dass ich Alex heute am Strand diese Lüge über dich aufgetischt habe, weil ich ihn von dir fernhalten wollte?«

Unsere Blicke trafen sich. Das Blau des Pools vermischte sich mit dem Blau von Jans Augen. In ihnen lagen pure Ehrlichkeit und ein Flehen, das mein Herz öffnete.

»Ja«, krächzte ich. »Ja, ich glaube dir.«

»Hast du eine Ahnung, was mir das bedeutet?«, fuhr er leise fort und drückte meine Hand. »Du bist die erste Frau seit langer Zeit, die mir wichtig ist. Hanna, ich …« Er brach ab und sah mich hilflos an.

Wie von weit her hörte ich das Blubbern der Reinigungsanlage, vor uns leuchtete der Pool, und eine leichte Brise streichelte die Wasseroberfläche. In meinem Inneren breitete sich ein Gefühl aus, das mich schon lange nicht mehr besucht hatte. Zu meinem Ziehen im Bauch gesellte sich die Erkenntnis, dass sich in dieser Stunde mein Leben von Grund auf ändern würde. Es fühlte sich wie silberne Mondlichtfäden an, die sich glitzernd von Jan zu mir spannten und unsere Herzen im gleichen Rhythmus tanzen ließen.

»Ich auch«, hauchte ich. Aus dem Stand galoppierten die

Mustangs in meinem Magen los. »Küsst du mich jetzt endlich?«

»Du glaubst mir«, sagte er leise und ein glückliches Lächeln umspielt seine Augen.

»Ja, das tue ich«, sagte ich zittrig. Alles an mir bebte auf diesen Kuss hin.

»Oh, Hanna …«, Er rutschte näher an mich heran und nahm behutsam meinen Kopf in seine Hände. Ich versank tief in dem schimmernden Blau seiner Augen, bis zum Horizont. Und weiter und weiter und weiter.

Mir drehte sich alles vor Glück, als seine weichen Lippen sanft die meinen berührten. Ich schloss die Augen, weil ich glaubte, in tausend Teile zu zerspringen vor Anspannung und Euphorie. Jans Atem versetzte mich in einen Rauschzustand und ich schwebte wie betäubt in einer Duftwolke aus Jan, Meeresbrise, fruchtigem Rotwein und Sandelholz.

Vorsichtig, beinahe fragend, tastete sich seine Zunge zwischen meine Lippen, die sich bereitwillig öffneten. Meine Arme gehörten plötzlich nicht zu mir, und ich fragte mich, warum ich mit meinen Händen Halt auf dem Boden suchte. Ach, scheiß drauf. Mit einer Heftigkeit, die ich mir gar nicht zugetraut hätte, umschlang ich ihn. O ja, viel besser.

»Viel zu lange«, raunte er zwischen den unsagbar zärtlichen Küssen. »Viel zu lange habe ich auf eine Frau wie dich warten müssen.« Zaghaft strich er mir eine Locke aus der Stirn. »Und doch hättest du keine Woche früher hierherkommen dürfen.«

»Warum nicht?« Himmel, meine Stimme hörte sich wie ein Reibeisen an.

»Weil ich da noch in Gambia war.«

»Ah.« Ich konnte nicht denken, nur fühlen, denn jetzt küsste er zart meine Stirn, die Brauen, die Lider meiner geschlossenen Augen, wieder hinunter zu meinem Mund. Seine Lippen wanderten über meine Wangen den Hals hinunter, und eine Gänsehaut überzog mich vom Haaransatz bis zu den Fußspitzen, die immer noch unter Wasser waren.

Plötzlich löste er sich von mir und sah mich ernst an. »Ich habe mich in dich verliebt, Hanna Süß und ich ... Ich will dich mit meinem ganzen Herzen und ...«

Jetzt wäre es Zeit, dass mich jemand kniff. Ich träumte, oder? Das konnte nur ein Traum sein. Wortlos stand ich auf und reichte ihm meine Hand. Ich sah, wie er schluckte. Er verstand.

Ehe ich mich versah, stand er ebenfalls auf, hob mich hoch und trug mich ins Haus. Vor Verblüffung quoll lediglich ein überraschter Laut über meine Lippen.

Im Wohnzimmer stellte er mich auf die Füße. Mein Atem ging schnell, so schnell, dass ich keinen Ton herausbrachte und aufgewühlt zusah, wie er langsam die Träger meines Kleides über meine Schultern schob.

O Gott ... Ich musste ihn berühren, seine Muskeln unter meinen Händen fühlen. Jetzt, sofort. Doch als ich meine Hände an seinen Bauch legte, nahm er sie und legte sie sich um den Nacken. »Lass mich zuerst ... Bitte. Ich möchte es genießen, und wenn du mich berührst, kann ich nicht mehr an mich halten.«

Huh! Okay ...

Beinahe andachtsvoll zog er mir das Kleid aus, den BH, den Slip. Nackt stand ich vor ihm. Jede Zelle meines Körpers sehnte sich nach ihm und danach, ihn endlich ebenfalls zu berühren. Dann begann ich, ihn auszuziehen, nur gelang mir das nicht mit Jans Beherrschtheit. Ich ruhte nicht eher, bis er endlich in seiner ganzen Pracht vor mir stand. Du liebe Güte, was für eine Pracht das war, sah ich selbst im Mondlicht überdeutlich. Erregt reckte sich mir sein Schwanz entgegen, und ich trat dicht an ihn, strich zitternd über Jans nackten Körper, über die glatte, harte Brust, den flachen Bauch, dessen Muskeln unter meiner Berührung zuckten, während sich seine Erregung hart und in Vorfreude pochend an meinen

Bauch presste. Gleichzeitig flogen Jans Hände über meinen Körper und im nächsten Moment lagen wir in enger Umarmung auf dem Teppich. Ein spitzer Schrei löste sich von meinen Lippen, als Jan in mich eindrang. Sanft, vorsichtig, nur ein kleines bisschen. Doch das war mir nicht genug. Ich schlang meine Beine um seine Mitte und übte mit den Fersen Druck auf seinen Hintern aus. Jan riss vor Überraschung die Augen auf, und ich musste unwillkürlich kichern.

»Hey, du ... das kannst du doch nicht machen?«, keuchte er. »Ich wollte mir Zeit lassen. Wir haben die ganze Nacht vor uns.«

»Wer sagt, dass ich nicht die ganze Nacht nutzen will«, foppte ich ihn und umklammerte ihn mit den Beinen so fest, dass er sich nicht in mir bewegen konnte.

Er lachte. »Ob man uns vermisst? Ich glaube ...« Seine Mimik bekam etwas sehr Zärtliches. Wieder umfasste er sanft mein Gesicht und strich mit dem Daumen meine Augenbraue. »... wir sagen irgendwann später Bescheid. Nicht jetzt.« Er küsste mich und ich bog mich ihm entgegen.

Schlagartig wurde mir klar, dass ich diesen wundervollen Mann nicht nur mit meinen Beinen umschlang, sondern auch mit meinem Herzen. Und das mit einer Intensität, die ich mir gar nicht zugetraut hätte.

~

Jan

Heilige Scheiße, hatte die Frau Schraubstöcke statt Beine?!

Zum ersten Mal in meinem Sexleben erfuhr ich, dass heißer Sex von einem unglaublich tiefen Gefühl begleitet werden konnte. Und das war ausgesprochen geil. Unabhängig davon brachte sie mich an den Rand des Wahnsinns. Eigentlich wollte ich in sie stoßen, immer wieder, hart und heftig, bis sie schrie und ihr perfekter Körper unter mir in einem nicht enden wollenden Orgasmus erzittern würde. Doch das Ziel, das mein Körper ansteuerte, tief in sie einzudringen und den unglaublichen Druck in mir zu lösen, rückte in den Hintergrund. Dieser Moment war so viel mehr als das. Unter mir lag diese absolut heiße und wunderschöne Frau, sah mich verschmitzt und gleichzeitig erregt an, und hielt mich so fest in der Umklammerung ihrer Beine, dass ich keine Chance hatte, tiefer in sie einzudringen. Plötzlich verlagerte sich mein Fokus weg vom triebgesteuerten Hengst hin zu einem Mann, der sich Hals über Kopf verliebt hatte und nicht fassen konnte, was da gerade mit ihm passierte.

Ich betrachtete ihr Gesicht, nahm jede Einzelheit in mich auf und strich mit dem Daumen über eine ihrer Augenbrauen. Sie waren dicht und etwas dunkler als ihre Haare. Ein Härchen stand keck nach oben, es ließ sich nicht zur Seite legen. Absolut süß!

Dann konnte ich nicht anders, ich musste sie küssen, erst zart, dann immer heftiger. Und ich merkte, wie sie die Beine lockerte und mich mit reizvollen Bewegungen ihrer Hüfte und einem lang gezogenen Stöhnen aufforderte, sie ganz zu nehmen, tief in sie einzudringen. Dieser Aufforderung kam ich nur zu gerne nach.

Mit einem erstickten Stöhnen vergrub ich mein Gesicht an ihrem Hals, den sie mir mit zurückgelegtem Kopf anbot, schob meine Hände unter ihre Pobacken und drückte sie an mich. Ich drehte den Spieß um, als ihre Bewegungen schneller wurden und ihre Fingernägel sich in meinen Rücken gruben, und bewegte mich quälend langsam in ihr, während meine Lippen mit ihren Nippeln spielten. Himmel – sie waren so hart wie mein Schwanz.

Schneller, als mir lieb war, erreichte meine Lust den Zenit und ich konnte mich nicht mehr beherrschen. Als ich langsam und genussvoll bis zum Schaft in sie eindrang, bäumte Hanna sich mit einem erstickten Schrei auf und presste ihre Fersen an meinen Hintern, übte Druck aus und ihre Vagina schloss sich heiß und feucht um meine Erregung. Ab jetzt gab es weder Zeit noch Raum. Nur wir beide, versunken in leidenschaftlichen Küssen, in der Faszination unserer Körper und in dem Rhythmus, den wir beide zu perfektionieren schienen. Als wir gemeinsam einem langen, intensiven Orgasmus entgegenschwebten, fühlte ich mich wie eine Feuersäule, die alles verschlang.

Als mein Höhepunkt verebbte, wollte ich mich nicht aus ihr zurückziehen, sondern ihre Wärme, die sich um meinen Schwanz schloss, auskosten, so lange es ging. Ich küsste ihre Stirn, fühlte mit den Lippen den sanften Schwung ihrer Augenbrauen, ihrer süßen kleinen Nase, ihre weichen Lippen.

Plötzlich verzog sie das Gesicht. »Autsch!«

»Habe ich dir wehgetan?«, frage ich erschrocken nach.

»Du nicht, der Teppich. Irgendwas Hartes drückt in meinen Rücken.«

Eilig rollte ich mich von ihr runter und sie setzte sich auf. »Siehst du was?«

»Moment.« Mit der Hand tastete ich den hochflorigen Teppich ab, und fand eine halbe Hundekaustange. Lachend hob ich sie auf und zeigte sie Hanna. »Floyd hat sich anscheinend etwas für später im Teppich vergraben. Wir haben auf seiner Zwischenmahlzeit gevögelt.«

Ich legte die Stange zur Seite, stand auf und sagte zwinkernd: »Komm. Ich kenne einen Platz, in dem garantiert nichts Essbares liegt, wenn du mitgehst, nur etwas zum Vernaschen.«

Kurz darauf lagen wir eng umschlungen in der Löffelchenposition in meinem Kingsize-Bett. Ich hielt sie von hinten umarmt, schmiegte mein bestes Stück an ihren Po und mein Gesicht an ihren zarten Nacken. Wie betörend sie duftete. Obwohl wir schon eine ganze Weile so lagen, konnte ich nicht an Schlaf denken, wollte die ganze Nacht so an sie geschmiegt liegen, sie riechen und, wer weiß, später vielleicht erneut vernaschen.

Ich lauschte. Ihr Atem ging gleichmäßig. War auch sie wie ich todmüde und hellwach, immer noch gefangen in dem fantastischsten Orgasmus aller Zeiten und nicht in der Lage, Worte dafür zu finden? Oder war sie eingeschlafen? Ich hob den Kopf und sah nach. Ja, sie hatte die Augen geschlossen und hinter den Lidern bewegten sich die Augäpfel. Sie schlief. Und wie süß sie aussah, wenn sie das tat. Ihr Mund war leicht geöffnet und ein zarter Speichelfaden machte sich von ihrem Mundwinkel auf dem Weg zum Kopfkissen. Dabei lächelte sie. Ich hatte in meinem ganzen Leben noch nie so eine niedliche und hinreißende schlafende Frau gesehen.

Wie spät war es eigentlich? Ich sah auf die Uhr. Oha, schon kurz vor Mitternacht. Die Stunden waren mir wie Minuten vorgekommen. Vorsichtig stand ich auf, ging ins Wohnzimmer und zog mein Handy aus der Jeanstasche. Die anderen stellten sich sicher zu Recht die Frage, wo wir blieben. Ich tippte eine kurze Nachricht an Hinnerk, dass Hanna und ich bei mir übernachten würden und zu müde wären, um noch zu kommen. Liebe Grüße an alle.

Schlafen wurde eindeutig überbewertet, insbesondere in einer Nacht wie dieser. In meinem Bett schlief die wundervollste Frau der Welt tief und fest und ich konnte nicht anders, als mich vor sie zu knien und sie einfach nur anzusehen.

Plötzlich konnte ich mir nicht mehr vorstellen, wie ich jemals wieder ohne Hanna leben sollte.

KAPITEL 14

Hanna

Mit geschlossenen Augen schnupperte ich. Kaffee! Prima! Genau das brauchte ich jetzt. Und zwar in Massen! Ich fühlte mich wie durch's Kuhmaul gezogen. Träge öffnete ich ein Auge und drehte den Kopf in Richtung Lichtquelle. Nanu? Das Fenster war mir gänzlich unbekannt. Hallo Fenster, wer bist du denn? Ich bin Hanna, angenehm.

Hm, es gehörte eindeutig nicht in das Schlafzimmer in Heidelberg. Stopp, Moment! Da war doch noch was ... Die Mühle! Hanna ... wach werden!

Check: Ich war nicht in der Mühle, ich war bei ... Jan. Und ich blickte durch ein riesiges Panoramafenster auf den Pool und den Garten.

Schlagartig war ich hellwach, legte den Kopf nach hinten ins Kissen und presste die Fäuste vor den Mund, so sehr hüpfte mein Herz vor Freude.

Ein Blick auf die Uhr verriet mir, dass es kurz nach sieben

war. Wann waren wir eigentlich eingeschlafen? Ich versuchte mich zu erinnern, schaffte es aber nicht. Todmüde war ich, aber glücklich, allerdings mit einem Bärenhunger und … uh, einem leicht wunden Gefühl zwischen den Beinen. Das brachte mir die Erinnerung an letzte Nacht zurück. Augenblicklich zog es mir sehnsuchtsvoll im Unterleib. Du meine Güte, der Sex mit Jan war einfach nur … fantastisch, bombastisch, abgefahren und ultrakrass gewesen. Müsste ich mich jetzt entscheiden zwischen Sex und Essen, fiele mir die Wahl nicht schwer. Auch wenn mir leicht übel war, aber nur ganz leicht. Kein Wunder, ich hatte gestern Abend bis auf Kaffee, Rotwein und Chips nichts zu mir genommen. Wer konnte in solchen Momenten auch an Essen denken?

Ich bereute nicht eine einzige Sekunde der vergangenen Nacht, wusste nur eines: Dieser Mann weckte etwas in mir, das kein Mann bisher geweckt hatte. Selbst bei Max hatte es tief in mir geschlummert, ohne sich bemerkbar zu machen. Just in diesem Moment wurde mir klar, warum. Max war nicht der Richtige für mich gewesen. Ja, ich hatte ihn geliebt, auf irgendeine Weise. Und wenn Max nicht den Reizen der Kellnerin erlegen wäre, hätte er mich nicht verlassen und ich wäre jetzt möglicherweise mit ihm verlobt, verheiratet … In jedem Fall hätte ich Jan nie kennengelernt. Kaum zu glauben, aber in diesem Moment war ich Max unendlich dankbar. Ich würde ihm die Kleidung ersetzen, die dank mir einen bitteren Feuertod erlitten hatte.

»Guten Morgen, Schönheit.«

Leise aufseufzend betrachtete ich Jan, wie er nur mit schwarzen Shorts und einem Tablett bekleidet zu mir ans Bett trat. »Es gibt Kaffee, blond und süß, für mich nur süß, aufgebackene Croissants, Butter, Marmelade. Oh, und frische Eier von einem glücklichen Huhn.« Er stellte das Tablett in die Mitte, beugte sich zu mir und gab mir einen zarten Kuss auf die Stirn. Dann setzte er sich neben mich auf das Bett.

»Aha, und du weißt ganz sicher, dass es ein glückliches

Huhn ist?« Ich rutschte hoch, setzte mich und zog instinktiv die Bettdecke bis über die Brüste hoch. Jan bemerkte es, sagte jedoch nichts. Stattdessen schenkte er mir ein verliebtes Lächeln.

»Ganz sicher. Das Huhn heißt Gretchen. Sie war eifersüchtig und hat keine Eier mehr gelegt. Ich riet dem Hühnerbauern, er solle ihr etwas Zweisamkeit mit dem Hahn gönnen. Das Ergebnis siehst du hier.« Er hob eines der gekochten Eier hoch. »Die zwei lagen heute Morgen in einem Körbchen vor der Tür. Sogar ein Zettel war dabei: Danke von Gretchen.«

Lauthals lachte ich auf. »So etwas gibt es auch nur auf dem Land.«

»Und vielleicht nur bei einem netten Tierarzt.«

»Oh, natürlich, ausschließlich bei einem netten Tierarzt auf dem Land. Bei einem netten, sehr attraktiven Tierarzt.« Ich hauchte ihm einen zarten Kuss auf die Wange. Mhm, er duftete viel leckerer als jedes Gebäck. Das ganz spezifische Aroma von Jan vermischte sich mit dem Duft von Sandelholz, gekochten Eiern, warmem Gebäck und Sex. Doch jetzt hatte das Croissant Vorrang.

Nach einem kurzen Frühstück fielen wir übereinander her wie die Verhungernden. Erst zwei Stunden später unter der Dusche beruhigte sich mein Körper, der immer noch im Nachbeben der multiplen Orgasmen steckte. Du liebe Güte, ich war davon überzeugt, Gott und die Welt würde mir am Gesicht ablesen können: Diese Frau hatte heute Morgen schon unvergleichlich hammerharten und geilen Sex!

Kurz darauf gesellte ich mich frisch geduscht und angezogen zu Jan, der an der Kücheninsel stand und telefonierte: »Achtzehn Uhr passt sehr gut. Bis dann.«

Ich schenkte mir noch einen Kaffee ein und nippte daran.

»Hanna«, sagte er, als er aufgelegt hatte. »Du erinnerst dich noch, dass ich dich gefragt habe, ob du bei mir in der Praxis einen kleinen Dienst übernehmen könntest?«

»Mhm, ja.« Ich deutete aufs Handy. »Um achtzehn Uhr nehme ich an.«

»Genau.« Er nahm mir die Kaffeetasse aus der Hand, stellte sie ab und küsste mich. »Danke. Kommst du eine halbe Stunde vorher, damit ich dir zeigen kann, wo alles steht?«

»Ich freue mich drauf. Aber sag mal, wann machst du denn deine Praxis auf?« Ich sah auf die Uhr. Es war schon halb zehn vorbei.

»Jetzt!« Er küsste mich noch einmal. »Wir sehen uns nachher, ja?«

Das Erste, das mir auffiel, war die fremde Nobelkarosse mit Heidelberger Kennzeichen. Der parkte direkt vor Nicoles Wagen, die gerade dabei war, ihre Tasche in den Kofferraum zu legen.

Als sie mich sah, grinste sie und kam mit ausgestreckten Armen auf mich zu. »Ich dachte schon, ich muss meine Termine heute Nachmittag absagen.« Sie umarmte mich und hielt mich dann mit beiden Armen von sich. »So wie du aussiehst, hast du die ganze Nacht durchgevögelt. Nein, sag nichts. Er ist gut, hab ich recht? Er ist verdammt gut und … Noch rede ich, okay? Du hast dich verliebt.« Sie kniff die Lider leicht zusammen und sah mir in die Augen. »O ja, und wie verknallt du bist. Na endlich!«

Irritiert nestelte ich an meinen Haaren rum. »Na endlich? Und wieso sieht man mir das an?«

»Ich sehe es dir an. Würde ich es nicht tun, was für eine Freundin wäre ich? Okay, Caro dürfte es auch merken. Und *na endlich* meint, dass ich auf diesen Ausdruck in deinem Gesicht gewartet habe, seit ich dich kenne. Den hattest du bei Max nämlich nicht. Wollte ich nur mal gesagt haben.«

»Ah.« Irgendwie fühlte mich überfahren. »Wem gehört der Wagen da?«

»Der Wagen?« Sie drehte sich um und tat so, als sähe sie ihn zum ersten Mal. »Ach, der Wagen?«

Ich schluckte. Max würde mich doch nicht ausfindig gemacht haben? Es könnte ja sein, dass er einen neuen Geschäftswagen hatte, er leaste sich alle zwei Jahre einen.

Nicole hakte mich unter. »Komm erst mal rein. Ich will jedes verruchte Detail von heute Nacht wissen.«

»Ja, okay, aber wem …«

»Liebelein!«, ertönte es plötzlich hinter mir. Schon hatte Adele mich erreicht, lachte mir gut gelaunt ins Gesicht und hielt eine Hand an ihren breiten Strohhut, als hätte sie die Befürchtung, er würde ihr selbst bei absoluter Windstille, die gerade herrschte, vom Kopf geweht. Sie war in ein leuchtendes Gelb und grelles Grün gekleidet und strahlte mit der Sonne um die Wette. Mit beiden Händen tätschelte sie mir die Wangen. Kurzfristig fühlte ich mich wie ein kleines Mädchen, die von der Tante geherzt wurde, weil sie so volle rote Bäckchen hat. »Liebelein, wie schön, dass ich mich noch von dir verabschieden kann. Ich reise jetzt ab. Mein Flugzeug geht in drei Stunden. Ach, ich hätte so gerne ein bisschen mit dir geplaudert, aber, nun ja, vielleicht sehen wir uns nächstes Jahr hier wieder? So, jetzt muss ich nur noch kurz Caro und ihrem Freund zeigen, wo der Ersatzschlüssel liegt, und dann … hui, bin ich weg.«

»Caro und … ihr Freund …?«, stammelte ich verwirrt.

»Na, der nette Mann aus Heidelberg, der ihr nachgereist ist.«

»Nachgereist ist …« Mein Blick glitt zur Nobelkarosse. Also war das nicht das Auto von Max. Inzwischen grinste Nicole über das ganze Gesicht und Adele sah mich kopfschüttelnd an.

»Ts, ts, Kindchen. Hast heute Nacht ein bisschen wenig geschlafen, hm? Nun, trink einen starken Kaffee, iss was und dann freu dich, dass deine Schwester noch eine Woche bleiben kann. Ach, ich liebe solche Happy Ends.«

Wie vom Donner gerührt bekam ich kein Wort raus und starrte Adele, dem wehenden Farbtupfer, hinterher, bis sie in ihrem Haus gegenüber verschwunden war.

»Komm, gehen wir rein. Ich wollte dir auch noch was geben. Aber erst erzählst du mir bei einem Kaffee, wie die Nacht war. Oder der Morgen.«

Ich blies die Backen auf. Das war alles ein bisschen viel auf einmal. »Oder beides.«

»Okay … klingt spannend.«

In der Mühle war es still. »Wo ist denn Juli?«, wollte ich wissen.

»Sie und Benni sind zu Hinnerk gefahren, die Biergarnitur zurückbringen.« Sie drückte mich in die weichen Kissen der Bank und schenkte uns beiden eine Tasse Kaffee aus der Thermoskanne ein. Eigentlich war mir nicht mehr nach Kaffee, eher danach, rüber zu Adele zu gehen, und meine Schwester zu fragen, was geschehen war.

»Erzähl!« Nicole setzte sich mir gegenüber und sah mich gespannt an. Die Tasse hielt sie in beiden Händen.

»Moment«, winkte ich fahrig ab. »Was ist das mit Caros Freund? Sie hat keinen, sie hatte lediglich …« Ich stutzte. »Er heißt nicht zufällig Torsten?«

»Doch. Ich weiß zwar keine Hintergründe, aber sie war völlig aus dem Häuschen, als er auftauchte. Er hat ihr ein Dokument gezeigt, da fing sie an zu weinen. Also nicht traurig, eher so Rotz und Wasser vor Glück.«

Ich schlug die Hände vor den Mund und quietschte auf. »O mein Gott. Das waren bestimmt die Scheidungspapiere.«

»Ja, ich glaube, so ein Wort ist gefallen, ich habe nicht so genau hingehört, weil ich mich um Marie gekümmert habe, während die beiden sich ausquatschten. Wie auch immer, ich schätze, es hat was Gutes zu bedeuten, dass dieser Torsten hier aufgetaucht ist?«

»O ja, und wie!« Ich nahm einen großen Schluck Kaffee.

»Fein. Und jetzt will ich deine Story hören.« Sie tippte auf die Uhr. »Aber zügig, ich habe noch ein paar Stunden Fahrt vor mir und muss heute noch einen unbelehrbaren Lackaffen von der Notwendigkeit einer sorgfältig geplanten Marketingkampagne überzeugen. Außerdem habe ich noch was für dich. Aber erst Details der letzten Stunden, bitte.«

In der Folge erzählte ich ihr den Ablauf der vergangenen Nacht bis hin zu meinem Termin als Kuscheltierärztin in Jans Praxis.

»Das ist ja süß. Du glaubst gar nicht, wie erleichtert ich bin, dass du diesen Max über den Harz gekickt hast«, kommentierte sie grinsend, stand auf und nahm einen Heftordner von der Kommode.

»Ähm, er hat mich verlassen, du erinnerst dich?«

»Wie auch immer, es war dringend nötig. Und jetzt passt das ganz gut, was ich dir zusammengestellt habe. Hier, das ist für dich. Ich habe mir mal ein paar Gedanken gemacht. Es reicht, wenn du es dir später ansiehst. Es sind einige Aufzeichnungen, wie sich deine zukünftige Selbstständigkeit gestalten könnte, mit einem Reparaturservice, einem Onlineshop und einem kleinen Laden hier vor Ort. Skizzen zum Onlineshop auch dabei. Ich habe mal testweise eine Website angelegt. So ein Lädchen in Friesland hätte was. Könnte zu dir passen.«

Ich klebte wie paralysiert an der Bank fest. »Du meinst doch nicht etwa, dass ich einfach so hierbleiben kann …«, protestierte ich schwach.

Das steigerte sich noch, als plötzlich Marie in die Küche kam und mit großem Freudengeheul auf meinen Schoß kletterte.

»Du bleibst hier? Wohnst du dann nicht mehr in Heidelberg? Aber dann kann ich dich ja gar nicht mehr besuchen? Können wir auch hier wohnen?«

Der Sommerabend hätte nicht schöner sein können. Die Sonne senkte sich bereits zum Horizont und zauberte rotgoldene Lichter auf die Wasseroberfläche, als Jan und ich Hand in Hand am Strand entlangspazierten. Floyd stöberte schwanzwedelnd im Dünengras herum.

»Du hast heute ein Kind sehr, sehr glücklich gemacht, Frau Doktor.«

»Ja«, sagte ich nachdenklich. »Sieht ganz so aus.«

»Du bist jetzt im Ort und in Kürze höchstwahrscheinlich in ganz Friesland die Kuscheltierkoryphäe, das ist dir klar?«

»Wieso in ganz Friesland?«, fragte ich, bückte mich nach einer Muschel und hob sie auf.

»Oh, so eine Neuigkeit verbreitet sich auf dem Land in Windeseile.«

»Hm … okay.«

Ich konnte es kaum glauben, dass ich eine Entscheidung getroffen hatte. Ich würde in Friesland bleiben. Das Gespräch mit Caro hatte mich letztendlich in diesem Entschluss bestärkt. Und Juli hatte Hinnerk zitiert: »Zuhause ist da, wo der Schlüssel passt.« Für's Erste wollte ich gerne die Mühle offiziell anmieten und mich nach einer geeigneten Immobilie umsehen, den Job im Gemüseladen annehmen und versuchen, nebenbei mein Hobby zu einem Beruf auszubauen. Klappte es nicht, hätte ich immer noch einen Job.

Eine leichte Brise pustete in Jans Haare, und ich konnte mich nicht sattsehen an ihm.

»An was denkst du?« Jan zog mich an sich und legte einen Arm um meine Schultern.

»Ach, an vieles. Unter anderem daran, dass ich hierbleiben will. Darf ich noch eine Weile in der Mühle wohnen, bevor du sie verkaufst?« Ich lehnte mich an seine breite Brust und zum ersten Mal seit sehr langer Zeit fühlte ich mich vollständig und glaubte überzuschäumen vor Glück. Ich hätte gleichzeitig lachen und weinen können, so intensiv war dieses Gefühl.

»Ja, klar«, sagte er zögerlich. »Aber ob ich sie verkaufe, weiß ich jetzt nicht mehr so genau. Hey, alles okay?« Er legte einen Finger unter mein Kinn und hob meinen Kopf an. Erst da merkte ich, wie eine einsame Träne über meine Wange lief.

»So okay wie noch nie in meinem Leben.« Eine Welle der Zärtlichkeit überrollte mich, als er mich aus seinen blauen Augen ansah. Oh, wie liebte ich ihn.

Liebe war das, was nach der ersten Verliebtheit kam, oder? Und ich konnte kaum erwarten zu erfahren, wie sich das anfühlte. Denn eines wusste ich: Niemals vorher, bei keinem Mann vor Jan, konnte es Liebe gewesen sein. Auch nicht die Verliebtheit, die ich jetzt spürte. Ich war so verliebt, wie eine Frau nur sein konnte, und ich war mir sicher, dass ich mit diesem Mann alt werden wollte.

»Ich könnte ewig so hier stehen.« Mit einem sehnsuchtsvollen Seufzer presste ich mich an ihn, schlang meine Arme um seine Mitte und blickte lächelnd zu ihm auf.

»Da sind wir schon zwei. Und dein Entschluss hierzubleiben, macht mich wahnsinnig glücklich. Und eines werde ich nie tun: dich Goldlöckchen nennen.«

Überrascht blickte ich ihn an. »Wo hast du das denn aufgeschnappt? Oh, du hast es geraten. Nun ja, war ja auch nicht so schwer.«

»Der Ex oder ein Lehrer, den du nicht mochtest. Viele Möglichkeiten bleiben da nicht.« Er grinste. Warum grinste er jetzt? »Damals, in Hamburg am Flughafen, da hat dein Ex dich so genannt. Erinnerst du dich, dass wir uns schon vor über einem halben Jahr begegnet sind?«

Plötzlich fiel mir alles wieder ein. Völlig perplex löste ich mich von ihm, schlug die Hand vor den Mund und starrte ihm ins Gesicht, als sähe ich ihn zum ersten Mal. Oh. Mein. Gott! Wie hatte ich mich daran nicht erinnern können? Langsam nahm ich die Hand herunter. »Jetzt! Natürlich! Du hast mir die Handtasche gebracht … Du warst das. Ich fasse gerade nicht, dass …«

Er zog mich an sich, nahm mein Gesicht in seine Hände und küsste mich. Dann sah er mich mit einem amüsierten Blitzen in den Augen an. »Nicht nur du hattest dich nicht daran erinnert. Mir ist es auch erst sehr viel später wieder eingefallen.«

»Warum hast du nichts gesagt?«

»Weil … weil irgendwie entweder nicht der passende Moment oder nicht die Zeit dazu war. Als es mir einfiel, war ich mit dir im Wasser, und da … da haben andere Dinge sich in den Vordergrund gedrängt und …«

Ich stupste ihn in die Seite und zwinkerte. »Schon klar. Und schon seltsam, wie oft wir uns begegnet sind und wieder aus den Augen verloren haben, hm?«

»Vielleicht braucht alles seine Zeit? Unsere war möglicherweise vor einem halben Jahr noch nicht reif, doch das Schicksal hat bereits die Fährte ausgelegt.«

Glücklich schmiegte ich mich an ihn und legte meinen Kopf an seine Brust.

Es fühlte sich alles richtig an. Und diese unumstößliche Gewissheit, angekommen zu sein und zu Jan zu gehören, erfüllte mich mit purem Glück. So war das also, wenn man den richtigen Mann gefunden hatte. Diese Empfindung war mir neu. Sie legte sich wie eine warme Decke um mich. Ich fühlte mich geliebt und geborgen. Und ich war neugierig, was die Zeit bringen würde. Hier in Friesland, am Rande des Horizonts, zusammen mit diesem wundervollen Mann.

EPILOG

Ich bin nie wieder nach Heidelberg zurückgekehrt. Jetzt, etwas mehr als ein Jahr später, weiß ich, dass alles so hatte kommen müssen. Glücklich seufze ich auf. Ja, endlich weiß ich, wo ich hingehöre und was mich glücklich macht.

Und das Beste ist, dass auch Caro und Torsten zueinandergefunden haben. Sie sind ein absolut süßes Paar und wollen mich zu Weihnachten für eine Woche besuchen, sehr zum Leidwesen Maries, die lieber im Sommer gekommen wäre. Aber aufgeschoben ist ja nicht aufgehoben. Tja, manchmal entwickeln sich die Dinge wie von alleine. Sogar ein Käufer für die Mühle wurde gefunden. Ich! Und ich hatte mich über den Preis mehr als gewundert. Die Immobilien in dieser Gegend kosteten tatsächlich nur einen Bruchteil dessen, was im Heidelberger Raum aufgerufen wurde. Etwas mehr als die Hälfte des Preises habe ich bar bezahlt, den Rest tilge ich über einen Kredit mit monatlich überschaubaren Raten.

Behutsam lege ich die kleine Stoffgiraffe zur Seite, deren Schwänzchen vom Familienhund angenagt worden ist. Es hatte mich ein bisschen Mühe gekostet, den passenden Stoff zu finden, und noch viel mehr, es so hinzubekommen, dass es wie vorher aussieht.

Für heute ist mein Arbeitstag beendet. Ich lösche das Licht an der Nähmaschine, stehe auf und gehe aus meiner Werkstatt, die nicht sehr groß, aber genau deswegen urgemütlich ist, hinüber in die Küche. Immer noch kann ich es kaum fassen, dass Jan die Werkstatt auf eigene Kosten an der Mühle hat anbauen lassen. Himmel, ist das ein Staub gewesen, als die zwei Bauarbeiter die Wand hinter dem Lastenaufzug zu meiner zukünftigen Werkstatt durchbrochen haben.

Inzwischen kann ich mich vor Arbeit kaum retten. Aus ganz Friesland werden mir kaputte Lieblingskuscheltiere gebracht oder zugesendet. Auf dem Flohmarkt in Jever einmal im Monat stöbere ich nach Stofftieren, die ich reparieren kann. Den Wintergarten haben wir zu einem kleinen Laden umgebaut, dort warten die geretteten Schätze dann auf ihre neuen Familien. Und ich habe sogar einen Onlineshop. Ich bin Nicole so unendlich dankbar, dass sie nicht lockergelassen und mich davon überzeugt hatte. Niemals hätte ich gedacht, dass der Verkauf so gut läuft.

Ich blicke auf die Uhr. Kurz vor sieben Uhr am Abend. Jetzt im September werden die Tage langsam kürzer und abends ist es mittlerweile recht frisch draußen. Durch das Fenster sehe ich, wie die Sonne sich langsam über den Horizont senkt, und atme tief ein. Dieser Anblick hat etwas Beruhigendes. Hier in Friesland läuft das Leben langsamer, gemächlicher, entspannter. Etwas, das ich in Heidelberg vermisst habe, ohne es zu wissen. Manchmal schlägt das Leben seltsame Haken. Vielleicht muss man erst gefühlsmäßig tiefe Täler durchschreiten und in ausweglose Situationen geraten, um sich selbst zu finden. Oder das, was einem entspricht und guttut.

Ich gehe hinüber in die Küche, in der es herrlich nach Schmorbraten riecht. Juli hat ihn vorhin in den Backofen geschoben. Dazu habe ich bereits am Nachmittag Knödel gerollt und ein Karottengemüse vorbereitet. Zeit, die Knödel ins Wasser zu geben.

Gleich hat Jan Praxisschluss. Wir haben ausgemacht, dass er dann direkt in die Mühle kommt, wir alle zusammen essen und einen gemütlichen Abend verbringen. Gerade als ich einen Topf mit Wasser auf den Herd stelle, höre ich Benni rufen.

»Es sind keine Handtücher mehr da. Juli, kannst du mir eins bringen?«

»Gleich«, ruft es von oben. »Ich stehe hier gerade nackig vor dem Schrank und weiß nicht, was ich anziehen soll!«

»Wie wäre es mit Pluderhosen und Schlabbershirt?«, brüllt Benni und ich muss lachen. Wer hätte gedacht, dass sich ausgerechnet die beiden ineinander verlieben? Dabei hätte ich schwören können, Juli wäre am Grillfest wegen Alex so nachdenklich gewesen. Heute weiß ich, sie hatte entdeckt, dass ausgerechnet mein Bruder ihr Herz zum Klopfen brachte. Sie leben eine Fernbeziehung. Er in Mannheim in der Nähe zur Pop-Akademie, sie in Wiesbaden. Unter der Woche geht jeder seinen Verpflichtungen nach, an den Wochenenden sind sie entweder bei Juli oder in Bennis Ein-Zimmer-Wohnung. Und Alex … tja, der hat sein Leben umgekrempelt und sich kurzzeitig aus der Sterneküche zurückgezogen, um jetzt eine Pommesbude am Strand zu betreiben. Back to the Roots, hat er es genannt. Es ist wahrscheinlich die einzige Pommesbude in Friesland, bei der man über zehn verschiedene Ketchup-Geschmacksrichtungen zu den Pommes bekommt. Das Leben geht schon seltsame Wege. Wie auch immer, aktuell sind Juli und Benni zwei Wochen am Stück bei mir in der Mühle. Ich freue mich wie blöd, dass die beiden zueinandergefunden haben.

»Ich kümmere mich schon drum«, rufe ich, gehe ins Schlafzimmer und ziehe ein Handtuch aus der Kommode. Dann klopfe ich an die Badezimmerzimmertür und reiche Benni mit ausgestreckter Hand das Handtuch.

»Ist das recht so?«

»Jedes Handtuch ist recht, wenn du nass im Bad rumstehst und im Zweifelsfall den Duschvorhang nehmen musst. Ist Jan schon da?«

»Nein, in einer Viertelstunde etwa.«

Ich lege einen breiten, wärmenden Schal um die Schulter und grinse.

Floyd, der tagsüber bei mir ist, wenn Jan arbeitet, liegt zusammengerollt auf seinem Hundebett und verfolgt jeden meiner Schritte.

»Guck nicht so, du weißt genau, die Raubtierfütterung ist erst später.« Ich öffne die Tür. »Willst du mit raus?«

Das lässt er sich nicht zweimal sagen. Er springt auf und rennt schwanzwedelnd an mir vorbei. Hoppla? So erfreut?

Als ich vor die Tür trete, weiß ich auch warum. Jan ist da. Mein Herz hüpft ihm schon entgegen, bevor ich es tue. Alles fühlt sich gut und richtig an. Wir wohnen zwar nicht zusammen, sehen uns aber an mindestens drei Abenden und am Wochenende. Mit jeder Woche, die verstreicht, habe ich mehr und mehr das Gefühl, Nägel mit Köpfen machen zu müssen. Ich wollte ihn rund um die Uhr um mich haben, mit ihm leben. Ganz egal, wo. Hauptsache, wir sind zusammen.

»Hey, hast du heute die Luftlinie hierher genommen?«, rufe ich ihm zu.

»Könnte man so sagen. Bin etwas schneller gefahren.« Kurz hinter dem Gartentor bückt er sich zu Floyd, der ihn außer sich vor Freude begrüßt, als wäre Jan viele Jahre weg gewesen, und knuddelt ihn durch. Wie ich die beiden so sehe, wird mein Herz weit und ich wünsche mir, es wäre immer so. Jeden Abend.

Ach, Jan sieht so verdammt gut aus in der verwaschenen Jeans und dem dunkelgrauen Shirt. Wie ich diesen Mann liebe! Ich ziehe den Schal fester um meine Schultern und gehe ihm entgegen … dann trete ich versehentlich auf einen der Randsteine des Wege und knicke um. Erschrocken bemerke ich, wie ich das Gleichgewicht verliere, versuche, nicht zu stürzen, und suche hektisch nach etwas, an dem ich mich festhalten kann.

»Hab dich!« Im letzten Moment fängt Jan mich auf und ich stoße erleichtert die Luft aus.

»Das war knapp! Danke.« Testweise kreise ich den Fuß. Gott sei Dank, nichts passiert.

»Ich dachte schon, ich muss dich vom Pflaster pflücken.« Jan hält mich fest in seinen Armen und pustet mir eine Locke aus der Stirn. »Diese Locke ist nicht zu bändigen, hm? Genau wie du.«

Dann zieht er mich zu dem Kieshaufen, der immer noch ein unschönes Bild abgibt.

»Hey, Sex auf Kies gibt hässliche blaue Flecken am Hintern«, scherze ich.

»Wo denkst du hin?«, sagt er verschmitzt. »Kein Sex, schon klar, zumindest nicht, solange noch der Kies hier rumliegt.«

»Aha? Du sprichst in Rätseln.«

Er dreht mich zu sich herum und drückt mich an sich. »Was hältst du davon, wenn wir hier einen Steingarten anlegen?«

»Schöne Idee«, seufze ich an seiner Brust. »Aber das kann ich mir wirklich nicht leisten. Irgendwann vielleicht.« Doch die Idee begeistert mich, und ich hebe den Kopf. »Man kann viel selbst machen. Es ist zwar viel Arbeit, aber machbar. Vielleicht ein kleiner Brunnen dazwischen und …«

»Steinpflanzen.«

»Ja, die auch. Und eine kleine Holzbrücke, die darüber führt. Das wäre schön.«

»Fein, du bekommst einen Steingarten.« Er drückt mir einen Kuss auf die Stirn. »Und wer weiß, vielleicht möchte ich wieder in der Mühle wohnen. Wie fändest du das?«

»Du willst hier einziehen?« Ich bin ehrlich überrascht, freudig überrascht, merke jedoch, wie falsch sich meine

Worte angehört haben müssen. »Verzeihung, ich meine, ich …«

»Scht.« Lächelnd legt er einen Finger an meine Lippen. »Ich liebe dich, Hanna Süß. Vermutlich hast du das die letzten Monate gemerkt.« Er legt eine Pause ein, weil er meine Nasenspitze küsst. »Wir sind uns drei Mal begegnet, bevor wir uns ineinander verliebt haben, und jeden Tag seit unserer ersten Nacht sehne ich mich danach, morgens mit dir aufzuwachen. Okay, und darüber zu lachen, wie lustig deine Locken in alle Richtungen abstehen. Ich möchte dich um mich haben. Täglich, am liebsten minütlich. Und hier …« Er hebt den Kopf und lässt seinen Blick schweifen. »… hier ist alles, was ich liebe. Hier bist du, Hanna. In dieser Mühle. Hanna … darf ich dich offiziell fragen, ob du mich als Untermieter aufnehmen möchtest?«

»Hm … lass mal überlegen.« Ich löse mich von ihm und lege einen Finger ans Kinn. »Die rechte Seite des Bettes ist bereits an einen Dauermieter vergeben. Man müsste ihm einen adäquaten Platz anbieten.«

»Fensterbank?« Jan grinst verschmitzt. Schon allein für dieses Lausbubenlächeln könnte ich ihn küssen. »Mr. Brumm könnte rausgucken, ist doch viel interessanter, als immer nur an die Decke zu starren. Nein? Nicht?«

Langsam hebe ich die Schultern und senke sie wieder. »Hm …«

»Wir könnten ihn fragen«, sagt er mit einem erotischen Vibrieren in der Stimme, tritt hinter mich, umschlingt mich mit seinen Armen und knabbert an meinem Hals. »Jetzt gleich? Na?«

Lachend winde ich mich aus seiner Umklammerung. »Ich glaube, der Fensterplatz würde ihm gefallen. Gefragt wird aber später, Mister-ich-kann-immer. Jetzt gibt es Knödel.«

»Knödel!«, wiederholt er spielerisch angewidert und kommt mit ausgestreckten Händen auf mich zu. »Ich kenne da zwei viel hübschere Kugeln, die ich …«

»Hey, ihr zwei!«, ruft Benni von der Tür her. »Kommt ihr jetzt essen oder was? Wir haben Hunger!«

Jan zieht mich an sich. »Was meinst du, haben wir auch Hunger?«

»Und wie«, sage ich und weiß das Glimmen in seinen Augen zu deuten. Er meines offenbar auch.

»Benni? Fangt schon mal an, wir kommen … ein klein wenig später.«

~ Ende ~

NACHWORT

Ich hoffe, dir hat *Liebe auf Friesisch* gefallen, und ...

... der Roman konnte dir ein Lächeln ins Gesicht zaubern und dir ein gutes Gefühl vermitteln. Hast du Hanna und Jan, aber auch die anderen Nebencharaktere wie Juli, Adele oder Hinnerk in dein Herz geschlossen? Ich wünsche es mir sehr. Oh, übrigens ... Wenn du schon »Glück ist Liebe, Honey« gelesen hast, dann war dir eine Nebenfigur sicher schon bekannt: Adele, der bunte Vogel, in der Zeit vor der großen Kreuzfahrt.

Es wäre schön, wenn du den Roman weiter empfehlen würdest. Ich freue mich auch sehr über Deine Meinung in Form einer kurzen Bewertung bei Amazon, denn Dein Feedback hilft nicht nur anderen Lesern, Neues zu entdecken, sondern auch mir, um nachvollziehen zu können, was aus Lesersicht in diesem Buch gefallen oder weniger gut gefallen hat. Nur so kann ich mich als Schriftstellerin weiterentwickeln. Darüber hinaus sind Deine Eindrücke als ehrliches Leser-Feedback eine immense Wertschätzung.

Ich freue mich immer über Rückmeldungen via Facebook, Instagram oder per Mail.

KONTAKT

Was wäre ein Schriftsteller nur ohne Leser?

Ganz genau.

Aus diesem Grunde ist mir der Kontakt zu meinen Lesern sehr wichtig. Ich freu mich über Anregungen, Kritik und Austausch. Und natürlich freue ich mich sehr, wenn Du mir und anderen Lesern zeigst, was Du über meine Bücher denkst. Schreib mir an **Kontakt@jo-berger.com** oder vernetze Dich mit mir auf einem der folgenden Kanäle:

Aus diesem Grunde ist mir der Kontakt zu meinen Lesern sehr wichtig. Ich freu mich über Anregungen, Kritik und Austausch. Und natürlich freue ich mich sehr, wenn Du mir und anderen Lesern zeigst, was Du über meine Bücher denkst. Schreib mir an Kontakt@jo-berger.com oder vernetze Dich mit mir auf einem der folgenden Kanäle:

- Melde Dich über meine Facebook-Autorenseite
- Schicke mir eine Freundschaftsanfrage auf Facebook
- Melde dich zu meinem Newsletter an
- Kontaktiere mich auf Instagram oder Twitter

- Stöbere auf meiner Webseite
- Besuche meine Amazon-Autorenseite und lass Dich automatisch von Amazon über meine Neuerscheinungen informieren (hierzu klicke einfach auf den gelben Folgen-Button unter meinem Autorenfoto)

Ich freue mich auf Dich!

WEITERE ROMANE VON JO BERGER

Alle meine Romane sind in sich abgeschlossen und enthalten keine Cliffhanger. Das trifft auch auf Reihen zu. Und wie immer bekommst du in meinen Büchern auf jedem Fall ein Happy End.

Highland Lovestory-Reihe

- New Year Love – Nottingham Bad Boy
- Spring Love Touch – Highland Dream Boy
- Late Summer Hope – Highland Gentleman
- Cold Winter Heart – Highland Hero

Weitere Romane

- Glück ist Liebe, Honey
- Mit Mandelkuss und Liebe
- Du und ich und das Haus am Meer
- Schneeflockenküsschen
- Himmelreich mit Herzklopfen
- Ein Engel für Jule
- Hummeln im Bauch
- Manhattan Millionär - Luxus oder Liebe?

WEITERE ROMANE VON JO BERGER

Zwei-Herzen-Reihe: short Stories

Zwei Herzen im Regen

Zwei Herzen für Mr. Cooper

Zwei Herzen auf der Suche

Krimikomödie

Kick Off – Fünf Ladys auf Abwegen

Humorige Kolumnen für Frauen

Das liegt am Wetter

Zu Jo Bergers Romanen auf Amazon

REINLESEN BEI JO BERGER

GLÜCK IST LIEBE, HONEY

Kindle & Bild-Bestseller Juli / August 2018

Verliebt, verlobt … verheiratet!?

»Das Leben ist schön. Mach Dein Leben mohnblumenrot, ozeanblau, giftgrün, lila, pink und zitronengelb. Und dann streu Glitzer drauf.«

Er ist ein Womanizer aus einem Adelsgeschlecht. Seine Beziehungen überdauern meist nur eine Nacht. Tiefe Gefühle lehnt er ebenso ab wie das Vorhaben seines Vaters, ihn mit der Tochter eines Geschäftspartners zu verheiraten.

Sie möchte eigentlich ihren Verlobten heiraten, doch die richtige Vorfreude auf die Hochzeit will sich weder bei ihr noch bei ihrem Liebsten einstellen.

Als Mascha von einer Stammkundin überraschend auf eine Kreuzfahrt eingeladen wird, geht das Gefühlschaos erst so richtig los. Nicht nur, dass ihr Verlobter sich mit einem Male seltsam benimmt - an Bord lernt Mascha einen heißen Akrobaten kennen und auch der Manager David bringt ihr Blut verbotenerweise in Wallung. Oder winkt ihr das Schicksal gerade heftig zu?

Noch während sie hin- und hergerissen ist, nimmt die Reise urplötzlich eine dramatische Wendung, mit der Mascha niemals gerechnet hätte.

Wenn man erkennen muss, dass man nichts planen kann. Erst recht nicht die Liebe.

Lesen mit allen Sinnen: Sehnsucht, Liebe, prickelnde Gefühle, Romantik, Humor, heiße Szenen und Dramatik. Die ideale Lektüre für den Strandurlaub. Ein Roman zum Träumen. Auch für junge Erwachsene.

»Glück ist Liebe, Honey« ist eine abgeschlossene Lovestory und enthält explizite Szenen. Der Roman spielt in Heidelberg sowie auf einer Kreuzfahrt von Bali bis nach Sidney.

LATE SUMMER HOPE

No. 1 Kindle Bestseller 2018

… wenn die Grenzen zwischen Kopf und Herz verschwimmen.

Calan McGrant ist ein steinreicher, arroganter und selbstverliebter Macho, der jedes Frauenherz schmelzen lässt. Mag sein, aber nicht das von Annie Fairfield! Die Männer liegen ihr zu Füßen, nicht umgekehrt.

In seiner Gegenwart allerdings bekommt die selbstbewusste Redakteurin und Hobby-Poledancerin plötzlich weiche Knie. Doch das Letzte, was sie tun wird, ist, auf so einen Typen reinzufallen. Was daraus werden kann, sieht sie ja an ihrer Schwester Mella.

Zu allem Überfluss trifft sie den überheblichen Kerl auf

der Märchenhochzeit ihrer Kollegin in den schottischen Highlands wieder. Dort wird er ihr auch noch als Earl of Chesire vorgestellt und ist in Begleitung einer blonden Giftspritze. Na, die passt ja zu ihm! Annie ist heilfroh, dass Mr Arrogant in festen Händen zu sein scheint. Doch muss er ständig ihre Nähe suchen und ihr auf die Nerven gehen? Bereits am Hochzeitsabend fliegen zwischen Annie und Calan die Fetzen. Allerdings ahnt sie nicht, welche tief greifenden Konsequenzen das haben wird.

LESEPROBE

Kindle & Bild-Bestseller Juli / August 2018

GLÜCK IST LIEBE, HONEY

»Das Leben ist schön. Mach Dein Leben mohnblumenrot, ozeanblau, giftgrün, lila, pink und zitronengelb. Und dann streu Glitzer drauf.«

Die Wärme traf mich wie ein Schlag, als ich aus dem klimatisierten Innenraum des Schiffes trat.

Blinzelnd schob ich die Sonnenbrille auf die Nase und setzte den Strohhut auf. Für den Ausflug hatte ich ein Paar leichte, cremefarbene Stoffhosen gewählt, die ich bis zur Wadenmitte hochgekrempelt hatte, Chucks, ein luftiges, schwarzes, ärmelloses Shirt. Auf einem schwarzen Shirt sah man eventuelle Flecken nicht so schnell. Außer Zahnpasta vielleicht.

Gemeinsam mit zwei Handvoll Menschen wurde ich zu einem Minibus geleitet, in dem für mein Empfinden viel zu wenig Platz war. Plötzlich war ich mir nicht mehr so sicher, ob der Ausflug eine gute Idee gewesen war.

»Entschuldigen Sie«, fragte ich die junge Dame, die einer dicken Frau vor mir beim Einsteigen half und anschließend den Namen auf der Liste abhakte. »Wie lange fahren wir eigentlich zu diesem Affentempel?«

»Ungefähr zwei Stunden. Sind Sie angemeldet?«

»Ja, Mascha Edelmann, aber …«

»Edelmann. Ah, da stehen Sie ja. Bitte steigen Sie ein, es geht gleich los.«

Mit zusammengepressten Lippen starrte ich in das Innere des Busses, der bereits jetzt hoffnungslos überfüllt war.

»Tut mir leid, ich habe es mir anders überlegt.«

»Die Kosten bekommen Sie aber nicht mehr erstattet bei so einem kurzfristigen Storno.«

»Das ist okay.«

Ich trat zurück, setzte mich auf einen großen Stein im Schatten, sah dem Mini-Bus hinterher, wie er losfuhr, und war heilfroh über meine Entscheidung. Auf dem Rücksitz – dort war noch ein Platz frei gewesen – sah ich den breiten Rücken eines Mannes neben der dicken Frau. Dazwischen hätte ich gesessen.

Erleichtert blickte ich mich um. Vielleicht gab es ja ein paar Shoppingstände oder ein kleines Hafencafé, in dem ich etwas Landestypisches einkaufen und ein Häppchen essen konnte. Gute Idee.

Links oder rechts entlang? Oder die breite Straße geradeaus?

Um mich herum pulsierte das Leben. Eilige Menschen, überall das laute Knattern von Motorrollern, verschiedene Sprachen, lachende asiatische Gesichter, ein Pärchen, das Hand in Hand an mir vorbeischlenderte, Handyklingeln, Reisende, die in Ausflugsboote stiegen.

Dann setzte für einen Wimpernschlag mein Herz aus.

Nicht weit entfernt von mir entdeckte ich Sandro. Lächelnd und mit ineinander verschränkten Armen saß er halb auf dem Sitz eines Motorrollers, einen Fuß auf dem Boden. Er trug ein olivfarbenes, enges T-Shirt, Jeans und Sneakers. Eine dunkle Haarsträhne fiel ihm in die Stirn und ein leichter Bartschatten zierte sein Kinn. Sandros definierter Bizeps zeichnete sich deutlich unter der sonnengebräunten Haut ab. Er wirkte wie ein Model aus einem Werbespot.

Jetzt stand er auf und kam auf mich zu. Augenblicklich begann mein Herz zu rasen.

Gott, war der Typ heiß!

Tief atmete ich durch und hoffte, er würde mir nicht anmerken, wie beeindruckt ich von seinem Auftreten war. Hatten seine Augen die gleiche Farbe wie sein Shirt? Himmel, das war … sexy. Ohne Frage, Sandro Banderas haute mich aus den Chucks.

»Lust auf einen Ausflug, Mascha?«

Diese Augen …

»Nicht wirklich.« Meine Stimme hörte sich an, als hätte ich an Kreide gelutscht. Verlegen räusperte ich mich. »Auf mehrstündige Busfahrten mit Körperkontakt kann ich liebend gern verzichten.«

»Hm, klar.« Er rieb sich das Kinn. »Was hältst du von einer Rollerfahrt mit Körperkontakt? Allerdings müsstest du mit meinem vorliebnehmen.«

»Roller?«

»Körper.«

Huh! Jetzt war mir heiß. Und das lag garantiert nicht nur an den schwülen fünfunddreißig Grad.

Kurz darauf saß ich hinter Sandro auf dem Sitz eines Motorrollers – ohne Helm! – und schlang meine Arme um seine stahlharte Mitte.

»Halt deinen Sonnenhut fest!«, sagte er. »Wäre schade drum, er steht dir wirklich gut.«

Oh, der Hut! Natürlich.

Sandro bog für meine Begriffe viel zu schnell um eine Kurve und in eine palmengesäumte Straße ein. Im letzten Moment hielt ich den Strohhut fest. Fast bedauerte ich, dass ich dafür eine Hand von Sandros hartem Bauch nehmen musste.

»Wohin fahren wir eigentlich?«

»Zu einem Freund.«

»Du hast einen Freund auf Bali?«

»Ein ehemaliger Kollege hat sich vor drei Jahren in die Insel verliebt und ist einfach hiergeblieben. Seitdem arbeitet er in einem Elefantenpark und ist glücklich. Dorthin fahren wir.«

»In einen … huh! Kannst du mal bitte langsamer überholen?« Erschreckt krallte ich mich in Sandros Shirt und schloss die Schenkel fester. »Wir fahren zu einem Elefantenpark?«

»Ja, schon mal auf Elefanten geritten?«

»Nein!«, brüllte ich, als wir einen laut knatternden Pritschenwagen überholten.

»Es wird dir gefallen. Achtung! Festhalten!«

Damit bog er von der Straße ab und nahm einen schmalen Weg, der nicht so aussah, als würde ein Auto durchpassen. Kurzerhand zog ich den Strohhut vom Kopf und klemmte ihn zwischen mich und Sandro, dorthin, wo auch schon meine schmale Handtasche steckte, und hielt mich wieder mit beiden Händen fest.

Das war auch nötig bei dieser Buckelpiste. Laut knatternd fuhren wir im Slalom um große Wurzeln herum, vorbei an Palmen, Bananenstauden und Büschen mit fingerlangen Dornen. Mehrfach bogen wir ab, und bald wusste ich überhaupt nicht mehr, wie tief wir bereits im Dschungel steckten. Und der Weg wurde immer schmaler, oft musste ich mich unter überhängenden Zweigen bücken.

»Dieser Weg führt zu den Elefanten?«

»Noch nicht. Warte es ab.«

Wo brachte er mich hin? Hatte ich Angst? Eigentlich nicht. Er arbeitete auf dem Schiff, er musste vertrauenswürdig sein. Oder?

»Sandro«, sagte ich unsicher. »Mir ist das nicht geheuer. Fahr mich zurück zum Schiff.«

Keine Antwort. Stattdessen hörte ich ihn lachen, und im nächsten Moment erreichten wir eine Lichtung. Sandro hielt an und schaltete den Motor aus.

Mir blieb die Spucke weg. »Das ist ja …«

»Wunderschön, nicht wahr? Hattest du Angst, ich verschleppe dich, setze dich unter Drogen und stelle schlimme Dinge mit dir an?«

»Äh, so was in der Art, ja.« Streng genommen konnte er mich immer noch kidnappen. Ob an einem schönen Ort oder auf einer Industriebrache, machte nicht den Unterschied. Ein wenig zittrig stieg ich vom Roller.

»Keine Sorge. Ich bringe dich jederzeit zurück ans Schiff, wenn du möchtest.«

Doch ich hörte kaum, was er sagte. Mit offenem Mund blickte ich mich um. Der Hut war beim Absteigen auf den Boden gefallen. Ich ließ ihn einfach liegen und ging langsamen Schrittes auf das natürliche Wasserbecken zu, das zwischen großen Steinen mit herrlich türkisblauem Wasser lockte. Am Ende des natürlichen Pools, der vielleicht fünf oder maximal sieben Meter Durchmesser hatte, fiel Wasser aus dem Felsen.

»Wow …«, staunte ich. »Warum ist niemand hier? Keine Touristen?«

»Weil der Ort geheim gehalten wird und nur die Einheimischen wissen, wie er zu erreichen ist. Magst du schwimmen?«

Unsicher sah ich erst ihn an, dann an mir hinunter. »Ich habe keine Badesachen dabei.«

»Na und? Ich auch nicht.«

»Aber …« Atemlos sah ich zu, wie er aus Shirt, Sneakers und Jeans schlüpfte. Er würde doch nicht … »Die Boxershorts lässt du bitte an, ja?«

Er grinste und sah dabei aus wie ein großer Junge. Ein großer heißer Junge. Du liebe Güte, was für ein Body!

»Na los, ich denke, du hast nichts, was ich nicht schon mehrfach gesehen habe.«

Ohne eine Antwort abzuwarten, kletterte er auf einen Felsen und sprang mit einem perfekten Köpfer ins Wasser. Akrobat eben.

Und das Wasser schimmerte verlockend in der Sonne.

Tief atmete ich durch. Scheiß drauf! In diesem Urlaub schien alles anders zu sein. Meine vertraute Welt stand kopf.

Rasch schlüpfte ich aus den Kleidern, behielt jedoch Slip und BH an. Insgeheim dankte ich allen balinesischen Göttern, dass ich am Morgen einen passenden BH zu der aus zarter Seide bestehenden, vanillefarbenen Blümchen-Panty angezogen hatte. Und Seide würde gut in der Sonne trocknen.

Vorsichtig setzte ich einen nackten Fuß ins Wasser und hielt mich an einem der hüfthohen Steine fest. Wo war Sandro?

Unerwartet tauchte er prustend einige Meter vor mir auf und strich sich mit beiden Händen das Wasser aus Gesicht und Haaren.

Oh … Jetzt bitte diesen Augenblick festhalten und auf ein Bild bannen.

Wasserperlen glitzerten auf seiner gebräunten Brust und

schien mit den Schwingen des Adlers zu spielen. Das war definitiv heißer als jede Sonne.

»Komm rein, das Wasser ist herrlich!« Er watete auf mich zu und streckte seine Hand aus. »Komm, es ist ungefährlich.«

Zögernd ließ ich mich in das kühle Wasser ziehen.

Oh, wie wunderbar! Ohne über Frisur und Make-up nachzudenken, tauchte ich unter. Schon immer hatte ich es geliebt, den Kopf unter Wasser zu stecken, ganz im Gegensatz zu Alex, der es hasste, wenn er oberhalb des Kinns nass wurde.

»Ähm, du kannst mich jetzt wieder loslassen«, sagte ich verlegen, als ich auftauchte.

Die Nähe zu Sandro brachte mein Herz zum Galoppieren und das konnte ich auf keinen Fall zulassen.

»Kann man zum Wasserfall schwimmen oder ist das zu gefährlich?«

»Nicht, wenn du schwimmen kannst. Wer zuerst da ist?«

»Witzbold.«

Aber das hörte er schon nicht mehr. Das Wasser um ihn herum spritzte auf, als er es mit kräftigen Kraulzügen durchstieß.

Eine halbe Stunde später lagen wir ausgestreckt wie Eidechsen nebeneinander auf den von der Sonne gewärmten Steinen und blickten durch das lichte Blätterdach in den Himmel. Ich war im Paradies!

Sandro drehte sich zu mir und stützte seinen Kopf in die Hand. »Du bist wunderschön, Mascha.«

»Danke«, sagte ich Richtung Himmel und zwang mich, Sandro nicht anzusehen. Es genügte, dass seine bloße Gegenwart mir ein Sehnen in den Schoß schickte, wie ich es schon eine Weile nicht mehr empfunden hatte.

Plötzlich spürte ich eine Berührung auf meinem Bauch und zuckte zusammen. Hastig schloss ich die Augen. *Nicht weich werden. Bloß nicht weich werden.*

Sandros Fingerspitzen strichen um meinen Bauchnabel.

»Er ist einfach … perfekt«, hörte ich ihn flüstern.

Stop!

Abrupt setzte ich mich auf. »Ich bin trocken. Wir können fahren.«

In Windeseile zog ich mich an und war erleichtert, dass Sandro es mir gleichtat. Mit einem wissenden Schmunzeln im Gesicht zwar, aber immerhin versuchte er nicht, mich zu weiteren Dingen zu überreden. Ich hätte auch nicht gewusst, ob ich hätte standhaft bleiben können. Diese Situation stellte mich vor unbekannte Herausforderungen.

Sandro stieg auf den Roller und klopfte hinter sich auf die Sitzbank. »Bereit für den ultimativen Elefantenritt?«

»Aber so was von bereit!«

ÜBER DIE AUTORIN

Die Leser lieben ihren Witz, der in keinem Roman fehlt. Denn wenn Jo Berger zu ihrer Feder greift, dann meist mit viel Humor und Herz. In ihren Romanen geht es um die ganz große Liebe, um Lebenslust, Glück und große Gefühle. Natürlich immer mit Happy End. Es geht um Frauen in den Achterbahnen des Lebens, um Traummänner, beste Freundinnen und Lebensträume.

Und eines ist garantiert:
Lachen, weinen, seufzen und wunderbare Bilder im Kopf. Ganz einfach Bücher, die ein gutes Gefühl hinterlassen.

Jo Berger lebt mit ihrem Mann und einer Tochter in der Metropolregion Rhein-Neckar.